古典文獻研究輯刊

二六編

曾永義　主編

第 2 冊

中國早期文學考論（上）

劉鳳泉　著

國家圖書館出版品預行編目資料

中國早期文學考論（上）／劉鳳泉 著 -- 初版 -- 新北市：花
木蘭文化事業有限公司，2022〔民111〕
目 2+174 面；19×26 公分
（古典文學研究輯刊　二六編；第 2 冊）
ISBN 978-986-518-992-1（精裝）
1.CST：中國古典文學 2.CST：中國文學史 3.CST：文學評論
820.8　　　　　　　　　　　　　　　　　111009911

ISBN-978-986-518-992-1

9 789865 189921

古典文學研究輯刊
二六編　第 二 冊　　　　　　　ISBN：978-986-518-992-1

中國早期文學考論(上)

作　　者　劉鳳泉
主　　編　曾永義
總 編 輯　杜潔祥
副總編輯　楊嘉樂
編輯主任　許郁翎
編　　輯　張雅淋、潘玟靜、劉子瑄　美術編輯　陳逸婷
出　　版　花木蘭文化事業有限公司
發 行 人　高小娟
聯絡地址　235 新北市中和區中安街七二號十三樓
　　　　　電話：02-2923-1455 ／傳真：02-2923-1452
網　　址　http://www.huamulan.tw 信箱 service@huamulans.com
印　　刷　普羅文化出版廣告事業
初　　版　2022 年 9 月
定　　價　二六編 23 冊（精裝）新台幣 62,000 元

中國早期文學考論（上）

劉鳳泉　著

作者簡介

劉鳳泉教授，1956 年生於內蒙古包頭市東河區。1980 年於包頭師範學院中文系大專畢業，1988 年於內蒙古師範大學中文系研究生畢業，獲文學碩士學位。先後任教於內蒙古師範大學、濟南大學、韓山師範學院。主要從事中國古代文學、中國古代文論、中國古代文化的教學與研究工作。編著有《中國古代文論旨要》、《中國古代文論選讀》、《東周列國志》（語譯修訂本）等十六種著作，發表學術論文六十多篇。

提　　要

　　本書研究對象為中國早期文學。所謂中國早期文學，是指「文學自覺時代」之前的文學。全書收入三十三篇相關學術論文。緒論闡述早期文學研究的科學觀念，為早期文學研究提供重要的思想指導。上編為考證辨疑。其中對「小說」概念、漢賦源流、《屈原列傳》疑案、《毛詩序》作者、「貴和」思想等疑難問題，均作了深入細緻的考證，提出不同於前人的學術觀點。此外，對一些具體作品的篇章、語詞、句式、文意之難解處，也作了深入考證，提出獨到的理解。下編為論文析理。對早期文學的不同文學類型作了重點研究。在敘事文學方面，論述了原始神話小說因素的萌芽和演進、神話傳說與戰國游說故事的小說因素、《左傳》敘事、《史記》紀傳體等，揭示了早期敘事文學的審美特徵和發展軌跡。在議論文學方面，論述了《易經》卦爻辭的格言諺語、先秦諸子散文審美構成、韓非政論文學，揭示了早期議論文學的具體形式和特殊性質，及其獨特的審美價值。在抒情文學方面，探討了《詩經》、《楚辭》、漢樂府等的審美特點與演進軌跡。上下兩編合而觀之，可基本見出中國早期文學發展演進之軌跡。附錄是對文學史理論的思考，也是筆者研究早期文學發展史的一些指導思想。

目次

緒論：中國早期文學研究的科學觀念

中國早期文學處在中國文學歷史長河的上游，它以非凡的思想創造和豐富的藝術成就源源不斷地滋養著漫長而浩瀚的中國文學。早期文學作為中國文學的精神寶庫和行進座標，在整個中國文學史上具有重要地位。所以，早期文學的研究已經超越它自身而具有更廣泛的意義。

人們對於早期文學的高度重視，自然使早期文學研究取得了豐碩成果。然而，要進一步推動早期文學的研究，反思其中存在的問題是很有必要的。筆者以為，早期文學研究存在的最重要問題是科學觀念的淡薄。我們知道，文學是藝術，而文學研究是科學。加強科學觀念是促進文學研究的準確性和深刻性的必要條件；而科學觀念的淡薄則會使文學研究出現似是而非、模糊混亂的現象。

早期文學研究之科學觀念的淡薄的具體表現有多種：審美文學觀念淡薄、歷時發展觀念淡薄、地域文化觀念淡薄、系統整體觀念淡薄、學術資信觀念淡薄，等等。這些現象積染成習，已經成為早期文學研究發展的桎梏。打破積習桎梏，加強科學觀念，是早期文學研究進一步發展的必由之路。

所謂「早期文學」，是指「文學自覺時代」之前的文學。這個時期的文學包括兩種形態：一是與物質生產交織在一起的原始文學，我們稱之為「源文學」；二是與其他意識形態摻雜混生的文學，我們稱之為「雜文學」。中國早期文學主要包括通常所說的「先秦文學」和「秦漢文學」。有時，為了方便人們的理解，本書也以「先秦文學」和「秦漢文學」來指稱早期文學的部分內容，儘管這樣做是不夠嚴謹的。

一、確立審美文學觀念

　　文學研究以文學為研究對象，這是文學研究區別於其他研究的基本特徵。早期文學研究以早期文學為研究對象，這也是無庸置疑的正確認識。所以，什麼是文學？什麼不是文學？這是早期文學研究首先要面對的問題。然而，由於對象自身的複雜和傳統觀念的沿襲，早期文學研究中存在著審美文學觀念淡薄的現象。

　　就對象而言，早期文學處在文學觀念尚未成熟的階段，其中文學與非文學雜糅共處，難解難分，充滿著非文學向文學的演進，不自覺向自覺的提升，實用向審美的轉化的各種複雜狀態。在這樣複雜的對象面前，文學觀念的確立就顯得有些困難了。

　　就傳統而言，人們沿襲了以經學、目錄學、史學的視角看待先秦典籍的傳統做法，以文學的眼光研究早期文學的規範還沒有很好形成。所以，趙逵夫先生指出：研究先秦文學要用文學的眼光，需要突破三種思想的束縛：一是突破經學思想的束縛，二是要突破史學的束縛，三是要破除成見的束縛。〔註1〕譬如：「諸子散文」研究就存在這樣的問題。

　　首先，人們往往忽略研究對象的文學性質。

　　「諸子散文」不是單純的文學概念。散文有廣、狹二義，就廣義來說，散文與韻文相對，凡不韻者皆為之散文。至於「諸子」之稱，也不是從文學角度立名。稱「諸子」始於漢代，用來指稱先秦各學派。《史記・賈誼傳》云：「賈誼年少，頗通諸子百家之書」〔註2〕；《漢書・藝文志》云：「戰國縱橫，真偽分爭，諸子之言，紛然淆亂」。〔註3〕具體而言，司馬談《論六家要旨》中提到「諸子」有陰陽、儒、墨、名、法、道六家〔註4〕；班固《漢書・諸子略》云：「諸子十家，其可觀者九家而已。」〔註5〕包括儒、道、陰陽、法、名、墨、縱橫、雜、農、小說十家。「諸子散文」以「諸子」來限定「散文」，只是指這些學派的著作，並不是單純的文學概念。這個意義上的「諸子散文」，顯然並不都是文學研究的對象。在早期文學研究中，先秦各學派的著作紛然

〔註1〕 趙逵夫：《拭目重觀，氣象壯闊——論先秦文學研究》，《福建師範大學學報》2003 年第四期，第1～7頁。
〔註2〕 （漢）司馬遷：《屈原賈生列傳》，《史記》，中華書局 1982 年版，第 2491 頁。
〔註3〕 （漢）班固：《藝文志》，《漢書》，中華書局 1962 年版，第 1701 頁。
〔註4〕 （漢）司馬遷：《論六家要旨》，《史記》，中華書局 1982 年版，第 3288 頁。
〔註5〕 （漢）班固：《諸子略》，《漢書》，中華書局 1962 年版，第 1746 頁。

雜陳，人們不去釐清研究對象的審美文學性質，就把它們都作為早期文學研究的對象，這勢必導致文學研究特性的消解，從而造成早期文學研究對象的模糊。

其次，人們也不注重研究主體的文學眼光。

「諸子散文」是文學與非文學的雜糅，主體的研究視角存在差異，得到的認識便有差異，真所謂「橫看成嶺側成峰，遠近高低各不同」。缺乏明確的審美文學觀念，加之傳統的經學、目錄學、史學觀念的影響。人們從「諸子散文」中看到的更多是學派的論爭，深刻的哲理，具體的史料，知識的傳承，而「諸子散文」之個性化的語言，精巧的結構，社會的激情，獨特的形象，豐富的意蘊卻往往被置之一旁。審美文學觀念的淡薄，自然帶來文學研究的含混。在「諸子散文」研究的名目下，存在著大量的非文學研究。舉凡名物、考證、制度、經濟、歷史、科學、邏輯、哲學，都擠進了文學研究的領域，早期文學研究的文學特性被淹沒在泛文化的汪洋大海之中。如果這樣的現象長期存在，那麼，早期文學研究區別於其他學科研究的基本特徵便消解殆盡，早期文學研究豈不成了一個學術空殼？

確立審美文學觀念是早期文學研究的首要問題。也就是說，面對研究對象，首先要追問：這是不是文學？當然，早期文學觀念還沒有自覺，早期文學的純文學作品也不是很多。以今天的審美文學觀念對早期文學研究對象作一番簡單的取捨，自然是不符合實際的。然而，這並不能成為擱置審美文學觀念的理由。審美文學觀念是人類長期以來對文學特性深入認識的理論成果，站在審美文學觀念的理論高度，才能科學地釐清文學發生、發展的歷史。

早期文學具有特殊性，文學與非文學雜糅共處，文學還沒有從其他意識形態中獨立出來。靜態的理解審美的文學，早期文學研究對象將出現嚴重匱乏的局面。應該看到，文學是一個動態發展的過程，對審美的文學也必須作動態的理解，這是一種演進的文學觀念。早期文學在文學與非文學的雜糅中，實際上體現了文學萌生、成長、走向成熟的發展方向。在這個過程中，體現了非文學向文學的演進，不自覺向自覺的提升，實用向審美的轉化的文學發展進程。從演進的文學觀念出發，就能科學地對待非文學與文學的雜糅，理性地鑒別這些複雜狀態在整個文學發展過程中對於審美文學之重要價值。

所以，只有確立演進的審美文學觀念，才能科學地審視早期文學研究的對象。我們不再是簡單地追問：這是不是文學？而是深入地追問：這是不是

文學發展的必要環節？這樣，我們就能克服早期文學研究中審美文學觀念淡薄的積習，淨化早期文學研究中的含混狀態，科學地確定早期文學研究的對象，以文學的眼光實事求是地展示出早期文學發展的歷史。

二、彰顯歷時發展觀念

早期文學包括了漫長歷史時期的文學現象，而由於年代久遠，人們對這些文學現象的時序感有些淡薄了。就像人們瞭望遙遠的星辰，很容易將不同距離的天體看作是相等距離一樣；人們也很容易把歷時的作品看作是共時的存在。在早期文學研究中，時序觀念的淡薄是一個非常普遍的現象。

如《詩經》包含了近五百年的詩歌，這其實就是一部漫長的詩歌發展史。而在《詩經》研究中，人們往往淡化了時序因素，只把它當作「一部書」來研究，缺乏對這部詩歌發展史的歷時觀照。我們談《詩經》的思想內容與藝術特徵，可是要知道，在五百年的歷史過程中，任憑什麼樣的思想內容與藝術特徵都該會發生一些變化吧！以靜止的眼光來看待《詩經》，顯然不能科學地反映《詩經》的本來面貌。如果把《詩經》中的作品盡可能加以繫年，按時序排列出來，那倒肯定可以有所發現的。在《詩經》研究中突出歷時觀念，是科學地描述《詩經》五百年詩歌演進軌跡的前提。

又如，《尚書》包含的文章時間跨度在一千年以上，從口耳相傳到著於竹帛，它攜帶著漫長歷史過程中的文學信息。淡化了時序因素，只做共時的研究，又怎麼能夠展示這一千年的文學演化進程？

再如，《莊子》是莊周和他後學著作的彙編，如果不加區別一視同仁，那就既不能準確理解莊子的思想和莊子後學的思想，也不能科學描述文學的發展進程。《莊子》外篇有《盜跖》、《說劍》等虛構的故事，有情節，有人物，語言簡練，結構完整，主題突出，它們與後世小說是比較接近的。但據此而得出「莊子是小說之祖」的結論則是荒謬的。因為《盜跖》、《說劍》屬於《莊子》的外篇，並不是莊子本人的作品。劉笑敢先生運用漢語詞彙單純詞在先（如精、神）複合詞在後（如精神）的發展規律，證明《莊子》書中內篇在前，外篇、雜篇在後的歷史順序。他以作品時序的考證為基礎，將莊子的思想與莊子後學的思想分別開來，又將莊子後學的思想分為述莊派、無君派、黃老派〔註6〕。這項考證成果對於《莊子》文學研究也具有重要的借鑒價值。

〔註6〕劉笑敢：《莊子哲學及其演變》，中國社會科學出版社1987年版，第5頁。

早期文學研究中的時序觀念是非常重要的。突出時序觀念，就是實事求是地承認早期著作的特殊形成方式。早期著作形成方式的特殊性表現在三個方面：

一是作品的引述性較強。孔子稱「述而不作」，其實許多作者也是引述重於創造，這就使他們的作品本身就彙集了不同時代的材料。如《易經》中輯錄有古老的格言和諺語；《左傳》、《國語》也引述著久遠的文學材料；《韓非子》之《說林》、《儲說》中輯錄的歷史故事、民間故事並不是韓非本人的創造；甚至，漢代劉向的《說苑》、《新序》、《列女傳》也實在有許多先秦文學的材料。

二是作者的人數多。早期著作多是一個學派著作的彙編，包括了不同時代的不同作者的作品，當然顯示了不同時代的不同作者的具體狀況。如《論語》中有孔子弟子與再傳弟子的東西；《莊子》是莊周和他後學著作的彙編；《管子》更是不同時代，多個學派，多位作者的作品叢編。

三是著作的成書過程長。早期著作由口耳相傳到著於竹帛，由單篇流傳到匯聚成冊，往往經過後人整理，有一個逐步完成的過程。如《山海經》之「山經」、「海經」、「大荒經」和「海內經」，內容就表現出明顯的不一致。袁軻先生說：「傳說中的禹、益，雖非《山海經》的直接作者，但書中的主要內容，仍有可能是由原始社會末期的酋長兼巫師的禹、益口述而世代相傳下來的。」〔註7〕他認為，《山海經》成書於戰國初年至漢初之間，其中以「大荒經」以下五篇為最早，成書於戰國初年至中期，「五藏山經」和「海外經」成於戰國中期至晚期。而現在流行的《山海經》則是在漢哀帝元年（公元六年）由劉向、劉歆父子帶領一批校書大臣所校定而成的。

早期著作形成方式的特殊性，決定了早期文學研究中時序觀念的重要性。對於這樣一種特殊的對象，突出時序觀念是研究者的基本科學態度，而時序觀念淡薄則必然會帶來混亂現象。

自然時序的考定只是早期文學研究的基礎；而以自然時序為基礎，揭示早期文學發展演進的軌跡，才是早期文學研究的重要目標。任何事物的發展都是由簡單到複雜，由低級到高級而不斷演進的；從根本上來說，文學發展也遵循著事物發展的普遍規律。只有以發展的觀念看待早期文學，才能透過研究對象的自然時序探尋到文學演進的歷史軌跡。因此，自然時序觀念進一

〔註7〕袁珂：《山海經全譯》，貴州人民出版社 1991 年版，第 6 頁。

步提升，彰顯文學發展的觀念，對於早期文學研究是非常必要的。

譬如，《老子》五千言多用詩化的語句表達哲理，被人譽為哲理詩。我們驚歎於作者偉大創造的同時，不能不去探索這個偉大創造的思想基礎與文學基礎。《易經》成書於西周末年，《老子》產生於春秋末季，《老子》的作者在進行哲學創造和文學創造時，《易經》是供他參考吸收的重要思想資料與文學資料。過去囿於《易經》是儒家經典，《老子》是道家經典的成見，人們對二者的密切聯繫認識不足。其實，《易經》影響《老子》的痕跡比比皆是。就思想聯繫言，《老子》的許多思想淵源於《易經》；就文體聯繫言，《老子》用韻語表達哲理的方式受到《易經》格言和諺語用韻語表達主體看法的方式的啟發。將《易經》卦爻辭中格言和諺語看作《老子》哲理詩產生的基礎，完全符合思想發展和文學發展的邏輯。如果沒有《易經》這樣一個環節，那麼《老子》哲理詩倒顯得太橫空出世，而讓人無法理解了。因此，我們認為：《老子》哲理詩與《易經》卦爻辭中格言和諺語存在著密切的源流關係。〔註8〕

其實，承源於格言和諺語而發展起來的文體並不止《老子》哲理詩。如箴銘體裁脫胎於格言和諺語。格言和諺語由民間流傳而被引入「天子聽政」的朝堂，它們勸誡說理的功能便得到加強。這些勸誡說理一旦具有針對性和經常性，那麼格言和諺語就有可能轉化為箴銘。劉勰稱：「昔帝軒刻輿几以弼違；大禹勒筍簴而招諫；成湯盤盂，著日新之規；武王戶席，題必戒之訓；周公慎言於金人；仲尼革容於欹器。則先聖鑒戒，其來久矣。」〔註9〕又如寓言得益於格言和諺語。寓言文體的成熟得益於比喻和象徵的發展，而在早期的格言和諺語中，比喻就是重要的表現手段。確切而生動的比喻將具體形象和一般觀念聯繫在一起，為寓言的產生開闢了前進的道路。

沿著自然時序清理文學脈絡，就會發現以格言和諺語為源頭，議論文學經歷了多種具體的文體形式，由簡單到複雜，由低級到高級，不斷豐富和發展，終於迎來了戰國時期議論文學的繁榮。

只有重視時序，早期文學研究才能走向科學；只有強調發展，早期文學研究才能走向深入。彰顯歷時發展觀念是早期文學研究的必然選擇。

〔註8〕劉鳳泉：《論〈易經〉卦爻辭中格言和諺語的文學價值》，《太原師範學院學報》2003年第二期，第50頁。

〔註9〕（梁）劉勰：《銘箴》，《文心雕龍譯注》，陸侃如譯注，齊魯書社1995年版，第190頁。

三、體現地域文化觀念

文學是文化肌體的有機組成部分，而文化總是一定族群在具體的歷史和地域中創造出來的。文學在文化肌體中的新陳代謝，自然與文化具體存在的歷史和地域有著不可分割的關係。

早期文學是早期文化肌體的有機組成部分，而早期文化表現為由部族多元文化向華夏文化的摶成，表現為南方荊楚文化和北方中原文化的融匯，表現為不同地域文化的相互交流和相互影響。早期文學研究忽視地域文化觀念，就不能科學地闡釋文學的特徵與文學的發展。

遠古時代，在黃河中下游和長江中下游的廣袤的土地上，居住著數以百計的原始氏族。這些原始氏族經過長期融合，到傳說中的黃帝時代，形成了比較大的氏族部落和部落聯盟。東方有「東夷」族，他們以鳥為圖騰，其中最大一支是太暭族。南方諸族，後人統稱為「蠻族」，其中最大一支是九黎族。西方有羌、戎二族，分別以羊、熊為圖騰；他們中的一部分最早進入中原，分別構成黃帝、炎帝兩族的主體。北方有以游牧為生的「狄族」。這些氏族、部落、部落聯盟，在不同的地域，發展出不同的氏族文化。早期文學之神話便根植於這些氏族文化之中。所以，神話研究應該考量氏族文化背景，具體地瞭解他們的生產、生活方式，深刻地理解他們的圖騰崇拜、宗教信仰，全面地認識他們之間的衝突、融合的歷史。李炳海先生認為：「把先秦文學和部族文化聯繫在一起進行研究，可以拓寬視野，解決其他方法難以解決的一些問題。」〔註10〕他的《部族文化與先秦文學》正是這方面的重要收穫。

商周以來，由於地理環境、氣候因素、生產方式、歷史傳承、社會制度、語言習俗的差異，逐漸形成了以河南為中心沿黃河由西而東的中原文化，和以湖北為中心處於長江、漢水、淮水之間的荊楚文化。在兩個文化系列基礎上生長起來的文學，都打上了地域文化的鮮明烙印。在荊楚文化背景上，孕育了想像翻飛，色彩瑰麗的浪漫主義文學。莊子寓言，汪洋恣肆，隨意吐屬，如行雲流水；楚辭悲歌，鋪采摘文、神思馳騁，似天籟「九歌」。在中原文化土壤中，創造出思維縝密，風格雅正的理性主義作品。儒、墨言理，法家論政，著眼於現實政治；《左傳》記事，《國語》記言，屬意於歷史經驗。南北文學從內容到形式都表現出不同的特徵，這些特徵只有在南北文化的不同基礎

〔註10〕李炳海：《部族文化與先秦文學》，高等教育出版社 1995 年版，第 1～2 頁。

上才能得到理解。

　　忽視文學的地域文化特性，就不能準確理解具體的文學現象。譬如，楚辭「書楚語，作楚聲，紀楚地，名楚物」，完全是在荆楚文化肌體中自主發展起來的文學形式。研究楚辭產生的原因，應該從荆楚文化內部去探求，即從荆楚文化之民歌民樂、神話傳說、宗教習俗等因素的相互作用中去理解楚辭的發生。那種忽視文學在文化肌體中的自主發展，企圖在《詩經》與楚辭之間架設一座直通橋樑的嘗試，是不符合文學發展實際的。楚辭無疑也受到中原文化的影響，但這些影響只有通過荆楚文化內在因素的中介才能實現。

　　當然，文學與文化不是封閉的體系，文學在文化肌體中的自主發展，並不排斥外在的文化與文學因素對之發生重要的影響。對於華夏文化系統中的荆楚文化和中原文化而言，不同文學、文化之間的相互作用、相互影響和相互融合就顯得更為重要了。在這個意義上，楚辭吸收了中原文化的豐富營養也是很自然的。就內容言，屈原作品中所灌注的革新政治的思想，已經超越了荆楚文化，是戰國時代「國際」政治思想的主流；就形式言，《天問》、《桔頌》的四言體制不能說沒有受到《詩經》的影響。文學在文化肌體中的自主發展和文學在不同文化交融中實現交流和融合，都與地域文化特徵密切相關。

　　秦王朝統一全國，客觀上為地域文化的融合創造了新的政治空間，所謂「書同文，行同倫」，對思想文化的統一是有積極意義的。漢王朝的建立，使荆楚文化與中原文化的融匯走入了快車道。漢承秦制，文尚楚風，南北文學的融匯更得到積極推進。漢初皇帝、藩王多喜愛楚辭，使楚辭由地域性文學擴散到全國範圍，它以其獨特的藝術魅力影響人們，從而給文學發展注入了新的活力。漢代人學習楚辭，在文學精神和語言辭章上都很有收益。劉熙載言：「學《離騷》得其情者《太史公》，得其辭者為司馬長卿。」〔註11〕在散文、詩賦兩個領域，司馬遷和司馬相如繼承了屈原的文學傳統，進而積極創造，取得了偉大的文學成就。漢賦「得其辭」，突出文學的審美特徵；《史記》「得其情」，突出文學的本質特性。漢代文學兩司馬，最終完成了南北文學的融匯，形成了統一的漢文學，使中國文學進入了一個新的發展時期。

　　既注意地域文化因素對文學特徵的內在規定，也注意不同地域文化的交融對文學發展的積極促進。早期文學研究體現地域文化觀念，對於深入揭示文學發生、發展的內在機制和外在作用具有非常重要的價值。

〔註11〕（清）劉熙載：《藝概》，上海古籍出版社 1978 年版，第 12 頁。

四、具備系統整體觀念

文學發展是一個動態系統，文學研究應該對文學動態系統形成整體的解釋的理論體系。而早期文學研究在這方面存在著嚴重不足，這主要表現為對研究對象既缺乏整體的理論思考，也沒有細緻的科學分析，從而不具備系統整體的觀念。

譬如，從科學概念的要求看，通常所說的「先秦文學」概念就比較模糊。「先秦文學」除了從時代上限定文學外，看不出它所指稱事物的整體特性。「先秦」指秦王朝之前，而秦王朝之前的文學並不具有完整統一的特殊本質。神話敘事與史傳敘事不同，宗教祭歌與政治抒情有別。它們在創作思維、思想內容、藝術表現都存在本質的區別。為什麼要把它們不加分析地都裝在「先秦文學」這隻口袋裏呢？還有，先秦文學到秦漢文學又發生了怎樣的重要變化？它們之間又有怎樣的本質區別？我們知道，漢代政論直承先秦政論而來，《史記》敘事有直接取自《戰國策》者，它們之間一脈相承，並沒有本質的不同，為什麼要將它們人為地加以割裂？把不同本質的事物放在一起，把相同本質的事物割裂開來，這顯然不是科學的方法。筆者以為，「先秦文學」並不指稱一個有整體特性的事物，這個概念本身的科學性是值得懷疑的。所以，我們用「早期文學」概念來指稱「文學自覺時代」之前的文學。

又如，「先秦文學」研究的基本框架是缺乏科學分析的。趙逵夫先生指出：「從二十世紀初中國人寫的第一部中國文學史起至今將近百年，人們對先秦文學的研究仍然是在『兩類文章兩部書』（史傳、諸子、《詩經》、《楚辭》）的框架下進行。文學史的編寫，基本上是按這四大塊進行論述，文學史的研究，也無形中受到這四個框架的制約。有的在前面加上『神話與原始歌謠』，在後面加上『秦代文學』。很少有突破這個結構方式的。」〔註12〕這樣的研究框架與科學的分類體系相去甚遠，《詩經》、《楚辭》是傳統目錄學的繼承，史傳、諸子乃是四庫分類的遺存，神話、歌謠才稍微有了一點現代文體的意識。

這個框架不能科學地揭示研究對象的類別特徵，所以在這個框架下的研究也就往往出現指鹿為馬的混亂現象。比如，講到《詩經》的藝術特點，一般文學史總是籠統的那麼幾條。其實，風、雅、頌的藝術特點不一樣，十五國風的藝術特點也不相同，敘事詩、抒情詩、詠物詩藝術特點有區別。這裡既有

〔註12〕趙逵夫：《拭目重觀，氣象壯闊——論先秦文學研究》，《福建師範大學學報》2003 年第四期，第 2 頁。

五百年間歷史嬗變的因素，也有東西南北流行地域的因素，還有不同文體形式的因素，那些缺乏具體分析的籠統的議論，當然不能成為嚴謹的科學結論。

又如，「史傳」主要以敘事為主，但也包含著豐富的議論文學，不加區別地籠統地談論「史傳」的文學成就，往往會隔靴搔癢而不得要領。「史傳」中的行人辭令、名臣議論、縱橫說辭都屬於議論文學的範疇，如果不從議論文學的角度研究，那麼實在是很大的缺憾。再如，「諸子」以議論為主，但其中包含有非常精彩的敘事文學，《論語》的「侍坐言志」，《墨子》的「杜伯復仇」，《孟子》的「齊人妻妾」，《莊子》的虛構寓言，《韓非子》的民間故事，它們都是敘事文學發展中的重要環節，忽視它們的存在而不加分析，自然不能準確的認識它們文學價值。

在早期文學研究中，由於研究框架科學品性的缺乏，極大地制約了文學研究的深入，導致了太多的不切實際的議論，這當然有礙於科學地揭示文學發展的規律。所以，早期文學研究要走出困境，需要具備系統整體的觀念。

首先，應該具有文學形態的觀念。

在文學發展中，文學由低級到高級，由簡單到複雜，發生著由量變到質變的飛躍，在歷史過程中形成不同的文學形態。人們過去往往把這個問題歸結為文學分期，而在文學分期上又更多地依賴於文學之外的社會、政治因素，結果並沒有從根本上解決歷史過程中的文學形態問題。

馬克思依據生產力的程度和生產關係的性質，科學地概括了人類歷史的不同社會形態。他關於社會形態的理論對於歷史過程中的文學形態的概括具有重要的方法論意義。文學發展是審美系統內在矛盾運動的結果。審美對象和審美主體的矛盾，審美能力和審美形式的矛盾，審美存在和審美觀念的矛盾，構成審美系統的基本矛盾，而審美系統的基本矛盾的正是文學形態的根本原因。

馬克思認為，在人類發展的最初階段，精神生產和物質生產是交織在一起的，「思想、觀念、意識的生產最初是直接與人們的物質活動，與人們的物質交往，與現實生活的語言交織在一起的。」〔註13〕如巫術文化背景下的原始神話、原始歌謠，以及原始諺語等，事實上就是人類實踐活動的有機組成部分。與物質生產的交織中，文學得以發生、發展，形成最初的文學形態，可

〔註13〕 （德）馬克思、恩格斯：《德意志意識形態》，《馬克思恩格斯選集》（一）人民出版社 1972 年版，第 30 頁。

以稱之為「源文學」。

　　隨著人類社會發生第一次「真正的分工」，精神生產作為一個獨立的部門發展起來，「意識才能擺脫世界而去構造『純粹的』理論、神學、哲學、道德等等。」〔註14〕在這個階段，文學雖然擺脫了直接的物質活動，但還沒有從其他意識形態中獨立出來。如史官文化背景下的文學是與其他意識形態摻雜混生的文學，也就是人們所說的「雜文學」。

　　在人類社會發展到相當的程度，審美藝術從精神文化的大家庭中逐漸地凸顯出來，進而促成文學的獨立發展。魯迅稱「曹丕的一個時代可說是『文學的自覺時代』。」〔註15〕在審美藝術的視野下，文學活動中表現出主體的審美自覺與對象的審美獨立，這就是所謂的「純文學」。隨後，在文學自覺獨立的發展過程中，進一步形成次一序列的文學形態。源文學──雜文學──純文學，以及次一序列的文學形態，顯示了中國文學發展的邏輯軌跡。

　　早期文學研究應該自覺地面對源文學、雜文學兩個文學形態，充分理解不同文學形態的系統特質，深入認識審美系統的基本矛盾的具體表現形式，才能進而從根本上揭示中國文學的發展規律。

　　其次，應該確立文學類型的觀念。

　　文學類型概念，目前呈現著非常混亂的狀態，它被不加限定地運用在文學分析的不同層面上。本書所謂文學類型，只是指對文學的最根本的分類。作為意識形態的文學，它是社會生活的反映，既再現客體的存在、運動，也表現主體的情感、理智。文學之分類，首先應該依據文學反映的具體內容和語言表達的具體形式。對於中國文學，就表達內容而言，清代理論家葉燮有非常精彩的論述。他說：「曰理、曰事、曰情，此三言者足以窮盡萬有之變態，凡形形色色，音聲狀貌，舉不能越乎此。」〔註16〕就語言表達而言，以議論而言理，以敘述而言事，以抒情而言情。因此，中國文學宜分為三類：議論文學、敘事文學、抒情文學。

　　對於敘事文學、抒情文學，人們已經有深刻的理性認識，而對於議論文學則尚缺乏明確的理論闡述。筆者曾論證韓非政論的審美特性，用議論形象

〔註14〕（德）馬克思、恩格斯：《德意志意識形態》，《馬克思恩格斯選集》（一）人民出版社1972年版，第36頁。

〔註15〕魯迅：《魏晉風度及文章與藥及酒之關係》，《魯迅選集》（二），人民文學出版社1983年版，第380頁。

〔註16〕（清）葉燮：《原詩》，人民文學出版社1979年版，第21頁。

化，議論情感化，議論個性化，確立韓非政論之議論文學地位〔註17〕。議論文學的審美特徵、審美本質、審美機制當是文藝學需要解決的重大理論問題。中國文學以議論為主流，先秦諸子散文、兩漢政論、唐宋八大家、魯迅雜文，此乃犖犖大端。即使從經驗層面看，也無法否定議論文學。沒有議論文學，早期文學將何以堪？中國文學將何以堪？

確立文學類型的觀念，科學分析議論文學、敘事文學、抒情文學的整體聯繫與分別演進，深刻地揭示不同文學類型的具體存在方式和發展演進軌跡，這對於整個文學研究具有重要意義，而對於早期文學研究來說尤其具有急迫的理論指導意義。

文學形態與文學類型，這些概念在理論闡釋與實際運用中還存在著混亂現象。限定概念內涵，廓清混亂現象，從文學發展的整體結構認識文學形態，從文學系統的內在要素認識文學類型，從而確立文學研究的系統整體觀念。在系統整體觀念的指導下，形成文學研究的科學框架，早期文學研究才能取得真正的進步。

五、增強學術資信觀念

文學研究離不開學術資料與學術信息，在知識爆炸的當今，增強學術資信觀念，對於早期文學研究具有重要的現實意義。

增強早期文學研究之學術資信觀念，尤其需要注意兩個問題。

第一，關注出土文獻，確立真實文本。

在漫長的歷史傳承中，先秦典籍的文本真實性受到多種因素的干擾。如有因典籍傳承渠道不同而致文本有異，有因典籍傳抄錯訛而致文本有異，有因後人附益增飾而致文本有異，也有由於自然、文化、政治、軍事的原因而致文本失傳。為了得到真實的文本，傳統的學術研究做了大量的辨偽、校勘工作，形成了先秦典籍的善本。而上個世紀以來的考古發現，尤其是甲骨文、金文、簡帛文獻的出土，對加強研究文本的真實性產生了非常重要的作用。出土文獻埋入地下後，除了自然因素的影響外，基本上沒有像傳世文獻那樣受到多種因素的干擾，其內容和形式少有改變。所以，它們為早期文學研究提供了大量真實的文本。

〔註17〕劉鳳泉：《論韓非政論的文學特徵》，《內蒙古師大學報》1991 年第二期，第68～73 頁。

首先，出土文獻為早期文學研究增添了新文本。

甲骨文儘管侷限於反映宗教生活，也還是存在著一些文學研究文本。如《詩經・商頌・玄鳥》有「天命玄鳥，降而生商」的神話，而甲骨卜辭記載高祖王亥，有「甲骨八片，卜辭十條」，在他的頭上均加有商族鳥圖騰的標誌〔註18〕。至於甲骨卜辭有比較複雜的敘事，如「癸巳卜，設貞，旬無囚？王固曰：乃茲亦有祟，若偁，甲午，王往逐兕，小臣甾車，馬硪，馭王車，子央亦墜。」〔註19〕；也有豐富的語氣表達，如「癸卯卜，今日雨，其自西來雨？其自東來雨？其自北來雨？其自南來雨？」〔註20〕，這在文學史上都是有價值的。

商周青銅器的大量出土，給學術研究提供了新文本。大量的銅器銘文構成了比《尚書》更豐富、更真實的歷史文獻。它們的時代與《詩經》、《尚書》接近，故而能夠與之相互印證。銅器銘文在商代早期、中期尚未有見，而末期之《戊嗣子鼎》就有了長達 34 字的銘文。西周銅器多銘文且多長篇，如《史牆盤》284 字，《散氏盤》357 字，《小盂鼎》400 字，《毛公鼎》499 字。篇幅的增加，反映了這種應用文體的演進。至於有的銅器銘文，記事完整，內容豐富，語言典雅，音韻和諧，不乏文學價值者，當然可以成為早期文學研究之文本。

為早期文學研究提供新文本最多的要算是出土簡帛文獻。二十世紀考古發現的大量戰國秦漢簡帛，內容非常廣泛，有經典、書籍、詔書、律令、公文、名籍、帳簿、曆譜、藥方、日忌、雜占、書信，以及用於隨葬的「遣策」等類。其中與早期文學有直接關係者所在不少。1972 年山東臨沂銀雀山漢墓出土《唐勒賦》，內容為唐勒和宋玉論鳥觀武，說明屈原之後宋玉、唐勒、景差對楚辭的貢獻不容置疑。1973 年湖南長沙馬王堆三號漢墓出土大批帛書，有《老子》、《周易》及多種佚書。其中有類似《左傳》的，整理為《春秋事語》；有屬於縱橫家言者，整理為《戰國縱橫家書》。1975 年湖北雲夢睡虎地出土秦簡《為吏之道》有韻文八首，與荀子《成相》篇形式非常相似。1977 年

〔註18〕 胡厚宣：《甲骨文所見商族鳥圖騰的新證據》，《文物》1977 年第二期，第 85 頁。

〔註19〕 郭沫若：《卜辭通纂》，《郭沫若全集》（考古編，第二卷）科學出版社 1982 年版，第 735 片。

〔註20〕 郭沫若：《卜辭通纂》，《郭沫若全集》（考古編，第二卷）科學出版社 1982 年版，第 375 片。

安徽阜陽雙古堆一號墓出土大量竹簡，其中有《詩經》、《周易》、《莊子》、《呂氏春秋》、《楚辭》的有關內容。1986 年甘肅天水放馬灘出土秦簡有《墓主記》，記述人死而復生之事，李學勤先生認為是志怪故事〔註21〕。1993 年湖北荊門郭店一號墓出土大量竹簡，其中有道家之《老子》、《太一生水》，儒家之與《子思子》有關的內容。上海博物館所藏楚竹書，經初步整理涉及八十多種先秦戰國時代的古書。其中有反映儒家文學思想的《孔子詩論》；有與《詩經》風格類似的《交交鳴鳥》；有與「騷體賦」類似的《詠蘭》、《詠鵬》；有故事類史書近二十種之多〔註22〕。這些久已失傳文獻的重見天日，為早期文學研究提供了新文本，擴大了早期文學研究的範圍，必然帶來早期文學研究的根本改觀。

其次，出土文獻引發了對傳世文本真實性的校正。

反對盲從傳世文獻的思想由來已久，孟子就有「盡信《書》，則不如無《書》」之言；而晚清今文學派倡導疑古，使疑古風潮愈演愈烈。對有爭議的文獻，人們寧信其偽，不信其真，導致對某些傳世文獻真實性的否定。如《文子》、《尉繚子》、《鶡冠子》長期以來被斥為偽書，而河北定縣八角廊發現竹簡《文子》，臨沂銀雀山發現竹簡《尉繚子》，長沙馬王堆發現帛書《鶡冠子》，以確鑿的證據恢復了它們先秦古籍的身份。對傳世文本年代的懷疑，也因出土文獻而得以消除。如有人主張老子是戰國時人，而荊門郭店墓出土竹簡《老子》，荊門郭店墓不晚於公元前 300 年，這就把《老子》晚出的觀點給否定了。人們認為《墨子》中有些篇章出現很晚，而信陽長臺關一號墓出土的《墨子》佚篇類似於晚出的篇章，其中有申徒狄與周公（西周君，而非周公旦）的對話。申徒狄是戰國時人，這就證明《墨子》晚出的篇章其實也不晚，最晚也是墨子下一代人所寫〔註23〕。

由於時代久遠，散亂脫落，抄刻錯誤，傳世典籍往往存在衍、脫、倒、訛等現象，嚴重影響到文本的真實性。傳統的校勘固然能夠糾正部分錯誤，但終不如出土文獻提供的證據真實可靠。郭店竹簡《老子》、馬王堆帛書《老子》為傳世《老子》提供了新的校勘材料。《老子》第三十一章有「夫佳兵者不祥

〔註21〕李學勤：《放馬灘簡中的志怪故事》，《文物》1990 年第四期，第 25 頁。

〔註22〕李零：《簡帛古書與學術源流》，生活·讀書·新知三聯書店 2004 年版，第 267頁。

〔註23〕李學勤：《走出疑古時代》，遼寧大學出版社 1997 年版，第 14 頁。

之器」句，王念孫以為「佳」當「唯」之誤，而帛書《老子》作「夫兵不祥之器」，從而證實了王念孫的推斷。雙古堆竹簡《詩經》、上博楚簡《孔子詩論》為傳世《詩經》提供了新的校勘材料。雙古堆竹簡《詩經》與今本有近百字的異文，如今本「兮」，簡文作「旖」；上博楚簡《孔子詩論》也多與今本不同，如稱「國風」作「邦風」，稱「雅」、「頌」作「夏」、「訟」。馬王堆帛書《周易》、雙古堆竹簡《周易》、上博《周易》為傳世《周易》，定縣八角廊竹簡《論語》為傳世《論語》，都提供了新的校勘材料。通過對出土文獻與傳世典籍的認真校勘，必將增強傳世典籍文本的真實性，而真實的文本是早期文學研究之科學性的重要保證。

第二，掌握研究信息，強化創新意識。

文學研究作為一種創造性的精神生產，必須在前人的基礎上有所發現，有所創新。學術研究的任何發現與創新，「都具有由它的前驅者傳給它而它便由以出發的特定的思想材料作為前提」〔註24〕，都不可能跨越已有的文化積累。早期文學研究對象和研究歷史的古老性，要求研究者更自覺地對前人的研究成果進行批判繼承，更主動地對古老的學術傳統實行現代轉型，更積極地在信息化的文化環境中推進學術研究向前發展。

首先，全面梳理傳統資料。

先秦典籍是中國文化之根，在漫長的歷史過程中，它們中的一些曾經被當作經典而受到普遍的重視。歷朝歷代都有人傾注畢生精力對之鑽研，留下了汗牛充棟的研究著作。傳統的研究著作受到具體歷史的制約，它們既留下了不同時代的認識，也存在著不可避免的缺陷。對於早期文學研究來說，它們是不可迴避的難題，也是達到創新的階梯。

譬如《詩經》研究，下面的著作總是繞不過去的：先秦之「季札觀樂」、「孔子論詩」；兩漢之《毛詩》、《鄭箋》；魏晉至唐之劉勰《文心雕龍》、孔穎達《毛詩正義》；宋至明之朱熹《詩集傳》、王應麟《詩考》；清代尊信《毛詩》的有胡承珙《毛詩後箋》、陳奐《詩毛氏傳疏》、馬瑞辰《毛詩傳箋通釋》、陳啟源《毛詩稽古錄》等，遵奉三家詩的有陳喬樅《四家詩異文考》、王先謙《詩三家詩義集疏》、魏源《詩古微》等，注重文學性的有姚際恒《詩經通論》、方玉潤《詩經原始》、崔述《讀風偶識》等，研究文字、音韻、訓詁而涉及《詩

〔註24〕 （德）恩格斯：《致康·施米特》，《馬克思恩格斯選集》（四），人民出版社1972年版，第485頁。

—15—

經》的有顧炎武《日知錄》、惠棟《九經古義》、王念孫、王引之《經義述聞》、段玉載《說文解字注》等〔註25〕。

早期文學研究必須全面梳理傳統研究資料，取其精華，去其糟粕，方能取得創造性的研究成果。

其次，積極借鑒科學方法。

早期文學研究有著古老的歷史，而在漫長的封建時代它被包容在傳統的經學、歷史學、考據學之中，缺乏現代學術的科學品格。為了使早期文學研究走向科學，必須借鑒現代相關學科的科學理論、科學方法與科學成果，促進早期文學研究的走向科學。

如聞一多先生將傳統的訓詁、考據方法與現代的民俗學、社會學、精神分析學、文化人類學方法結合起來，對《詩經》進行綜合分析，發前人所未發，取得了喜人的成就，開啟了《詩經》研究乃至整個古典文學研究的新時代。許志剛先生說：未來的先秦文學研究「要以多元的理論結構為支點，對西方哲學、文學領域的一些重要流派的理論、方法，包括社會學的、文化學的、原型批評、結構主義、釋義學等理論，採取兼收並蓄的態度」〔註26〕。這種開放的研究意識，為早期文學研究注入了新鮮動力，必將推動早期文學研究的進步。

再次，及時攝取研究信息。

二十一世紀是信息社會時代，早期文學研究要適應信息化社會的要求，充分利用數字化、網絡化所帶來的便捷條件。傳統的學術研究受限於陳舊的信息處理方式，造成大量的精神勞動和文化資源的浪費。信息處理緩慢，人們把更多的精力用在機械性的資料處理方面；信息閉塞不通，閉門造車，導致大量的低水平重複勞動。現代電子信息資源的開發利用，因特網的各種強大功能，為學術研究提供了全新的技術手段，從根本上解決了信息閉塞不通和機械性勞作的問題。

通過數字化、網絡化實現學術資源共享，及時地攝取最新的學術信息，便捷地實現學者間的異地交流，這就有效的避免了低水平重複勞動，擴大了學術研究的創造空間。早期文學研究需要具備現代信息意識，我們也期待早

〔註25〕張啟成：《詩經研究述評》，《貴州大學學報》1994 年第四期，第 51 頁。
〔註26〕許志剛：《先秦文學研究未來走向探索》，《遼寧大學學報》1998 年第五期，第 62～66 頁。

期文學信息資源庫的建設逐步完善，能夠為學術研究提供更便捷的服務，促進早期文學研究質量和速度的提高。

早期文學研究仍然處在傳統向現代的轉型過程中，體現科學精神的學術觀念成為早期文學研究進一步發展的重要條件。我們相信，在具體的研究實踐中發揮科學觀念的指導作用，必將開拓出早期文學研究的新局面。

上編：考證辨疑

一、先秦兩漢「小說」概念辨證

　　中國小說尋其源頭，自然遠溯到先秦兩漢時期。先秦時期，已經有「說」、「小說」的稱謂，而漢代更有「小說家」的稱謂。這些稱謂的內涵究竟怎樣？它們與後世的小說有怎樣的聯繫和區別？這些問題的解決對於小說史研究具有重要的意義。下面通過對先秦兩漢「小說」概念的辨證，以便加深對先秦兩漢小說歷史發展的認識。

（一）先秦「小說」的涵義

　　先秦時代，「小說」一語僅見於《莊子・外物》。作者在講了「任公子釣大魚」的故事後，評論到：「夫揭竿累，趨灌瀆，守鯢鮒，其於得大魚難矣！飾小說以干縣令，其於大達亦遠矣，是以未嘗聞任氏之風俗，其不可經於世亦遠矣！」〔註1〕這裡「小說」一語得到小說史研究者的高度重視。

　　對「小說」一語的解釋主要有兩種意見。

　　一是瑣言論。魯迅在《中國小說史略》中說：「小說之名，昔者見於莊周之云『飾小說以干縣令』，然案其實際，乃謂瑣屑之言，非道術所在，與後來所謂小說者固不同。」〔註2〕在《中國小說的歷史變遷》一文中，作者又重申了這個觀點，並補充說：「如孔子、墨子各家的學說，從莊子看來，都可以謂之小說，反之，別家對莊子，也可稱他的著作為小說」〔註3〕魯迅的意思很明確，「小說」乃是認為別家學說是不關道術的瑣屑之言而蔑稱之。後來解釋

〔註1〕（清）郭慶藩：《莊子集釋》，中華書局 1954 年版，第 925 頁。
〔註2〕魯迅：《中國小說史略》，人民文學出版社 1976 年版，第 1 頁。
〔註3〕魯迅：《中國小說史略》，人民文學出版社 1976 年版，第 269 頁。

者大多傾向這種看法。其實，這種看法只說明了「小說」一語的主觀態度，並沒有揭示「小說」一語的客觀涵義。

二是故事論。有學者認為：「莊子所謂小說具體指的就是寓言這種故事性文體，而不是隻言片語的瑣屑言論。簡言之，它不是論說的，而是敘事的。它是借助形象說明道理，且所說明的道理是寄託在故事中的。」〔註4〕據作者說，這個看法是聯繫上下文來考察其實際意蘊而得出的。作者認為「任公子釣大魚」的寓言故事就是莊子所稱小說的一個典型例子。這種考察「小說」客觀涵義的努力是應該肯定的。但是，認真聯繫上下文卻很難得出這樣的結論。「未嘗聞任氏之風俗，其不可經於世亦遠矣」，是說任公子釣魚守大，不急功近利，只有領會此中深義才能經世大達，否則，「其不可經於世亦遠矣」。而「飾小說以干縣令」者，正是因為「未嘗聞任氏之風俗」，所以遠離大達。怎麼能夠認為「任公子釣大魚」的故事就是莊子所稱小說的典型例子呢？可見，這種看法未免有些草率。

究竟怎樣理解「小說」的涵義？

我們認為，語言是一種交際工具，理解一個語詞應該把它放回到它被使用的那個時代背景中，聯繫它的上下文語境，才能作出正確的解釋。

《外物》屬於《莊子》中的「雜篇」，絕非莊子自著，而是莊子後學的著作。據張恒壽考證，《外物》當作於《韓非子》、《呂氏春秋》時代〔註5〕。前人未明此點，對「飾小說以干縣令」多有誤釋。如唐人成玄英解釋道：「干，求也；縣，高也；夫修飾小行，矜持言說，以求高名令聞者，必不能大通於至道。」〔註6〕他可能覺得莊子時還沒有「縣令」官職，所以讀「縣」為「懸」，解釋為「高」；把「令」解釋為「令聞」。事實上，本篇作於戰國末期，而戰國末期各國設置「縣令」已不少見。這可以從文獻和文物上找到大量證據。《韓非子·五蠹》云：「今之縣令，一日身死，子孫累世挈駕，故人重之。」〔註7〕《戰國策·秦策五》云：「趙攻燕，得上谷三十六縣，與秦什一。」〔註8〕從出土的三晉銅器、兵器、古印文字中，常常見到「某令」、「某某令」，也都是

〔註4〕畢桂發：《略論先秦兩漢時期的小說理論》，《許昌師專學報》1986年第二期，第25頁。

〔註5〕張恒壽：《莊子新探》，湖北人民出版社1983年版，第277頁。

〔註6〕（清）郭慶藩：《莊子集釋》，中華書局1954年版，第927頁。

〔註7〕陳奇猷：《韓非子集釋》，上海人民出版社1974年版，第1041頁。

〔註8〕何建章：《戰國策譯釋》，中華書局1990年版，第276頁。

指縣令。可見，「飾小說以干縣令」，應該解釋為「修飾小說用來求得縣令官職」。遺憾的是，成玄英的誤釋一直被人們廣泛採用。

《莊子‧外物》產生於戰國末期，而戰國末期典籍中「小說」一語的使用情況，能夠說明很重要的問題。

從邏輯角度看，「小說」一語僅此一見，說明它還不是人們認識事物的客觀概念，最起碼稱一類事物為小說，還沒有得到社會的普遍承認。至於魯迅所說的各派互相菲薄，互稱小說，那只是一種臆測，根本找不到任何證據。

從語法角度看，「小說」一語如此罕見，說明它還不是一個結構緊密的詞，而只是一個臨時組合的詞組。「小」是「說」的修飾語，用來表達作者的主觀感情，並不具有客觀的限定意味。

例如，荀子《正名》言：「小家珍說之所願皆衰矣。」〔註9〕李斯針對韓非的存韓議論，對秦王說：「臣視非之言，文其淫說，靡辯才甚。」〔註10〕李斯出使韓國，上書韓王：「夫韓嘗一背秦而國迫地侵，兵弱至今。所以然者，聽姦臣之浮說，不權事實。」〔註11〕韓非說：「好辯說而不求其用，濫於文麗而不顧其功者，可亡也。」〔註12〕《戰國策》中虞卿針對樓緩游說之言說：「此飾說也。」〔註13〕上面的「珍說」、「淫說」、「浮說」、「辯說」、「飾說」和《外物》中的「小說」完全一樣，都是一種臨時組合的偏正詞組。修飾成分只表示作者對中心詞「說」所指稱內容的一種主觀評價，並沒有客觀限定的意味。

《外物》作者用「小」修飾「說」，表達了莊子學派對「說」的主觀看法。莊周很注意小大之辨，他目相位如腐鼠，視從政為畏途。對於那些游說干祿，知效一官之流，他是非常鄙薄的，自然要把他們劃入「小」的範疇。莊子後學目「說」為「小」，正是繼承了莊周的思想。與莊周不同，莊子後學則肯定了「大達」、「經世」。而站在「大達」、「經世」的角度，俯視「飾小說以干縣令」，也自然鄙夷為「小」。所以，「小說」的「小」只表達了莊子後學對「說」的主觀看法，而「小說」一語的客觀涵義只能在中心詞「說」的上面得到理解。

〔註9〕鄧漢卿：《荀子繹評》，嶽麓書社1994年版，第486頁。
〔註10〕陳奇猷：《韓非子集釋》，上海人民出版社1974年版，第38頁。
〔註11〕陳奇猷：《韓非子集釋》，上海人民出版社1974年版，第43頁。
〔註12〕陳奇猷：《韓非子集釋》，上海人民出版社1974年版，第267頁。
〔註13〕何建章：《戰國策譯釋》，中華書局1990年版，第725頁。

（二）「說」是游說達意的材料構件

　　「說」的涵義有一般和特定的區別。就一般而言，它是陳述、解說、言論、主張的意思。就特定而言，它和戰國游說之風有著密切聯繫，包括著兩個方面：一是動詞，指游說行為，即文人說客為了推行政見、求利干祿而不遺餘力向統治者進言；二是名詞，指游說材料，即為了游說成功而收求練習以備游說的各種材料。《外物》之「飾小說以干縣令」，本身就是游說干祿，顯然運用「說」的特定涵義。「飾小說」是動賓結構，「說」作為賓語，自然是名詞，是指用來游說的各種材料。飾者，修飾加工，即所謂「凡說之務，在知飾所說之所矜而滅其所恥」〔註14〕。「說」作為被修飾的對象，當然有著特定的涵義，這個涵義可以在《韓非子》的《說林》、《儲說》中得到理解。

　　在正名邏輯發達的先秦時代，韓非給文章命名為《說林》、《儲說》，絕對不是隨便為之。它只能說明「說」已經成為反映客觀事物的一個範疇，而且被人們所普遍承認。《說林》、《儲說》就是「說」的彙編，它所包含的具體內容最能客觀地說明作為游說材料的「說」的實際內涵。《說林》、《儲說》包含材料共有300多則。分析言之，有如下幾類：

　　其一，歷史事實。如《內儲說下》云：「楚成王以商臣為太子，既而又欲置公子職。商臣作亂，遂攻殺成王。」〔註15〕這確實是歷史實錄，在《左傳·文公元年》中有著更詳盡的記載〔註16〕。韓非重在說理達意，所以只作概括敘述而不作具體描繪。

　　其二，歷史傳聞。如《說林上》云：「紂為長夜之飲，懼以失日，問其左右盡不知也，乃使人問箕子。箕子謂其徒曰：『為天下主而一國皆失日，天下其危矣。一國皆不知而我獨知之，吾其危矣。』辭以醉而不知。」〔註17〕顯然這不是信史，而只是傳聞。《論衡·語增》就稱傳語：「紂為長夜之飲，糟丘酒池，沉湎於酒，不捨晝夜」〔註18〕。韓非用這些材料達意明理，至於是否信實就略而不究了。

　　其三，民間故事。如《內儲說下》云：「燕人無惑，故浴狗矢。燕人，其妻有私通於士，其夫早自外而來，士適出，夫曰：『何客也？』其妻曰：『無

〔註14〕陳奇猷：《韓非子集釋》，上海人民出版社1974年版，第222頁。
〔註15〕陳奇猷：《韓非子集釋》，上海人民出版社1974年版，第599頁。
〔註16〕（晉）杜預：《春秋經傳集解》，上海古籍出版社1997年版，第421～422頁。
〔註17〕陳奇猷：《韓非子集釋》，上海人民出版社1974年版，第440頁。
〔註18〕（漢）王充：《論衡》，上海人民出版社1974年版，第115頁。

客』。問左右，左右言無有，如出一口。其妻曰：『公惑易也』，因浴之狗矢。」
〔註19〕這則故事頗富有喜劇意味，嘲笑了燕人的壅塞不明。韓非用來說明「內
外為用則人主壅」的道理。

其四，寓言故事。如《說林下》云：「三虱相與訟，一虱過之，曰：『訟者
奚說？』三虱曰：『爭肥饒之地。』一虱曰：『若亦不患臘之至而茅之燥耳，若
又奚患？』於是相與聚嘬其母而食之。彘臞，人乃弗殺。」〔註20〕假想的故
事寄託著一定道理，同樣能夠滿足游說達意的需要。

其五，名言警句。如《外儲說左上》有「夫良藥苦於口，而智者勸而飲之，
知其入而已己疾也。忠言拂於耳，而名主聽之，知其可以致功也。」〔註21〕《內
儲說下》有「狐突曰：『國君好內則太子危，好外則相室危』。」〔註22〕這些名
言警句都是人們公認的道理，可以直接用來游說達意。

以上材料，有的信實，有的虛構，有的具體敘述，有的抽象議論，有的
趣味橫生，有的嚴肅死板。它們性質不同，形態各異，但是都有一種功能，即
用來作為游說達意的材料。可見，「說」的命名不是著眼於游說材料的某些性
質、某些形態，而是立足於它們都是游說達意的材料。因此，我們認為，「說」
就是游說達意的材料構件。那種認為「說」是瑣言、是歷史故事、是寓言故事
的看法，顯然是以偏概全，不能完全符合「說」的實際內涵。

這樣一來，諸子百家游說達意的材料構件就都可以包括在「說」的範圍
之內。當然，各家游說的具體情況不同，達意的具體內容不同，所以在運用
「說」的過程中表現出各自的特點。他們或舉史實，或編寓言，或講笑話，或
引警句，形成不同的風格。韓非重在論政，便多以古證今，歷史材料運用較
多，偏於信實。因為只有信實才有說服力，倘是一派虛言，便難以收到游說
效果。莊子重在達意，便常「寓言為廣」，虛造故事較多，偏於想像。因為有
了虛構，更能隨心所欲表達精微之道，如果拘於真實，反倒難以表達道的真
義。它如《墨子》、《孟子》、《呂氏春秋》、《戰國策》都包含著豐富的「說」，
也都具有各自的特點。

「說」作為游說達意的材料構件，在戰國時代廣泛活躍在文人說客的游

〔註19〕陳奇猷：《韓非子集釋》，上海人民出版社1974年版，第579頁。
〔註20〕陳奇猷：《韓非子集釋》，上海人民出版社1974年版，第460頁。
〔註21〕陳奇猷：《韓非子集釋》，上海人民出版社1974年版，第626頁。
〔註22〕陳奇猷：《韓非子集釋》，上海人民出版社1974年版，第601頁。

說寫作之中，發揮了重要的作用。到了漢代，「說」的游說達意功能也並未完全消歇，劉向的《說苑》便是它的流風餘韻。

（三）漢代「小說」是客觀範疇

西漢時期，「小說」一語典籍未見。

東漢時期，「小說家」、「小說」都有稱引。桓譚《新論》云：「若其小說家，合叢殘小語，近取譬論，以作短書，治身理家，有可觀之詞。」〔註23〕班固《漢書‧藝文志》亦云：「小說家者流，蓋出於稗官。街談巷語，道聽途說者之所造也。」〔註24〕張衡《西京賦》云：「小說九百，本自虞初，從容之求，實俟實儲。」〔註25〕「小說」被多次稱引，並且卓然成家，寫入正史。可見，「小說」一語已經不是臨時組合的詞組，而演變成為一個固定的複合詞。人們用它來指稱一類事物，它已經是一個客觀的範疇。

那麼，「小說」所指稱的這類事物，究竟是怎樣的情況呢？

《漢書‧藝文志》在「小說家」之下列書十五種，自然反映了班固對「小說」的理解。然而，它們除《青史子》尚存三則佚文外，其他均已不存。不過，從班固自注的片言隻語中，還是可以透露出「小說」這種事物的特點來。

一是託古不實。班固自注云：《伊尹說》「似依託也」、《鬻子說》「後世所加」、《周考》「考周事也」、《青史子》「古史官記事也」、《師曠》「似因託之」、《務成子》「稱堯問，非古語」、《天乙》「天乙謂湯，其言非殷時，皆依託也」、《黃帝說》「迂誕依託」、《虞初周說》「應劭曰：『其說以《周書》為本』」。〔註26〕這類作品記事依託古人古事，上面附著了許多虛妄不實的傳聞異說，自然被歷史學家的班固譏為「迂誕」了。

二是意旨淺薄。班固自注云：《伊尹說》「其語淺薄」、《師曠》「其言淺薄」。他又總論曰：「街談巷語，道聽途說者之所造也」、「此亦芻蕘狂夫之議也」。這類作品出自芻蕘狂夫之口，流傳於街巷道途，從高論正言的角度看，自然是「其語淺薄」了。

站在子、史的角度來看待「小說」，人們必然表現出輕視的態度。桓譚稱

〔註23〕（漢）桓譚：《新論》，上海人民出版社1977年版，第69頁。

〔註24〕（漢）班固：《藝文志》，《漢書》，中華書局1962年版，第1745頁。

〔註25〕（漢）張衡：《西京賦》，《全漢賦》，費振剛等編，北京大學出版社1993年版，第417頁。

〔註26〕（漢）班固：《藝文志》，《漢書》，中華書局1962年版，第1744～1745頁。

「有可觀之辭」，班固稱「如或一言可採，此亦芻蕘狂夫之議也」。這裡的「可觀」、「可採」，只是對其言辭的肯定，並不是對「小說」整體的重視。班固說：「諸子十家，其可觀者九家而已。」又把「小說家」排斥出可觀的範圍，這才是當時人們對「小說」的根本態度。

（四）「小說」是諸子末流淺薄不中義理的話語

諸子十家，前九家在先秦時期已經出現，惟獨「小說家」到漢代才被提及。這不能不讓人去想：「小說家」從何而來？「小說」脫胎於什麼？

班固說：「小說家者流，蓋出於稗官。」魯迅對此不以為然，他說：「其所錄小說，今皆不存，故莫得深考。然審察名目，乃殊不似有採自民間，如《詩》之《國風》者。」又說：「伊尹以割烹要湯，孟子嘗所詳辯，此則殆戰國之士之所為矣。」〔註27〕可見，《漢志》小說雖然流傳於街巷道途，但斷不是來自民間。《漢志》道家有《伊尹說》五十一篇，小說家有《伊尹說》二十七篇；道家有《鬻子》二十一篇，小說家有《鬻子說》十九篇；《漢志》兵、陰陽家有《師曠》八篇，小說家有《師曠》六篇。這種小說家和別家同談一人的情況絕不是偶然的。只是這些書已經亡佚，無法考察它們之間的聯繫了。

但有一條記載可以彌補這個缺憾。劉向在《說苑·敘錄》中說：「所校中書《說苑》雜事，……除去與《新序》重複者，其餘者淺薄不中義理，別集以為《百家》。後令以類相從，一一條別篇目，更以造新事十萬言以上，凡二十篇，七百八十四章，號曰《新苑》，皆可觀。」〔註28〕這段話清楚說明《百家》和《新序》、《新苑》（即今本《說苑》）都來源於《說苑》雜事。在《漢志》中《百家》屬於小說家，《新序》、《說苑》屬於儒家。這樣，小說家和儒家發生了關係。劉向「別集以為《百家》」的理由，是因為其內容「淺薄不中義理」，而班固也就把它歸入小說家。可見，小說家和儒家、道家、陰陽家，原本沒有一條不可逾越的鴻溝。只要他們的作品「淺薄不中義理」，就可能被劃入「小說」的範疇，而作者也自然進入「小說家」的行列。這似乎說明，「小說家」就是諸子末流而已。

《百家》屬於「小說」，而它又來自《說苑》。《說苑》的「說」和《說林》、

〔註27〕魯迅：《中國小說史略》，人民文學出版社1973年版，第15頁。
〔註28〕（漢）劉向：《說苑疏證》，趙善詒疏證，華東師範大學出版社1985年版，第637頁。

《儲說》的「說」應該是一致的。就今存《說苑》的內容和《說林》的內容比較來看，它們的性質是基本相同的。由此可見，漢代的「小說」和先秦的「說」有著重要的親緣關係。又如《漢志》所錄十五家小說，其中有《伊尹說》、《鬻子說》、《黃帝說》、《封禪方說》、《虞初周說》，題目明標「說」字，恐怕並不是偶然的。這也是「小說」脫胎於「說」的一個證據。

當然，「小說」和「說」有著明顯區別，如屬於小說家的《百家》，被貶為「淺薄不中義理」，而屬於儒家的《新序》、《說苑》，則被稱作「至其正紀綱，迪教化，辨邪正，黜異端，以為漢規鑒者，盡在此書」（高似孫語）〔註29〕。可見，「小說」和「說」的區別就在於是否「淺薄不中義理」。「說」一旦墜入「淺薄不中義理」，也就進入了「小說」的範疇。

（五）「小說」是「說」的民間化的產物

我們認為，「小說」實質上就是「說」的民間化的產物。「說」被文人說客在朝廷之上用來論政闡道，而「小說」已經脫離了論政闡道的軌跡，流落在街巷道途之中，走上了民間化的道路。站在正統的立場上，這是「說」的淪落，自然稱之為「小說」。「說」趨向民間化有著深刻的社會文化根源。從時代政治方面看，戰國時期的百家爭鳴，給「說」用來論政闡道提供了有利的文化條件。而隨著百家爭鳴的消歇，文人士子論政闡道的舞臺日漸萎縮，他們離開朝堂，散落民間，和芻蕘狂夫生活在一起，「說」在他們手中脫離論政闡道的軌跡，變得淺薄而打上民間色彩，走上「不中義理」的別途那是很有可能的。

從「說」自身看，其內部本來具有發展的多種可能性。它既可以嚴守家法來辯論明理，也可以擷取百家去娓娓敘事；它既可以扳起嚴肅的面孔來論政闡道，也可以放下道學的架子去街談巷議。隨著時代政治的變化，「說」走下政壇，走向民間，開闢新的發展道路，這幾乎是一種必然的選擇。

西漢時期，人們常提到的「百家之說」就顯示了這種發展趨向。《史記·甘茂列傳》云：「甘茂事下蔡史舉先生，學百家之說。」〔註30〕《史記·范雎列傳》稱范雎也曾經學過百家之說，他說：「五帝三代之事，百家之說，吾既知之」〔註31〕。這「百家之說」究竟指什麼？諸子百家，彼此爭鳴，自然不

〔註29〕 （清）永瑢等：《四庫全書總目》，中華書局1965年版，第772頁。
〔註30〕 （漢）司馬遷：《甘茂列傳》，《史記》，中華書局198年版2，第2310頁。
〔註31〕 （漢）司馬遷：《范雎列傳》，《史記》，中華書局1982年版，第2401頁。

能同學。顯然它不是指諸子百家的理論學說，而是指脫離了諸子百家論政闡道的「說」。范睢把「百家之說」和「五帝三代之事」對舉並提，顯示了二者性質的相近，「百家之說」恐怕也是對往事的敘述。這「百家之說」是否具有民間色彩，我們不得而知。但傳授「百家之說」的下蔡史舉先生的確是一位民間人士，他做過里巷的「監門」，「大不為事君，小不為家室，以苟賤不廉聞於世」〔註32〕。而學習「百家之說」的甘茂、范睢倒是很會講故事的。如甘茂在勸秦武王伐韓宜陽時，就講了「曾參殺人」的故事；在對蘇代游說時，又講了「江上處女」的故事。范睢初見秦昭王時，就講了「呂尚遇文王」和「伍子胥出昭關」的故事；後來他勸秦昭王向宣太后、穰侯奪權時，又講了「恒思少年與神叢賭博」的故事〔註33〕。這類故事很可能出自「百家之說」，透露出「百家之說」長於敘事的蛛絲馬蹟。

桓譚說：「若其小說家，合叢殘小語，近取譬論，以作短書，治身理家，有可觀之詞。」〔註34〕這同樣說明了「說」脫離論政闡道，走向民間的特點。什麼是「叢殘小語」？王充說：「古今作書者非一，各穿鑿失經傳之實，違聖人之質，故謂之蕞（叢）殘，比之玉屑。」〔註35〕可見，那些失經違聖、背道從俗的話語，就被蔑之為「叢殘」，目之為「小」，稱之為「小說」。所謂「近取譬論」，自然是從街談巷語、道聽途說、芻蕘狂夫之口就近取材了。如此一來，「小說」當然具有濃厚的民間色彩。

班固把「小說」稱為小道，也是看到了「小說」民間化的特點。所謂「雖小道，必有可觀者也」，那是子夏的意見。孔子對子夏偏好小道的態度是反對的，在《論語·雍也》中，他對子夏說：「汝為君子儒，無為小人儒。」〔註36〕這話當然是有所指的。小道是小人所作的，「小說」既然是「街談巷語、道聽途說者之所造也」，「芻蕘狂夫之議也」，那當然是小人所為的小道了。

（六）「說」和「小說」的小說史價值

漢代「小說」雖然從先秦「說」發展而來，但是它們畢竟存在著明顯差異。

〔註32〕 （漢）司馬遷：《甘茂列傳》，《史記》，中華書局1982年版，第2317頁。
〔註33〕 （漢）劉向：《集錄》，《戰國策》，上海古籍出版社1985年版，第197頁。
〔註34〕 （漢）桓譚：《新論》，上海人民出版社1977年版，第69頁。
〔註35〕 （漢）王充：《論衡》，上海人民出版社1974年版，第435頁。
〔註36〕 楊伯峻：《論語譯注》，中華書局1980年版，第59頁。

　　從概括角度而言，先秦「說」是對游說達意的材料的概括，只有從游說達意角度才能揭示「說」的真正內涵。而漢代「小說」是對諸子末流「淺薄不中義理」的話語的概括，只有從其概念得名的角度才能理解其複雜的內容。

　　班固立「小說家」一名，本從學派角度著眼。諸子各派都有自己的義理，卓然成家，羅列於前；各派末流，義理漸失，便歸之於「小說家」。因而，他對作品的歸類並沒有嚴格的標準。把本該是小說者歸於別家，把別家作品歸於小說家，這都是很可能的，以至於後世的目錄學家常常要修改他的看法。在「小說家」的作品中，有本史書者，有言傳說者，有記異聞者，有談禮儀者，有講故事者。這種複雜的情況，從其命名的角度就可以得到理解。

　　從社會作用而言，「說」的目的在於論政闡道，而「小說」的目的在於治身理家以至玩好。人們對二者的認識有著根本的不同。

　　至於今天所謂「小說」是從文學體裁的角度來概括的，其目的在於發揮審美作用，以及在審美作用下的認識作用和教育作用。「說」和「小說」與今天的小說自然不可同日而語。用今天小說的概念去要求「說」和「小說」，自然不是科學的態度。然而，從小說的孕育萌芽而言，「說」和「小說」無疑是小說史不可缺少的環節。

　　梁啟超指出：「內外儲說等篇在『純文學』上亦有價值」，「所引實例，含小說的性質者較多。」〔註37〕此言極是，「說」和「小說」包含著豐富的小說因素，從多方面顯示了向小說進化的必然趨勢。譬如，「說」和「小說」主要不是抽象議論，更多的是形象的故事，這種形象性就顯示了趨近小說的傾向。「說」和「小說」在言辭上的「亦可喜、亦可觀」，表現了語言藝術的魅力，顯示了趨近小說的傾向。「說」和「小說」具有相當多的虛構因素，移花接木，張冠李戴，依託增飾，向壁虛造，這些都直接啟發了後來小說的虛構。總之，「說」和「小說」的上述傾向，提高了文學的表現水平，滋養了新的審美趣味，在小說孕育萌芽的過程中起著不可忽視的重要作用。

〔註37〕陳引馳：《梁啟超國學講錄二種》，中國社會科學出版社1997年版，第52頁。

二、漢賦源流辨說

在中國古代文學中，沒有哪種文體像漢賦一樣糾結了許多難以梳解的問題。對於賦的稱名、賦的體裁、賦的淵源等問題，學界說法頗多，尚有進一步辨說的必要。本文不揣淺陋，在時賢認識基礎上，再提出一些思考。

（一）賦稱辨義

辨說漢賦，有必要尋根溯源，先對「賦」字之詞義系統作出梳理。

「賦」字不見於甲骨文，而數見於金文，如《毛公鼎》云：「埶小大楚賦，無唯正昏」〔註1〕。「賦」字金文作「𧶠」，小篆作「賦」，因字形考察詞義，許慎《說文解字》云：「斂也。從貝，武聲。」〔註2〕它形聲兼會意，本義是用武力奪取財物。

上古漢語多動、名同字，「賦」字亦然。作為動詞，它有「斂取」之義；作為名詞，指稱斂取的成果，便有「賦斂」之義。《尚書・禹貢》云：「厥賦：惟上上，錯。」《孔疏》：「賦者，賦斂之名。……謂稅穀以供天子。」〔註3〕「賦」由動詞轉化為名詞，典籍也有蛛絲馬蹟。《公羊傳・哀公十二年》云：「譏始用田賦也。」注云：「賦者，斂取其財物也。」〔註4〕可見出「斂取」到「田賦」的詞義轉化。

「賦」作為名詞，渾而言之，義為「賦斂」；析而言之，「賦斂」有不同內

〔註1〕馬承源：《商周青銅器銘文選》（三），文物出版社1988年版，第316頁。
〔註2〕（漢）許慎：《說文解字》，中華書局1963年版，第131頁。
〔註3〕顧頡剛、劉起釪：《尚書校釋譯論》（二），中華書局200年版，第537頁。
〔註4〕李學勤主編：《春秋公羊傳注疏》，《十三經注疏》，北京大學出版社1999年版，第350頁。

—31—

容。有的指稱田稅，如《論語・公冶長》「可使治其賦也」〔註5〕；有的指稱兵稅，如《國語・魯語》「帥賦以從諸侯」，注曰：「賦，國中出兵車甲士，以從大國諸侯也。」〔註6〕

「賦」之「賦斂」義，都是指向別人斂取財物。按照詞義相反為訓的引申規律，「賦」又具有了「賜授」的詞義。如《莊子・齊物論》「狙公賦芧」〔註7〕，《韓非子・外儲說右上》「於是為十玉珥而美其一而獻之，王以賦十孺子」〔註8〕。

上面所言「賦」之詞義轉化引申，僅限於物質經濟領域，自然與精神文化沒有發生直接關係。

「賦」之詞義沿著抽象化方向引申，當「賜授」對象超越具體物質，而用來指稱王命、政令，「賦」便具有了「頒布」的詞義。如《詩經・大雅・烝民》云：「古訓是式，威儀是力。天子是若，明命使賦」、「出納王命，王之喉舌，賦政于外，四方爰發。」〔註9〕這裡「賦政」、「賦命」，便是頒布周王朝的政令。

當「賦」之「頒布」義進一步泛化，不限於指稱王朝政令，「賦」便具有「口誦」的詞義。如《國語・周語》云：「故天子聽政，使公卿至於列士獻詩，瞽獻曲，史獻書，師箴，瞍賦，矇誦，庶人傳語，近臣盡規，親戚補察，瞽史教誨，耆艾修之，而後王斟酌焉。」〔註10〕三國東吳韋昭《國語解》釋「瞍賦」云：「無眸子曰瞍，賦公卿列士所獻詩。」

這種口誦詩章的形式，在春秋時代蔚然成風，形成外交政治場合「賦詩言志」的特定文化行為。《漢書・藝文志》云：「古者諸侯卿大夫交接鄰國，以微言相感，當揖讓之時，必稱《詩》以諭其志。」〔註11〕關於「賦詩言志」，據統計《左傳》記載賦詩有 58 首 69 次之多。在春秋時代，「賦詩言志」是起碼的文化水平和基本的政治能力，如果缺乏這種水平和能力，那是非常尷尬的事情。所以，孔子教導學生說：「不學《詩》，無以言。」足見「賦詩言志」的重要性。

〔註5〕（南宋）朱熹：《論語集注》，齊魯書社 1992 年版，第 40 頁。

〔註6〕上海師範大學古籍整理組：《國語》，上海古籍出版社 1978 年版，第 188 頁。

〔註7〕曹礎基：《莊子淺注》，中華書局 1982 年版，第 25 頁。

〔註8〕張覺：《韓非子校注》，嶽麓書社 2006 年版，第 454 頁。

〔註9〕李學勤：《詩經正義》，《十三經注疏》，北京大學出版社 1999 年版，第 1220 頁。

〔註10〕上海師範大學古籍整理組：《國語》，上海古籍出版社 1978 年版，第 9 頁。

〔註11〕（漢）班固：《漢書》，中華書局 1962 年版，第 1755 頁。

　　「賦」之「口誦」義被運用在「賦詩言志」的特定文化行為上，其詞義便發生從泛指到專指的轉化。「賦」之「口誦」對象是以《詩》為主的作品，《左傳》記載所賦之詩章，絕大多數見於《詩經》。當然，其中也有逸詩，如「宋公享昭子，賦《新宮》」〔註12〕；也有自作詩，如「公入而賦：『大隧之中，其樂也融融。』姜出而賦：『大隧之外，其樂也泄泄。』」〔註13〕按詞義引申的一般規律，指稱特定行為的動詞很容易轉化為指稱特定行為對象的名詞。但是，非常遺憾，「賦詩言志」流行那麼長時間，始終沒有用「賦」指稱《詩》篇的現象。「賦」作為名詞指稱語言作品，從開始便好像有意識要與詩嚴格區別。

　　據現有資料，最早以「賦」命名的作品，應該是宋玉的《風賦》、《高唐賦》、《神女賦》、《登徒子好色賦》與荀子的《賦篇》等。過去，有人懷疑宋玉賦的真偽，隨著《唐勒賦》的出土，這種懷疑也便消釋了；有人懷疑荀子《賦篇》可能是劉向所加，而《戰國策》、《韓詩外傳》都有荀子遺春申君書，「因為賦曰：……」〔註14〕的記載，劉向改篡斷不會如此細密。所以，在戰國末期，出現以「賦」名篇現象，乃是不爭的事實。

　　關於以「賦」名篇的由來，歷來有不同的認識。

　　一是取義「詩六義」。班固曰：「賦者，古詩之流也。」〔註15〕這只是說詩賦在社會功用上之繼承關係，與「賦」之得名問題原本無關。而晉左思《三都賦序》論賦而特別提到：「蓋詩有六義焉，其二曰賦。」再經過皇甫謐的發揮：「子夏序詩曰：『一曰風，二曰賦』，故知賦者古詩之流也。」〔註16〕這種理解被劉勰所採納，便有：「《詩》有六義，其二曰賦。賦者，鋪也；鋪采摛文，體物寫志也。」〔註17〕這種意見相沿至今，如瞿蛻園所言：「《詩大序》說《詩》有風、賦、比、興、雅、頌六義，賦即其中之一。到了後來，它成為一種獨立的文學體制……」〔註18〕。

　　這種觀點既沒有詩賦演變的具體線索，也不符合詞義引申的一般規律，很有些望文生義的嫌疑。褚斌傑先生明確指出：「賦，作為一種文體，它與《詩

〔註12〕楊伯峻：《春秋左傳注》，中華書局1981年版，第1455頁。
〔註13〕楊伯峻：《春秋左傳注》，中華書局1981年版，第15頁。
〔註14〕何建章：《戰國策注釋》，中華書局1990年版，第583頁。
〔註15〕郭紹虞：《中國歷代文論選》，上海古籍出版社1979年版，第144頁。
〔註16〕周殿富：《楚辭論》，吉林出版社2003年版，第123頁。
〔註17〕（梁）劉勰：《文心雕龍》，嶽麓書社2004年版，第65頁。
〔註18〕瞿蛻園：《漢魏六朝賦選》，上海古籍出版社1979年版，第2頁。

經》『六義』的所謂『賦』，並沒有什麼源流、演化關係。……與《詩經》表現手法之一的所謂『賦者，鋪也』，含義也是不一樣的。」〔註19〕

二是取義「不歌而誦」。劉向、劉歆校群書而奏《七略》，其中《詩賦略》從詩、賦的分野來確定「賦」之內涵。詩為歌詩，其特點是入樂可歌；賦不入樂，所謂「不歌而誦為之賦」。范文瀾說：「春秋列國朝聘，賓主多賦詩言志，蓋隨時口誦，不待樂奏也。《周語》析言之，故以『瞍賦矇誦』並稱；劉向統言之，故云『不歌而誦為之賦』。」〔註20〕這種意見繼續深入，便有駱玉明先生明確提出：賦是「從誦讀方式演為文體之名」的〔註21〕。

這種觀點也存疑竇。曹明剛指出：「如果賦字僅取誦讀之義而成為文體的一種名稱，或像駱文所說『從誦讀方式』演變而來，那麼也很難對為什麼不逕取『誦』字來作為文體的名稱，而要借助於『賦』字作出合理的解釋。另外對同具『不歌而誦』的其他體裁如徒歌、頌、銘、箴等，為什麼不能以『賦』為名？」〔註22〕不能明確回答這些疑問，說明這個觀點也是不完善的。

以「賦」名篇，「賦」字由動詞轉化為名詞，其詞義引申的線索應該是探尋「賦」得名由來的正確方向。一般說來，動詞轉化為名詞，多由指稱行為方式而轉化為指稱行為對象。在精神文化領域，「賦」指稱的行為方式最突出的就是「賦詩」，而它的行為作對象是詩，而從來沒有被稱為「賦」。那麼，除了詩之外，在「賦」的行為對象中，是否還存在著其他的語言作品？

《韓詩外傳》云：

> 孔子游於景山之上，子路、子貢、顏淵從。
>
> 孔子曰：「君子登高必賦。小子願者，何言其願，丘將啟汝。」
>
> 子路曰：「由願奮長戟，蕩三軍，乳虎在後，仇敵在前，蠡躍蛟奮，進救兩國之患。」
>
> 孔子曰：「勇士哉！」
>
> 子貢曰：「兩國構難，壯士列陣，塵埃張天，賜不持一尺之兵，一斗之糧，解兩國之難，用賜者存，不用賜者亡。」
>
> 孔子曰：「辯士哉！」

〔註19〕褚斌傑：《論賦體的起源》，《文學遺產》（增刊）1982（第14輯），第31頁。
〔註20〕范文瀾：《文心雕龍注》，人民文學出版社1958年版，第137頁。
〔註21〕駱玉明：《論「不歌而誦謂之賦」》，《文學遺產》1983年第二期，第37頁。
〔註22〕曹明剛：《賦學概論》，上海古籍出版社1998年版，第6頁。

顏淵不願。

孔子曰：「回何不願？」

顏淵曰：「二子已願，故不敢願。」

孔子曰：「不同，意各有事焉。回其願，丘將啟汝。」

顏淵曰：「願得小國而相之，主以道制，臣以德化。君臣同心，外內相應，列國諸侯莫不從義向風。壯者趨而進，老者扶而至。教行百姓，德施乎四蠻。莫不釋兵，輻輳乎四門。天下咸獲永寧，暄飛蠕動，各樂其性。進賢使能，各任其事。於是君綏於上，臣和於下，垂拱無為，動作中道，從容得禮，言仁義者賞，言戰鬥者死。則由何進而救，賜何難之解。」

孔子曰：「聖士哉！大人出，小子匡，聖者起，賢者伏。回與執政，則由賜焉施其能哉？」〔註23〕

這裡孔子令諸弟子登高作賦，所賦對象突破了詩體的語言侷限，呈現出參差不齊的語言特徵。而這個特徵與最早以「賦」名篇的宋玉四賦，荀子《賦篇》的語言特徵是基本一致的。然而，這段材料的真實性似乎存在一些問題，它與《論語》「侍坐」章相似，因此頗有擬作的嫌疑。儘管如此，它還是透露出人們對賦體的看法；而這個擬作者應該是秦漢時人，因而它仍不失為認識賦體的重要證據。誠如章太炎《六詩說》所言：「《韓詩外傳》說孔子游景山之上曰：『君子登高必賦』，子路、子貢、顏淵各為諧語，其句讀參差不齊。次有屈原、荀卿諸賦，篇章闊肆，此則賦之為名，文繁而不可被諸管絃也。」〔註24〕

由此而言，以「賦」名篇，竟不是在與詩的聯繫中得名，倒是在與詩的區別中得名。《漢書‧藝文志》云：「傳曰：『不歌而誦謂之賦，登高能賦，可以為大夫』。言感物造耑，材知深美，可與圖事，故可以列大夫也。古者諸侯卿大夫交接鄰國，以微言相感，當揖讓之時，必稱詩以諭其志，蓋以別賢不肖而觀盛衰焉。故孔子曰：『不學《詩》，無以言』也。春秋之後，周道浸壞，聘問歌詠，不行於列國，學《詩》之士，逸在布衣，而賢人失志之賦作矣。……序詩、賦為五種。」〔註25〕這段材料正透露出以「賦」名篇的原由。

〔註23〕（漢）韓嬰：《韓詩外傳集釋》，許維遹集釋，中華書局1980年版，第268～269頁。

〔註24〕章太炎：《章太炎全集》（三），上海人民出版社1984年版，第390頁。

〔註25〕（漢）班固：《漢書》，中華書局1962年版，第1755～1756頁。

　　首先，「登高能賦」。作為動詞，「賦」之行為並非隨便的「口誦」，它是在特定條件下的「口誦」。《鄘風・定之方中》「毛傳」注：「建邦能命龜，田能施命，作器能銘，使能造命，升高能賦，師旅能誓，山川能說，喪紀能誄，祭祀能語，君子能此九者，可謂有德音，可以為大夫。」〔註26〕「登高」、「升高」作為「賦」之必要條件，乃是漢代學者的共識。章炳麟《辨詩》云：「《毛詩傳》曰：『登高能賦，可以為大夫。』登高孰謂？謂壇堂之上，揖讓之時」〔註27〕，就是指邦國外交活動中的「賦詩言志」。如「公子賦《河水》，公賦《六月》，……公降一級而辭也」〔註28〕，便是登高而賦詩的。由此可見，「賦」之行為需要特定條件，具有表演展示的特徵。

　　其次，「不歌而誦謂之賦」。詩為歌詩，入樂可歌；賦不入樂，不歌而誦。詩、賦區別在於入樂與否。當然，春秋時代「賦詩言志」，不待音樂伴奏，也是不歌而誦；可那是不待歌，而非不能歌。詩語整齊協律而宜歌唱，賦語參差不齊而宜誦讀。「不歌而誦」不簡單是表演方式的選擇，而是它們內在的語言特徵決定了它們的外在表演方式。「賦詩言志」可以不歌而誦，但並不能因此而改變詩之協律可歌的本質。所以，「不歌而誦謂之賦」的判斷，應該是：賦的特徵是不歌而誦的，而不歌而誦並非都是賦。如「不歌而誦」的詩、頌、銘、箴等，便都不能稱之為「賦」。

　　再次，「春秋之後……而賢人失志之賦作矣」。春秋時代，鄰國交接，賦詩言志，把「賦」的特定行為發揮到了極至；而春秋之後，「聘問歌詠，不行於列國」，賦詩言志便消歇了。然而，那種登臺口誦的表演方式──賦，並沒有隨之消歇，它只是變換了行為的對象，不再是整齊協律的詩，而是參差不齊的語言作品。在春秋之後，戰國期間，作為指稱特定行為的「賦」，終於轉化為指稱這種行為的特定對象，「賦」作為文學作品的名稱便誕生了。

　　由此可見，作為登高演示行為的「賦」，肇始於春秋的「賦詩言志」；春秋之後「賦詩言志」消歇，這種演示行為被保留下來，而它的演示對象發生了變化；「賦」作為指稱行為最終轉化為指稱這個行為的新對象，以「賦」名篇便正式誕生了。

〔註26〕李學勤：《詩經正義》，《十三經注疏》，北京大學出版社1999年版，第199頁。
〔註27〕章太炎：《辨詩》，《國故論衡》，上海古籍出版社2003年版，第88頁。
〔註28〕楊伯峻：《春秋左傳注》，中華書局1981年版，第411頁。

（二）賦類辨體

漢人稱「賦」，自然包含著一定的文體意識，但是，在整個文體意識尚沒有完全自覺之時，「賦」稱的文體意義也是含混不清的。甚至可以說，終漢之世，人們對「賦」的認識，主要不是從文體立論，而是從文獻分類立論的。

《漢志》論述便顯示了這一點。《漢志》刪述《七略》而成，其云：「大凡書六略三十八種」，其中「詩賦略」分為屈原賦之屬二十家、陸賈賦之屬二十一家、孫卿賦之屬二十五家、雜賦之屬十二家，歌詩之屬二十八家。〔註29〕它最大的特點是「辨彰學術，考鏡源流」，是一種文獻分類，而非文體分類。正是如此，也就不難理解漢代人在辭、賦稱呼上的雜糅混亂了。

司馬遷最早提到「楚辭」之名，而其實他是辭、賦不分的。他稱屈原「乃作《懷沙》之賦」；又稱賈誼「為賦以弔屈原」、「為賦以自廣」；甚至乾脆「辭賦」連稱，如《司馬相如列傳》：「景帝不好辭賦」〔註30〕。揚雄稱：「詩人之賦麗以則，辭人之賦麗以淫。」〔註31〕這似乎察覺到辭、賦差別，而他還是以賦統辭的。至於班固，詩、賦區別儼然，而辭、賦卻混為一談。「屈原賦」赫然列於《詩賦略》之首。到東漢末年的王逸，才將屈原辭作校訂整理，又加上漢人擬作中與屈原有關的作品，撰成《楚辭章句》。其《九辨序》稱：「至於漢興，劉向、王褒之徒，咸悲其文，依而作詞，故號為楚詞。」〔註32〕而這樣做並不是出於明確的文體認識。

人們儘管辭、賦不分，其實也察覺到二者的不同。揚雄「麗則」、「麗淫」之論，開辭、賦區別的先河。西晉摯虞《文章流別志論》稱：「《楚辭》之賦，賦之善者也……以情義為主，以事類為佐。今之賦，以事形為本，以義正為助。」〔註33〕所論辭、賦特徵判然有別。到了劉勰《文心雕龍》，辭、賦雖然仍有糾結，畢竟《辨騷》、《詮賦》分門別類，戛然而劃界了。

今日研究漢賦，不能沿襲古人辭、賦不分的舊習，更不能對古人稱謂照單全收，如果那樣做也就不必對漢賦進行科學研究了。研究漢賦，首先要對傳統賦類作品辨明文體，進而在科學認識基礎上，才有可能辨析漢賦淵源，辨清漢賦功用。如果文體尚且不清，那麼對漢賦淵源與漢賦功用的論述，就

〔註29〕（漢）班固：《漢書》，中華書局1962年版，第1747～1755頁。
〔註30〕（漢）司馬遷：《史記》，中華書局1959年版，第2486、2492、2999頁。
〔註31〕郭紹虞：《中國歷代文論選》，上海古籍出版社1979年版，第91頁。
〔註32〕（宋）洪興祖：《楚辭補注》，中華書局，2002年版，第182頁。
〔註33〕周殿富：《楚辭論》，吉林出版社2003年版，第121頁。

可能要南轅北轍而指鹿為馬了。

何謂文體？這裡文體是指文學作品的體裁，它是文學作品話語系統的結構形態〔註34〕，它是在文學發展過程中形成的作品形態，這種作品形態表現了文學作品內容和形式的穩定特徵〔註35〕。漢賦作為一種文體，其作品形態當然也具有穩定的特徵。對於古人稱「賦」一類作品，用漢賦文體特徵去衡量，那些基本符合漢賦文體特徵的作品，便屬於漢賦範圍；那些基本不具有漢賦文體特徵的作品，自然應該從漢賦中清理出去。

關於漢賦的文體特徵，前人論之甚詳。歸納起來，主要有四：

一是語言特徵。郭紹虞指出：「賦之為體，非詩非文，亦詩亦文。」〔註36〕其語言突破了詩整齊協韻的制約，表現出參差不齊、韻散兼行的特徵。

二是結構特徵。劉勰指出：「荀況《禮》、《智》，宋玉《風》、《釣》，爰錫名號，與詩畫境，六義附庸，蔚成大國。遂述客主以首引，極聲貌以窮文。斯蓋別詩之原始，命賦之厥初也」〔註37〕虛設主客，問對騁辭，成為漢賦結構的基本特徵。

三是內容特徵。陸機指出：「詩緣情而綺靡，賦體物而瀏亮。」〔註38〕在他看來，詩、賦內容判然有別，詩以抒情為主，而賦以體物為要。漢賦體物事形，大賦描寫京都宮苑、山川湖海、地形物產，小賦描寫昆蟲鳥獸、草木器械、鼓琴劍戲等等。

四是表現特徵。劉勰所謂：「賦者，鋪也，鋪采摛文。」〔註39〕鋪陳儘管不為漢賦所專有，而也確實是漢賦藝術表現的重要特徵。

以上四個方面的特徵，是構成漢賦文體的基本要素，離開這些特徵而談論漢賦文體，豈不成為無源之水，無本之木？

必然有人會說，你談的只是散體賦的特徵，而漢賦還有騷體賦和詩體賦呢？是的。散體賦與騷體賦、詩體賦具有不同的文體特徵，既然它們具有不同文體特徵，又怎麼可以是同一種文體呢？事實上，在漢賦文體問題上，人

〔註34〕童慶炳：《文學理論教程》，高等教育出版社 2004 年版，第 185 頁。

〔註35〕（蘇）波斯彼洛夫：《文藝學引論》，湖南文藝出版社 1984 年版，第 524～526 頁。

〔註36〕陶秋英：《序》，《漢賦之史的研究》，中華書局 1939 年版，第 1 頁。

〔註37〕（梁）劉勰：《文心雕龍》，嶽麓書社 2004 年版，第 65 頁。

〔註38〕郭紹虞：《中國歷代文論選》，上海古籍出版社 1979 年版，第 171 頁。

〔註39〕（梁）劉勰：《文心雕龍》，嶽麓書社 2004 年版，第 65 頁。

們往往沿襲了古人辭、賦不分的舊習，甚至還製造出新的混亂，而缺乏科學的文體分類觀念。所謂「辭賦雖可視為一體，也不能不視為一體，但其內部卻有不同的分體。」〔註40〕這個判斷本身存在著明顯的邏輯錯誤。既是一體，又不一體，違反了矛盾律；此體彼體，原不一體，違反了同一律。在漢賦文體問題上，之所以讓人們陷入尷尬的邏輯困境，原因乃是沿襲古人辭、賦不分舊習，缺乏科學文體分類觀念。

楚辭與漢賦是兩種完全不同的文體。古人混淆辭、賦，那是文體意識不清的表現。這兩種作品文體特徵根本不同：就語言特徵言，楚辭是詩，而漢賦非詩非文，亦詩亦文；就結構特徵言，楚辭以情感線索結構，而漢賦以主客問對結構；就內容特徵言，楚辭重在抒情言志，而漢賦重在詠物說理。將所謂「騷體賦」揆之於二者，它是接近於楚辭呢？還是接近於漢賦呢？其實，根本不需要多麼深入的理論思辨，只憑感性認識便可以得出結論了。只是人們囿於舊習，不敢將這層窗戶紙捅破而已。

郭建勳先生在辭賦研究中雖然還在使用「騷體賦」概念，卻已經明白提出了「騷體文學」的概念。他在列舉了賈誼《悼屈原賦》、《鵬鳥賦》，漢武帝《秋風辭》、《悼李夫人》，司馬相如《長門賦》、劉歆《遂初賦》，班彪《北征賦》，馮衍《顯志賦》，張衡《思玄賦》，蔡邕《述行賦》等作品之後，明確指出：「這些作品都具有屈宋辭作的特點，其內容亦多為憂愁悲憤、慷慨激烈之感情的抒發。儘管處於對習慣的順從，不僅後人，便是作者們自己有時也稱其為『賦』或『騷賦』，但嚴格地說，它們應當是『楚辭體』，而非『賦體』。」〔註41〕郭先生的論斷真是擲地有聲，痛快淋漓。

詩體賦問題相對簡單一些。所謂「詩體賦」，乃是著眼於賦作為四言句式而提出的。馬積高先生認為，詩體賦由《詩經》演變而來，《左傳》「隱公元年」所載鄭莊公「大隧」為較早篇目，屈原《天問》，荀況《賦篇》之《佹詩》、《遺春申君賦》之類，進而發展至揚雄《酒賦》、《逐貧賦》之類〔註42〕。

其實，鄭莊公賦「大隧」，與「賦詩言志」同例，並非以賦名篇；屈原《天問》無疑受到《詩經》影響，從未被單獨稱賦。將二者納入賦體範圍很是牽強。漢人對詩、賦區別倒不特別在於語言形式，而是在於是否合樂可歌。在

〔註40〕馬積高：《歷代辭賦研究史料概述》，中華書局2001年版，第1頁。
〔註41〕郭建勳：《漢魏六朝騷體文學研究》，湖南教育出版社1997年版，第333頁。
〔註42〕馬積高：《賦史》，上海古籍出版社1987年版，第6頁。

固有《詩三百》已經詩樂分離的背景下，即便四言稱賦也不必意外。從漢賦語言特徵來看，只要突破協韻可歌的詩語制約，原不排斥四言、楚語。所以，漢賦用四言也好，用楚語也罷，並不能因此而單獨形成一種文體，而與漢賦相提並論。而且四言詩體賦並非都是純粹的四言。如荀子《箴賦》云：「王曰：此夫始生鉅，其成功小者邪？長其尾而銳其剽者邪？頭銛達而尾趙繚者邪？一往一來，結尾以為事。」〔註43〕四言中明顯夾有雜言。漢初梁苑作家的四言賦作也不純粹是四言，其中常夾有散文句式。這些作品如果它們符合漢賦的文體特徵，自然應該屬於漢賦之範圍；如果它們不符合漢賦的文體特徵，那就是《詩經》的餘響了。所以，詩體賦是一個虛構出來的問題，事實上並沒有一種與散體賦（漢賦）並列的「詩體賦」文體的存在。

以科學的文體認識來衡量，散體賦自然是漢賦文體的正宗，所以本文徑以漢賦概念來指稱「散體賦」。而習慣所謂的「騷體賦」大多與漢賦文體特徵不符，應該歸之於「楚辭體」。如董運庭所言：「《楚辭》中的《卜居》、《漁夫》、《招魂》、《大招》更近於漢賦，而王粲《登樓賦》更近於楚辭。」〔註44〕所謂「詩體賦」，則根本不具有獨立的文體特徵，一部分應該屬於漢賦，如孫晶所言：「稱四言賦為漢賦的一個類別，也只是一種劃分上的方便而已，實際上，這些四言賦可以歸入散體賦的範圍來討論。」〔註45〕。其餘則是《詩經》的餘響。這樣一來，渠歸渠，路歸路，漢代文學面貌也就變得清晰起來。

文體認識的混亂，往往掩蓋了文學的真相。我們常說「詩」、「騷」是中國詩歌史上的兩座高峰，光照千秋，澤被後世。可是，在文體意識混亂的條件下，「詩」、「騷」卻被認為身後絕響，子孫不昌。呂正惠說：「《詩經》之後沒有四言詩，《楚辭》之後沒有騷體。」〔註46〕現在看來，這個觀點顯然是武斷的，完全不符合文學史實際。《楚辭》之後不惟有騷體，而且繁盛一時，餘音不絕；過去認為的「騷體賦」便大多是騷體之正脈。《詩經》之後沒有四言詩的論斷也不能成立，《焦氏易林》的四言詩不必說，過去認為「詩體賦」的，也有些屬於《詩經》的餘響。其實，漢代文壇並不是漢賦一花獨秀，而是賦、騷、詩並芳爭豔！

〔註43〕（清）王先謙：《荀子集解》，中華書局1988年版，第479頁。

〔註44〕董運庭：《楚辭與屈原辭再考辨》，中國社會科學出版社2005年版，第12～13頁。

〔註45〕孫晶：《漢代辭賦研究》，齊魯書社2007年版，第123頁。

〔註46〕劉岱：《形式與意義》，《抒情的境界》，生活·讀書·新知三聯書店1992年版，第26頁。

當然，在釐清文體界限的同時，也要認識到文體的相互影響、相互滲透。在漢賦文體的發展過程中，它不可避免地與「騷體」、「詩體」發生融合。譬如，漢賦與「騷體」結合而形成「騷賦」，漢賦與「詩體」結合而形成「詩賦」。這裡的「騷賦」、「詩賦」的概念並不是指與散體賦並列的「騷體賦」、「詩體賦」，而是指在漢賦發展過程中形成的漢賦之變體。它們既符合漢賦文體的特徵，而又具有「騷體」、「詩體」的語言特點。

郭建勳先生指出：「許多學者將《楚辭章句》以外的『楚辭體』作品稱為『騷賦』，似乎有些不妥，若將這個稱謂給予《洞簫賦》、《甘泉賦》一類作品，就名副其實了。」〔註47〕同樣，將鄭莊公「大隧」，屈原《天問》，荀況《賦篇》稱為「詩體賦」不妥，若將這個稱謂給予羊勝《屏風賦》、揚雄《酒賦》、劉歆《燈賦》一類作品，也就名副其實了。所謂「騷賦」、「詩賦」，完全沒有改變漢賦的文體性質，它們是漢賦吸收「騷體」、「詩體」營養而衍生出來的漢賦變體。它們進一步豐富了漢賦文體，而不是背離漢賦而自成一種文體。

釐清漢賦文體的內涵，認識漢賦文體的發展，才能夠科學認識漢賦的淵源、漢賦的功用，正確評價漢賦的成就。如果把不同文學體裁，不同文學類型都納入漢賦範圍，那麼漢賦就成了一個雜物筐，許多問題就永遠弄不清楚了。

（三）賦源辨證

體制不同，淵源各異。消除了漢賦文體的困惑，再來辨析漢賦文體之淵源，便不會治絲益棼了。

漢賦雖然興盛於漢代，而其實誕生於楚國。漢賦的前身乃是楚賦，楚賦已經具備了漢賦文體的基本特徵。所以，探尋漢賦淵源，便首先歸結為探尋楚賦的淵源。賦體誕生於楚國，了無疑義。司馬遷稱：「屈原既死之後，楚有宋玉、唐勒、景差之徒者，皆好辭而以賦見稱。」〔註48〕宋玉、唐勒、景差一班人，都是戰國末期楚國宮廷文人。《漢書・藝文志》就記有唐勒賦四篇，宋玉賦十六篇。唐勒賦今已不存，而宋玉賦卻有流傳，如《風賦》、《高唐賦》、《神女賦》、《登徒子好色賦》、《大言賦》、《小言賦》、《諷賦》、《釣賦》等等。

過去，人們對宋玉賦多有懷疑，如陸侃如就認為，戰國時代不可能產生

〔註47〕郭建勳：《漢魏六朝騷體文學研究》，湖南教育出版社1997年版，第339頁。
〔註48〕（漢）司馬遷：《史記》，中華書局1959年版，第2491頁。

散體賦作品〔註49〕。而1972年山東臨沂銀雀山漢墓出土了20餘枚賦作殘簡，內容以論御為主題。其文曰：「唐革與宋玉言御襄王前，唐革先稱曰：『人謂造夫登車攬轡，馬協斂整齊調均，不摯步趨……』」〔註50〕古代革、勒相通，唐革即是唐勒。李學勤先生將殘簡與宋玉《小言賦》比較，發現它們在主客辯難形式、韻散兼用句式、伸主抑客套路等方面都很相似，從而斷定賦作者為宋玉，並擬題為《御賦》〔註51〕。這樣一來，認為戰國時代不可能產生散體賦的觀點便不攻自破了，而宋玉名下的大多數賦作也是真實可靠的。

宋玉賦之外，尚有荀賦。荀子作賦只是偶而為之，他是趙國人，卻也做過楚國蘭陵令。他在給楚國相春申君的信件中，便有「因為賦曰：『寶珍隨珠，不知佩兮。雜布與錦，不知異兮。……』」〔註52〕而這段文字很少改動地被收入荀子《賦篇》之《佹詩》中。完全可以設想，《賦篇》最有可能作於荀子在楚國期間，而且是在楚國作賦風氣影響之下，很有些入鄉隨俗的味道呢。

既然宋玉賦、荀卿賦都落地於楚國，那麼從楚國的文化環境去尋繹賦體的淵源，應該是一條切實的路徑。儘管宋玉賦、荀卿賦風格各異，可它們已經具備漢賦文體的基本特徵，除此之外，它們還表現出一些共同的文化傾向。這些文體特徵和文化傾向是探尋賦體淵源的基點和方向。

楚賦之共同文化傾向有兩個方面：

一是遊戲性。

宋玉賦具體展示了語言遊戲的情形。如《小言賦》云：「楚襄王既登雲陽之臺，命諸大夫景差、唐勒、宋玉等並造《大言賦》，賦畢而宋玉受賞……」〔註53〕之後便是襄王與文學侍從們運用韻語，或極誇人之大，或極言物之小，最後宋玉受賞，被「賜以雲夢之田」。荀子儘管在學問上坐而論道，嚴肅深邃，而他的《賦篇》卻採用了文字遊戲的方式。五篇賦都是對所賦物體曲盡其致描述之後，設為問答。如《禮賦》云：「臣愚不識，敢請之王。」然後，「王曰：『此夫文而不採者與？簡然易知而致有理者與？……至明而約，甚順而體，

〔註49〕陸侃如：《陸侃如古典文學論文集》（上），上海古籍出版社1987年版，第494頁。

〔註50〕熊良智：《唐勒研究》，《辭賦研究》，商務印書館2006年版，第236頁。

〔註51〕李學勤：《〈唐勒〉、〈小言賦〉和〈易傳〉》，《齊魯學刊》1990年第四期，第109～112頁。

〔註52〕何建章：《戰國策注釋》，中華書局1990年版，第583頁。

〔註53〕曹文心：《宋玉辭賦》，安徽大學出版社2006年版，第217頁。

請歸之禮。』」〔註54〕點出所賦之物，進而揭示謎底。這種形式便是所謂「隱語」，戰國時期在楚國頗為流行。宋玉賦、荀卿賦不約而同採用語言遊戲形式不是偶然的，它所透露的正是賦體淵源的信息。

語言遊戲由來已久，最為突出的便是「諧隱」。它運用隱晦語言，誘使對方猜測，一旦揭示謎底，便有豁然欣喜之享受。《周易》爻辭便保存有殷周之際的隱語，如「女承筐，無實；士刲羊，無血」〔註55〕。這種語言遊戲由民間傳入宮廷，成為宮廷重要的文娛活動。在春秋戰國時期，各國大都流行諧隱，如《史記‧滑稽列傳》便記有齊之淳于髡、楚之優孟、秦之優旃。似乎諧隱在楚國尤為盛行，史載「楚莊王莅政三年，不治而好隱戲，社稷危，國將亡」〔註56〕。人們勸他改弦更轍，也不得已要採用借隱喻意的方法：大臣士慶以「有大鳥來止南山之陽，三年不飛不鳴」來勸諫〔註57〕；而楚昭襄王也好隱，其夫人曾以「大魚失水，有龍無尾，牆欲內崩，而王不視」來規勸他〔註58〕。楚國諧隱之盛，於此可見一斑。

在這樣的文化氛圍之中，楚賦採用語言遊戲方式，豈能棄諧隱而不顧？許多學者看到了賦體形成與諧隱的關係。有的認為，賦體源於隱語，如朱光潛《詩論》說：「隱語為描寫詩的雛形，描寫詩以賦規模最大，賦即源於隱。」〔註59〕有的認為，賦體出於俳詞，如馮沅君說：「漢賦乃是『優語』的支流，經過天才作家發揚光大過的支流。」〔註60〕在此基礎上，曹明剛進一步得出「賦在戰國末期由俳詞演變而成」的結論〔註61〕。這些將賦體淵源的探索方向引向民間語言遊戲是很有價值的。

從賦體特徵而言，諧隱與之多有類似。譬如：賦體物而瀏亮，而隱巧言以狀物，劉勰《諧隱》稱：「讔者，隱也；遯辭以隱意，譎譬以指事也。」〔註62〕賦多主客問對，而隱亦設辭問答，先秦隱語多為一問一答的形式。賦言韻散兼行，而隱語也有誦唱結合，如《新序》所載介之推「龍蛇隱」便

〔註54〕（清）王先謙：《荀子集解》，中華書局 1988 年版，第 472 頁。
〔註55〕宋祚禮：《周易新論》，湖南教育出版社 1982 年版，第 219 頁。
〔註56〕李華年：《新序全譯》，貴州人民出版社 1994 年版，第 66 頁。
〔註57〕李華年：《新序全譯》，貴州人民出版社 1994 年版，第 66 頁。
〔註58〕張濤：《列女傳譯注》，山東人民出版社 1990 年版，第 245 頁。
〔註59〕朱光潛：《詩論》，安徽教育出版社 1997 年版，第 36 頁。
〔註60〕馮沅君：《馮沅君古典文學論文集》，山東人民出版社 1980 年版，第 75 頁。
〔註61〕曹明剛：《賦學概論》，上海古籍出版社 1998 年版，第 43 頁。
〔註62〕（梁）劉勰：《文心雕龍》，嶽麓書社 2004 年版，第 132 頁。

被編入《樂府詩集》之「琴曲歌辭」，見其可誦可唱的特點。〔註63〕賦體在形成過程中汲取諧隱營養當無可疑，如宋玉《登徒子好色賦》頗近於諧言，而荀卿《賦篇》更直接採用隱語體制。劉勰《諧隱》云：「楚襄宴集，而宋玉賦好色」；「荀卿《蠶賦》，已兆其體」〔註64〕。儘管劉勰顛倒了諧隱與賦體的順序，可也認識到二者之間的關係。戰國時代，諧隱盛行，宮廷裏配有隱官，藏有《隱書》，如《說苑》記晉平公「召隱士十二人」，而《新序》載齊宣王「發《隱書》而讀之」。《漢書・藝文志》就直接將《隱書》十八篇列入雜賦之屬，這更明示了賦體與諧隱的緊密聯繫。

當然，逕言賦體源於隱語，理由似乎並不充分。馬積高指出：「從現存《左傳》、《國語》所引隱語來看，其構意雖巧，而語殊簡質，大抵僅一二語，或二三字，後世且有只一字者，與賦為韻語，尚鋪陳殊遠。……竊以為，以隱語為賦之源，反不如說諧言曾對賦體的形成發展有過某種影響。」〔註65〕這個認識很有道理，賦的形成除了諧隱的影響之外，尚有其他因素的影響。

二是諷喻性。

宋玉、荀卿作賦雖有遊戲傾向，卻不是全為遊戲而作。宋玉作賦多是設譬寓意而有所諷諫，如《風賦》之雌雄之論，揭示百姓悲慘愁冤的處境，表現了對民間疾苦的同情，對楚王豪華享樂的譏諷。荀子借隱語推銷自己的政治思想，如《禮賦》、《知賦》將思想觀念譬成具體事物，意在宣傳隆禮、重智的主張。作賦而重諷諫，體現了士人干預社會政治的精神，而這種精神與戰國士人的思想價值取向密切相關。

戰國時代，百家爭鳴，賦家身當其世受到最大影響，便是來自諸子的文章和思想，他們存在於此取資的充分社會文化條件。章學誠指出：「古之賦家者流，原本《詩》、《騷》，出入戰國諸子。假設問對，莊、列寓言之遺也；恢廓聲勢，蘇、張縱橫之體也；排比諧隱，韓非《儲說》之屬也；徵材聚事，《呂覽》類輯之義也。」〔註66〕章氏突破傳統視角，注意到諸子對賦體形成的影響，可謂獨具慧眼。誠然如是，宋玉為楚國文人，楚國的文化思想氛圍是他成長的溫床，像道家的莊子，思想玄遠，文章瑰瑋，他不可能熟視無睹。從宋

〔註63〕（宋）郭茂倩：《樂府詩集》（三），中華書局1979年版，第834頁。
〔註64〕（梁）劉勰：《文心雕龍》，嶽麓書社2004年版，第129、132頁。
〔註65〕馬積高：《歷代辭賦研究史料概述》，中華書局2001年版，第8頁。
〔註66〕（清）章學誠：《漢志詩賦》，《文史通義・校讎通義》（下），中華書局1985年版，第1064頁。

玉賦與莊子文章比較之中，便可發現二者的關聯。至於荀子為儒學巨擘，孔子之辭達，孟子之好辯，也不能不影響於他。

《莊子》文章，寓言十九，「以天下為沉濁，不可與莊語」，便「藉外論之」，「以寓言為廣」〔註67〕。所謂寓言，往往虛設人物，問對騁辯，象徵寓意。這與賦體之主客問答的結構特徵和鋪采摛文的表現特徵可謂不謀而合；至於語言之韻散兼行、參差不齊和內容之體物事形、精細描繪，那在《莊子》中也是俯拾皆是。所以，《莊子》寓言對於賦體形成有著重要影響。

具體言之，劉剛先生曾比較宋玉《釣賦》與《莊子‧說劍》，發現相同之處很多：一是立意相同，《釣賦》以「釣」為喻，《說劍》以「劍」為喻；二是結構相同，《釣賦》是楚王提問，宋玉作答，《說劍》是趙王提問，莊子作答；三是鋪陳相同，《釣賦》從竿、綸、鉤、餌、池、魚等方面鋪寫「釣」，《說劍》從鋒、鍔、脊、鐔、夾等方面鋪寫「劍」；四是語句相同，二者多用散句，喜用排比。〔註68〕這些相同方面正符合賦體的特徵，說明賦體形成與莊子寓言有關。當然，《說劍》屬《莊子》「外篇」，非莊子自著，乃莊子後學所為。可是，莊子後學師承莊學，其思想文章一脈相傳，自無妨於賦體與《莊子》寓言關係之成立。

其實，即便莊子自著之「內篇」，與賦體相同之處也所在多有。如莊子文章多虛設人物，遍布問對。《齊物論》之齧缺與王倪、瞿鵲與長梧子、罔兩與景，這與司馬相如之子虛、烏有、亡是公何其相似。又如《德充符》假設常季與仲尼的問答，常季為客，仲尼為主，主客問答，伸主黜客，這與宋玉賦伸主抑客的套路也如出一轍。再如莊子精於小大之辯，有「大言炎炎，小言詹詹」之論，而宋玉正有《大言賦》、《小言賦》；莊子寫風，有「夫大塊噫氣，其名為風。是唯無作，作則萬竅怒呺。而獨不聞之翏翏乎？山林之畏佳，大木百圍之竅穴，似鼻，似口，似耳，似枅，似圈，似臼，似窪者，似污者。激者、謞者、叱者、吸者、叫者、譹者、宎者、咬者……」〔註69〕，而宋玉正有《風賦》，宋玉借鑒莊子之處正多，這絕不是偶然的巧合。

這些現象說明《莊子》對賦體形成產生影響，可以肯定，《莊子》寓言是賦體特徵形成的重要淵源。

〔註67〕曹礎基：《莊子淺注》，中華書局1982年版，第508、420頁。
〔註68〕劉剛：《宋玉〈釣賦〉與〈莊‧說劍〉和〈荀子‧強國〉》，《鞍山師範學院學報》2006年第一期，第31～33頁。
〔註69〕曹礎基：《莊子淺注》，中華書局1982年版，第16、18頁。

可見，賦體形成既受到民間隱語的啟發，也得到《莊子》寓言的滋養，它是民間藝術與諸子文章的交融中誕生的嶄新文學體裁。從民間隱語中，它繼承了遊戲性基因；從諸子文章中，它接受了諷喻的使命。誠如朱曉海先生所言：「賦乃是遊戲（藝術）與法度（道德）的結晶，倡優與聖賢的混血兒。」〔註70〕

楚賦已經具備了漢賦文體的基本特徵，可以說它是漢賦的初級形態。從楚賦到漢賦，賦體形式更加成熟，賦體特徵更加鮮明。在賦體走向成熟過程中，對賦體產生巨大影響的是縱橫說辭。受縱橫說辭之影響，賦體突出體現出了誇飾性的文化傾向。劉勰《誇飾》言：「自宋玉、景差，誇飾始盛；相如憑風，詭濫愈甚。故上林之館，奔星與宛虹入軒；從禽之盛，飛廉與鷦明俱獲。」〔註71〕司馬相如描寫多喜鋪飾誇張，《子虛》、《上林》對地域景觀的分類鋪排，造成一種恢弘的氣勢；而子虛、烏有、亡是公誇言爭勝，更令人瞠目結舌。這種誇飾性傾向與縱橫說辭的影響是分不開的。

戰國之世，游說成風。縱橫家飾言成理，敷張揚厲，都以言辯而著稱。漢世之初，戰國遺風猶在。如漢初諸侯養士，楚元王劉交、吳王劉濞、梁孝王劉武、淮南王劉安、河間獻王劉德，他們招致賓客動輒上千人，這與戰國四公子風格如出一轍。這些賓客被人目之為「辯博」、「文辯」，與戰國游說之士被人稱為「辯博」、「辯麗」、「辯知之士」、「弘辯之士」也頗相同。這說明漢初諸侯賓客尚有戰國游說之士的流風餘韻，他們本身具有游說之士的素質，每當聚會為賦，應詔獻賦，自然要以縱橫之辭而文之。

漢賦之誇飾性傾向得之縱橫說辭的雄辯逞才。如蘇秦游說秦惠王：「大王之國，西有巴、蜀、漢中之利，北有胡貉、代馬之用，南有巫山、黔中之限，東有崤、函之固。田肥美，民殷富，戰車萬乘，奮擊百萬，沃野千里，蓄積饒多，地勢形便，此所謂『天府』，天下之雄國也。」〔註72〕這與《天子遊獵賦》之「其東則有蕙圃：衡蘭芷若，芎藭菖蒲，江離蘪蕪，諸柘巴苴。其南側有平原廣澤：登降陁靡，案衍壇曼，緣以大江，限以巫山；其高燥則生葳菥苞荔，薛莎青薠；其埤濕則生藏莨蒹葭，東薔雕胡。蓮藕觚盧，菴閭軒於。眾物居之，不可勝圖」云云〔註73〕，真有異曲同工之妙。戰國說辭本屬於實踐操作，

〔註70〕朱曉海：《漢賦史略新證》，陝西人民出版社 2004 年版，第 4 頁。

〔註71〕（梁）劉勰：《文心雕龍》，嶽麓書社 2004 年版，第 373 頁。

〔註72〕何建章：《戰國策注釋》，中華書局 1990 年版，第 74 頁。

〔註73〕龔克昌：《全漢賦評注》，花山文藝出版社 2003 年版，第 123 頁。

而發展到後來竟有向壁虛構者。如《唐且為安陵君劫秦王》「唐且曰：『大王嘗聞布衣之怒乎？』秦王曰：『布衣之怒，亦免冠徒跣，以頭搶地爾。』唐且曰：『此庸夫之怒也，非士之怒也。夫專諸之刺王僚也，慧星襲月；聶政之刺韓傀也，白虹貫日；要離之刺慶忌也，倉鷹擊於殿上。此三子者，皆布衣之士也。懷怒未發，休祲降於天，與臣而將四矣。若士必怒，伏屍二人，流血五步，天下縞素，今日是也。』」〔註74〕其實，歷史本無其事，情節純屬虛構。此等說辭超越歷史事實，而進入藝術創作領域，姑可名之為「擬說辭」。它們虛設人事，誇飾騁辭，與漢賦的作風更加接近了。

對於漢賦與縱橫家之關係，前人多有論及。姚鼐編《古文辭類纂》便將《戰國策》之「楚人以弋說頃襄王」、「莊辛說襄王」收入「辭賦」類，說明他已發現說辭與賦體的關係。章太炎《國故論衡》言：「縱橫者，賦之本。……縱橫既黜，然後退而為賦家。」〔註75〕劉師培亦言：「欲考詩賦之流別者，盍溯源於縱橫家哉？」〔註76〕這些認識都有道理，而揆之於實際，縱橫說辭影響於漢代賦家尤多。這是因為楚賦與縱橫說辭幾乎同時，而在竹簡傳播的年代裏，資料如果沒有得到整理彙集，那傳播範圍便受到制約。而到了漢初，記錄縱橫家事蹟的材料廣為流傳，如《國策》、《國事》、《短長》、《事語》、《長書》、《修書》之類，這就為賦家從中受到影響提供了便利。正是縱橫說辭的影響，促使賦體進一步走向成熟，完成了楚賦向漢賦的歷史蛻變。

綜上所述，漢賦前身乃是楚賦，楚賦已經具備了賦體的基本特徵，而楚賦的形成有賴於民間隱語和《莊子》寓言的影響；賦體從楚賦走向漢賦，戰國縱橫說辭發揮了重要作用，它促使賦體進一步走向成熟。賦體是一種新的文學體裁，它在各種因素影響下而創造出來。所以，不必去尋找賦體形成之前的具體形態，那樣其實貶低了賦體的創新價值，彷彿它是個借屍還魂的幽靈似的！

漢賦需要論說的問題還有很多，如關於漢賦功用問題也很複雜。限於篇幅，本文只就上面三個問題略呈己見，以求教於方家巨擘！

〔註74〕何建章：《戰國策注釋》，中華書局1990年版，第959頁。
〔註75〕章太炎：《辨詩》，《國故論衡》，上海古籍出版社2003年版，第88頁。
〔註76〕劉師培：《中國中古文學史·論文雜記》，人民文學出版社1984年版，第129頁。

三、《史記‧屈原列傳》疑案重審

　　《屈原列傳》為司馬遷精心之作。「太史公曰：余讀《離騷》、《天問》、《招魂》、《哀郢》，悲其志。適長沙，觀屈原所自沉淵，未嘗不垂涕，想見其為人。」《太史公自序》云：「作辭以諷諫，連類以爭義，《離騷》有之。作《屈原賈生列傳》。」〔註1〕可見，為寫《屈原列傳》，司馬遷作了充分準備，他咀嚼屈原作品，瞻仰屈原遺址，探尋屈原事蹟，悲悼屈原志向，為屈原遭遇而感動垂涕，對屈原人生可謂有著深刻的理解。

　　然而，在疑古思潮影響之下，學術界一些人對《屈原列傳》，只信其偽而懷疑其真，竟將一篇完整傳記割裂得面目全非。或揭櫫矛盾，而缺乏深究；或標舉否定，而信口雌黃；或輕言錯簡，而任意斷續；或主張竄入，而隨意刪改；或以為拼湊，而無視常情；或倡言偽作，而偏執無據。人們變本加厲一味疑古，從中完全不見了司馬遷撰作的真相。當然亦有學者維護《屈原列傳》，他們據理力爭，與各種疑古論調展開爭鳴，從不同方面發表了有益的見解。正是在這些見解的啟發之下，筆者反覆審視《屈原列傳》，力圖澄清籠罩其上的百年疑雲。

（一）矛盾處當需正視

　　《史記》於流傳過程之中，後人有所補缺增改，這在史學界早有認識。范曄《後漢書》云：「司馬遷著《史記》，自太初以後，闕而不錄。後好事者頗或綴集時事，然多鄙俗，不足以踵繼其書。」李賢注曰：「好事者謂楊雄、劉

〔註1〕（漢）司馬遷：《史記》，中華書局1959年版，第2503～3314頁。

歆、陽城衡、褚少孫、史孝山之徒也。」〔註2〕《屈原賈生列傳》也存在著局部的增補，如文末「及孝文崩，孝武皇帝立，舉賈生之孫二人至郡守，而賈嘉最好學，世其家，與余通書。至孝昭時，列為九卿。」〔註3〕王國維認為，司馬遷卒年大抵在漢武帝之末，或漢昭帝之初〔註4〕，他應該不會與賈嘉通書，也不會知道孝昭的諡法？這一段顯為後人所增補。顧炎武《日知錄》云：「《賈誼傳》：賈嘉至孝昭時列為九卿，……皆後人所續也。」〔註5〕崔適《史記探源》云：「『孝昭時至九卿』，此褚先生所補，今刪。」〔註6〕這些當屬合理的意見。

此外，後人發現《屈傳》的矛盾問題，主要表現有四：一是《屈傳》與《新序》的矛盾；二是《屈傳》自身的矛盾；三是《屈傳》與屈作的矛盾；四是《屈傳》與司馬遷其他表述的矛盾。

《屈傳》的這些矛盾問題，宋代之前沒有引起人們關注。如劉向《新序·節士》敘述屈原生平與《屈傳》雖有所不同，而他並沒有在意此事。班固《離騷贊序》云：「《離騷》者，屈原之所作也。屈原初事懷王，甚見信任，同列上官大夫妒害其寵，讒之王，王怒而疏屈原。屈原以忠信見疑，憂愁幽思，而作《離騷》。……至於襄王，復用讒言，逐屈原在野。」〔註7〕他同樣也沒有在意兩者的不同。王逸《離騷經序》云：「屈原與楚同姓，仕於懷王，……入則與王圖議政事，決定嫌疑；出則監察群下，應對諸侯。謀行修職，王甚珍之。同列大夫上官、靳尚，妒害其能，共讒毀之。王乃疏屈原。屈原執履忠貞，而被讒邪，憂心煩亂，不知所愬，乃作《離騷經》。……言己放逐離別，中心愁思，猶依道經，以風諫君也。……冀君覺悟，反於正道而還己也。」〔註8〕此文雜糅《屈傳》與《節士》「屈原傳」，而對於楚懷王時屈原是否被流放的問

〔註2〕（南朝宋）范曄：《後漢書》，（唐）李賢等注，中華書局1965年版，第1324～1325頁。
〔註3〕（漢）司馬遷：《史記》，中華書局1959年版，第2503頁。
〔註4〕王國維：《太史公行年考》，《王國維先生全集》（初編），臺灣大通書局1976年版，第479頁。
〔註5〕（清）顧炎武：《日知錄集釋》（下），黃汝成集釋，花山文藝出版社1990年版，第1115頁。
〔註6〕（清）崔適：《史記探源》，時代文藝出版社2009年版，第142頁。
〔註7〕（漢）王逸：《楚辭章句補注》，（宋）洪興祖補注；（宋）朱熹：《楚辭集注》，嶽麓書社2013年版，第50頁。
〔註8〕（漢）王逸：《楚辭章句補注》，（宋）洪興祖補注；（宋）朱熹：《楚辭集注》，嶽麓書社2013年版，第1～2頁。

題，王逸竟也沒有去深究原委。

從宋代學者開始，《屈傳》的矛盾方受到學者關注。洪興祖《楚辭補注》最早提出對《屈傳》的疑問，他說：「始漢武帝命淮南王安為《離騷傳》，其書今亡。按《屈原傳》云：『國風好色而不淫，小雅怨誹而不亂。若離騷者，可謂兼之矣。』又曰：『蟬蛻於濁穢，以浮遊塵埃之外，不獲世之滋垢，皭然泥而不滓者也。推此志也，雖與日月爭光可也。』班孟堅、劉勰皆以為淮南王語，豈太史公取其語以作傳乎？」〔註9〕對於司馬遷引用劉安語，洪氏很有一些懷疑。其實，「太史令司馬遷採《左氏》、《國語》，刪《世本》、《戰國策》，據楚、漢列國時事」〔註10〕，為什麼不能取劉安語作傳呢？洪氏對此並沒有作出說明，而他的意見竟成為懷疑《屈傳》的先聲。

《楚辭補注》也最早披露了《屈傳》與《新序·節士》「屈原傳」的矛盾。洪氏於《哀郢》「至今九年而不復」句，補注曰：「按《楚世家》、《屈原傳》、《六國世表》、劉向《新序》云：秦欲吞滅諸侯，屈原為楚東使於齊，以結強黨。秦國患之，使張儀之楚，賂貴臣上官大夫靳尚之屬及令尹子蘭、司馬子椒，內賂夫人鄭袖，共譖屈原。屈原遂放於外，乃作《離騷》。當懷王十六年，張儀相楚；十八年，楚囚張儀復釋去之。是時屈平既疏，不復在位。懷王悔不用屈原之策，於是復用屈原。……以此考之，屈平在懷王之世被絀復用。」〔註11〕洪氏前面引用《新序》，斷定屈原於懷王十六年被放逐於外；而後面又引用《屈傳》，證明屈原於懷王十八年前只是被疏而不是放逐。這種自相矛盾的表述，客觀上披露出《屈傳》與《新序》矛盾的問題。

這個矛盾問題也引起朱熹的關注，朱熹作《楚辭集注》在引用《補注》時，便將洪氏語直接改作：「考原初被放，在懷王十六年，至十八年復召用之」。〔註12〕他的本意是想彌合《補注》自相矛盾的敘述，誰知這反倒欲蓋彌彰，因為兩相對照更易見出矛盾之所在。

明確揭櫫《屈傳》自身的矛盾，是明清學者閱讀史籍的創獲。明人董份

〔註9〕　（漢）王逸：《楚辭章句補注》，（宋）洪興祖補注；（宋）朱熹：《楚辭集注》，嶽麓書社 2013 年版，第 1 頁。

〔註10〕（南朝宋）范曄：《後漢書》，（唐）李賢等注，中華書局 1965 年版，第 1325 頁。

〔註11〕（漢）王逸：《楚辭章句補注》，（宋）洪興祖補注；（宋）朱熹：《楚辭集注》，嶽麓書社 2013 年版，第 129 頁。

〔註12〕（漢）王逸：《楚辭章句補注》，（宋）洪興祖補注；（宋）朱熹：《楚辭集注》，嶽麓書社 2013 年版，第 256 頁。

《史記評鈔》云：「此傳大概漢武帝命淮南王安為原作者也，太史公全用此語，班固嘗有論矣。太史公筆端固好，而網羅遺文，撷拾古今，當武帝好文之世，才士畢集，著作皆可觀覽，而太史公特總其大成，所以尤不可及，及《屈原》一傳見之矣。」〔註13〕此說與班固所論其實不符，而由此開啟《屈傳》作者之疑。

明人于慎行《讀史漫錄》云：「《史記·屈原傳》為文章家所稱，顧其詞旨錯綜，非敘事之正體，中間疑有衍文。如論懷王事，引《易》斷之曰『王之不明，豈足福哉』。即繼之曰『令尹子蘭聞之大怒』，何文義不相蒙如此！世之好奇者，求其故而不得，則以為文章之妙，變化不測，何其迂乎？」〔註14〕他感覺此處文義錯綜而文氣不暢，又不能確定問題所在，便懷疑中間存在了衍文。

清初顧炎武《日知錄》云：「《屈原傳》：『雖放流，睠顧楚國，繫心懷王，不忘欲反，卒以此見懷王之終不悟也。』似屈原放流於懷王之時。又云：『令尹子蘭聞之大怒，卒使上官大夫短屈原於頃襄王，頃襄王怒而遷之。』則實在頃襄王之時矣。『放流』一節，當在此文之下。太史公信筆書之，失其次序耳。」〔註15〕顧氏不愧慧眼識文，他第一個發現「放流」一節所造成的矛盾，這也是《屈傳》矛盾的核心問題。可惜顧氏沒有認真解決它，而將之歸結為太史公的信筆失序。

清人王懋竑《白田雜著》云：「史謂懷王時見疏，不復在位，至襄王時乃遷江南」，「又史云屈平『雖放流，繫心懷王，不忘欲反，冀幸君之一悟，俗之一改，然終無可奈何，卒以此見懷王之終不悟』，則原在懷王時已放流矣。一篇之中，自相違戾，其不足據甚明」。王氏也注意到《屈傳》矛盾之處，而他沒有試圖作出解釋，以為「史所載得於傳聞，而《楚辭》原所自作，固不得據彼以疑此也」。〔註16〕這也表達了對《屈傳》真實性的懷疑。

清人梁玉繩《史記志疑》於「故憂愁幽思而作《離騷》」條云：「古史曰：

〔註13〕（明）凌稚隆：《史記評林》（卷八十四），（明）李光縉增補，天津古籍出版社 1998 年版。

〔註14〕（明）于慎行：《讀史漫錄》（卷二），（清）黃恩彤參訂，李念孔等點校，齊魯書社 1996 年版，第 17 頁。

〔註15〕（清）顧炎武：《日知錄集釋》（下），黃汝成集釋，花山文藝出版社 1990 年版，第 1118 頁。

〔註16〕（清）王懋竑：《白田雜著》，臺灣商務印書館 1986 年版，第 35 頁。

『太史公言《離騷》作自懷王之世，原始見疏而作。案《離騷》之文斥刺子蘭，宜在懷王末年，頃襄王世。」〔註17〕以《離騷》來印證《屈傳》，顯然看出《屈傳》與《離騷》的矛盾，而他也沒有作進一步的論證。

對於「放流」問題，梁氏則完全繼承于氏與顧氏的說法。《史記志疑》於「雖放流」條云：「案：自此（『雖放流』）至『豈足福哉』，似宜在『頃襄王怒而遷之』後。《讀史漫錄》曰：『論懷王事，引《易》斷之曰：「王之不明，豈足福哉」，即繼之曰：「令尹子蘭聞之，大怒。」何文義不相蒙如此？世之好奇者，求其故而不得，則以為文章之妙，變化不測，何其迂乎？《日知錄》二十六曰：『「雖放流，睠顧楚國，繫心懷王，不忘欲反，卒以此見懷王之終不悟也。」似屈原放流於懷王之時。又云：「令尹子蘭聞之大怒，卒使上官大夫短屈原於頃襄王，頃襄王怒而遷之。」則實在頃襄王之時矣。「放流」一節，當在此文之下。太史公信筆書之，失其次序耳。』細玩文勢，終不甚順。」〔註18〕他贊同顧氏的解決辦法，以調整語句來彌合《屈傳》的矛盾。

既然矛盾問題已被揭開，人們是怎樣面對的呢？清初王夫之《楚辭通釋》云：「今按舊注所述。是篇之作（即《離騷》），在懷王之世。原雖被讒見疏，而猶未竄斥。原引身自退於漢北，避群小之慍，以觀時待變，而冀君之悟。故首述其自傚之誠，與懷王相信之素，讒人交構之由，而繼設三端以自處。」〔註19〕王夫之以屈作《抽思》「有鳥自南兮，來集漢北」為據，理解為「（屈）原引身自退於漢北，避群小之慍，以觀時待變，而冀君之悟」。逕自稱屈原「引身自退於漢北」。可是，「自退」豈能符合「放流」之義？顯然，他迴避了「雖放流」問題，故而《屈傳》矛盾依然沒有解決。

清人蔣驥《山帶閣注楚辭》注重考據，他對《屈傳》矛盾進行了整合。其「楚世家節略」云：「按《新序》云：『原既放於外，而張儀欺楚。楚王悔，復用原使齊。』今考《本傳》曰：『王怒而疏屈平，屈平憂愁幽思而作《離騷》。』十八年亦曰：『屈平既疏，不復在位。』是十八年之前，原第疏而不用，未嘗放於外也。觀《離騷》，但言罣怒，言窮困，而不言路阻居蔽，可見矣。然《本傳》又云：『雖放流，繫心懷王』，及《抽思》有『來集漢北』語，意者使齊之

〔註17〕（清）梁玉繩：《史記志疑》，中華書局1981年版，第1303頁。
〔註18〕（清）梁玉繩：《史記志疑》，中華書局1981年版，第1304頁。
〔註19〕（清）王夫之：《楚辭通釋》，上海人民出版社1975年版，第1～2頁。

後，原復立朝，遂乘間自申，故愈攖眾怒，而遷之漢北歟？」〔註20〕結合《屈傳》、《新序》、屈作等材料，他認為屈原於十八年之前是疏而不用；而十八年之後，被遷之漢北。這樣來糅合幾種說法，以為屈原在懷王時被遷之漢北。

王夫之與蔣驥皆引《抽思》「漢北」作為旁證，以之來印證和解釋《屈傳》的「放流」問題。而他們的認識又頗不同，王氏以為屈原是「自退」漢北，而蔣氏以為屈原被「遷之漢北」。對於《屈傳》自身的矛盾，王氏在刻意迴避，而蔣氏在輕易彌合，問題的解決並沒有多少進展。

（二）否定論根據不實

時至近代，《屈傳》矛盾依然存在。不僅矛盾問題沒有得到解決，反而由此掀開曠日持久的學術公案。以《屈傳》矛盾問題為中心，各種疑古論調竟然次第粉末登場。

清末學者廖季平先生第一個提出「屈原否定論」的觀點。他之否定屈原存在，是以否定《屈傳》為前提的。謝无量先生《楚辭新論》云：「我十年前在成都的時候，見著廖季平先生。他拿出他新著的一部《楚詞新解》給我看，說『屈原並沒有這人』。他第一件說《史記·屈原賈生列傳》是不對的，細看他全篇文義都不連屬。他那傳中的事實，前後矛盾。既不能拿來證明屈原出處的事蹟，也不能拿來證明屈原作《離騷》的時代。」〔註21〕

今人黃鵠先生考訂後認為，謝无量乃將廖季平《楚辭講義》誤記為《楚辭新解》了。他說：「《楚辭新解》的內容與謝无量《楚辭新論》所介紹的廖季平觀點出入甚大」；「《楚辭新解》一書，細讀之後，才發覺廖季平在其中不但沒有否定屈原的存在，倒是肯定了的」。〔註22〕而後來廖氏才改變為否定屈原的態度，《楚辭講義》云：《屈原列傳》「多駁文，不可通，後人刪補。非原文。」〔註23〕廖氏因此而懷疑《屈傳》的真實性，且以《楚辭》為秦始皇博士所作。又《五變記》云：「《楚辭》，辭意纏複，非一人之著述，乃七十博士為始皇所作仙、真人詩，採《風》、《雅》之微言，以應時君之命。史公本《漁父》、《懷

〔註20〕（清）蔣驥：《山帶閣注楚辭》，臺北宏業書局 1972 年版，第 25 頁。
〔註21〕謝无量：《楚辭新論》，商務印書館 1923 年版，第 12 頁。
〔註22〕黃鵠：《廖季平從〈楚辭新解〉到〈楚辭講義〉的變化》，《重慶師範大學學報》 1984 年第二期，第 57、56 頁。
〔註23〕（清）廖平：《楚詞講義》，《楚辭文獻集成》（十八），吳平、回達強編，廣陵書局 2008 年版，第 12529 頁。

沙》二篇，為《屈原列傳》，後人因以《楚辭》歸之屈子，誤矣！」〔註24〕廖氏否定《屈傳》的真實性，便剝奪了屈原的著作權，以此否定屈原其人。

廖氏放言怪論，固然證據不實。錢穆先生指出：（廖季平）「學乃屢變無已。……生平之所持說，亦為秋風候鳥，時過則已。使讀其書者，回皇眩惑，迂轉流變，渺不得真是之所在。蓋學人之以戲論自衒為實見，未有如季平之尤也。」〔註25〕可是，《屈傳》自身存在矛盾，無疑是屈原否定論產生的客觀因由。廖氏要否定屈原其人，當以否定《屈傳》為前提；而要否定《屈傳》，又以《屈傳》矛盾為藉口。所以，不解決《屈傳》的矛盾，便難以杜絕屈原研究中的奇談怪論。

屈原否定論之影響學界，又賴胡適先生的參與。胡適在一次作《楚辭》演講時大膽發問：「屈原是誰？這個問題是沒有人發問過的。我現在不但要問屈原是什麼人，並且要問屈原這個人究竟有沒有？」〔註26〕胡適之所以敢於否定屈原，其根據也是《屈賈列傳》存在可疑之處，即所謂「《屈原傳》敘事不明」有五大可疑。

胡適指出：「既『疏』了，既『不復在位』了，又『使於齊』，又『諫』重大的事，一大可疑。前面並不曾說『放流』，出使於齊的人，又能諫大事的人，自然不曾被『放流』。而下面忽說『雖放流』，忽說『遷之』，二大可疑。『秦虎狼之國，不可信』二句，依《楚世家》，是昭睢諫的話。『何不殺張儀』一段，張儀傳無此語，亦無『懷王悔，追張儀不及』等事，三大可疑。懷王拿來換張儀的地，此傳說是『秦割漢中地』，張儀傳說是『秦欲得黔中地』，《楚世家》說是『秦分漢中之半』。究竟是漢中是黔中呢？四大可疑。前稱屈平，而後半忽稱屈原，五大可疑。」〔註27〕《屈傳》既有五大可疑，否定似乎言之有據。於是，他亮明自己的觀點：「依我看來，屈原是一種複合物，是一種『箭垛式』的人物，與黃帝周公同類，與希臘的荷馬同類。」〔註28〕

〔註24〕李耀先：《廖平學術論著選集》，巴蜀書社1989年版，第609頁。
〔註25〕錢穆：《中國近三百年學術史》（二），九州出版社2011年版，第725頁。
〔註26〕胡適：《讀〈楚辭〉》，《屈原研究》，褚斌傑編，湖北教育出版社2003年版，第33頁。
〔註27〕胡適：《讀〈楚辭〉》，《屈原研究》，褚斌傑編，湖北教育出版社2003年版，第33～34頁。
〔註28〕胡適：《讀〈楚辭〉》，《屈原研究》，褚斌傑編，湖北教育出版社2003年版，第34頁。

　　針對胡適提出的五大可疑，陸侃如先生撰文作了詳細解釋。一是，「懷王十六年——屈原已被絀了——親秦絕齊的結果，便是十七年的大敗於秦。懷王此時一定有了悔心了，故起用這親齊派的屈原，差他到齊國去修好。到他回國時，拿特使的資格來諫不殺張儀，有何不可？」二是，這第二大可疑涉及《屈傳》矛盾的核心，且放到後面來重點分析。三是，「這種記載上的互異，我們現在不能定孰是孰非，故不能借來證明《屈原傳》的偽造。」四是，「《屈原賈生列傳》與《楚世家》所舉地名相同，只有《張儀傳》不同。我們只能據此以攻擊《張儀傳》，而不當攻擊《屈原傳》。」五是，「這或者是胡先生沒有細看原文，因為前半篇裏也有稱屈原的，如『懷王使屈原造為憲令』一句。且第一句就說『屈原者名平』，則『原』、『平』當可互易。」這樣解釋合情合理，當可以消除疑竇了。〔註29〕

　　第二大可疑是《屈傳》矛盾的核心，陸氏解釋說：「這裡上下文的確有些不接氣。原文裏述諫不殺張儀後，各諸侯共攻楚。前者是十八年的事，後者是二十八年的事；這遙遙十年間，傳中竟無片文隻字。我以為這裡一定脫去了一段。這脫去的一段便是敘屈原初次放逐的。……為何知道這脫去的一段一定是述他流放的呢？我的理由是：（一）從上下文看來，這一段非敘此事不可。（二）《九章》裏有兩種不同的背景，一是漢北，一是江南（參看《抽思》與《涉江》）。因此，我便知道他一定放逐過二次。第一次大約在懷王二十四、五年親秦派得勢時，後來大約在二十八、九年親秦政策失敗後召回的；到頃襄王初年親秦派又執政，便又有第二次的放逐。《史記》裏的『雖流放……』是指第一次；『遷之』是指第二次。」〔註30〕陸氏承認《屈傳》「上下文的確有些不接氣」，因而假設為原文脫去了記述「放流」的一段，又提出了假設的具體理由。他總體以「脫文」說來彌合《屈傳》上下文矛盾，這只是一種理論上的假設；而具體又以《抽思》「漢北」為據，認為屈原被放逐了兩次。其實，陸氏的解釋並沒有超越清代學者的認識，而他的「脫文」說又開啟對《屈傳》的更多懷疑，此後「錯簡」、「竄入」、「拼湊」等說法相繼而起，造成理解《屈傳》的更多困惑。

　　針對屈原否定論觀點，郭沫若先生也撰文辯駁。郭氏特別提出兩條證據，

〔註29〕陸侃如：《讀〈讀楚辭〉》，《屈原研究》，褚斌傑編，湖北教育出版社2003年版，第41～42頁。

〔註30〕陸侃如：《讀〈讀楚辭〉》，《屈原研究》，褚斌傑編，湖北教育出版社2003年版，第41～42頁。

證明「古書載屈原事蹟的並不自《史記・屈賈列傳》始，在《史記》以前也有人提到屈原，崇拜屈原的。」一個是賈誼，他寫了《弔屈原賦》；一個是劉安，他寫過《離騷傳》。〔註31〕這樣，屈原其人的真實性似乎不存在問題了。我們認為，陸侃如、郭沫若的論述的確擊退了屈原否定論的進攻，但《屈傳》矛盾問題並沒有得到解決，這就為否定論的回潮留下了伏筆。

果然，在20世紀，從40年代到80年代，屈原否定論竟不絕如縷，時或甚囂塵上。在40年代末，何天行先生出版《楚辭作於漢代考》，對屈原及作品進行了全面否定。何氏否定屈原其人，自然要抓住《屈傳》矛盾不放。他接過胡適的陳辭老調，又爬梳了學術資料，列舉出一些理由，挑剔《屈傳》的矛盾。他說：「我們有理由證明《屈原列傳》，必非太史公所作。」〔註32〕

何氏所舉理由有五：一是，《屈傳》載楚懷王時事與《楚世家》有不合處。《屈傳》說屈原既有那種地位和功業，為什麼《楚世家》竟不提到屈原？二是，王若虛《滹南遺老集》：「《屈原列傳》：『王使屈平為令，……每一令出，平伐其功曰，以為非我莫能為也。王怒而疏屈平。』『曰』字與『以為』二字意重複。」〔註33〕《史記》用字極嚴，必不致把兩者的對話混而為一，互相矛盾。三是，梁玉繩《史記志疑》言「雖放流」問題（見前面引文），稱這恰好道破《屈傳》矛盾處。四是，《屈傳》自「屈平既絀」以下，其後秦欲伐齊，「復釋去張儀」一大段，完全採用《戰國策》原文。《戰國策》記載秦楚交涉雖則詳密，卻沒有提到屈原。五是，「屈原曰：『秦虎狼之國，不可信，不如毋行。』」《楚世家》又為昭睢的諫言，而《戰國策》為蘇秦說楚威王曰：「夫秦虎狼之國也。」與《屈傳》所言不合。認為《戰國策》可信，而《屈傳》此語大約是偽造者雜湊的。〔註34〕

在列舉各項理由之後，何氏自信地說：「綜上述五點來看，但舉其主要的幾點，已足證《屈傳》的偽託了。」於是，他明確宣稱：「我們斷定《史記・屈原列傳》，決不是太史公的作品。」〔註35〕

〔註31〕郭沫若：《屈原考》，《屈原研究》，褚斌傑編，湖北教育出版社2003年版，第57～58頁。

〔註32〕何天行：《楚辭作於漢代考》，中華書局1948年版，第13頁。

〔註33〕（金）王若虛：《滹南遺老集校注》，胡傳志等校注，遼海出版社2006年版，第427頁。

〔註34〕何天行：《楚辭作於漢代考》，中華書局1948年版，第13～18頁。

〔註35〕何天行：《楚辭作於漢代考》，中華書局1948年版，第18頁。

筆者以為，何氏舉《楚世家》、《戰國策》不言屈原，且與《屈傳》記載的不同，這不能成為否定《屈傳》的充分理由，陸侃如對胡適的批評已經足以說明這個問題了。何氏舉王若虛「『曰』字與『以為』二字意重複」，其實也不難理解。王樹功先生以為，此段當作如是解：上官大夫「因讒之曰：『王使屈平為令，眾莫不知。每一令出，平伐其功。』曰：『以為「非我莫能為」也。』」他說：「前後兩個『曰』都是上官大夫的談話，把它們看為兩個獨立的句子，前者是直接敘述，後者是轉引。」「前者在強調屈原功歸於己，過委於人的野心；後者在說明屈原目中無人，居功自傲的態度。」〔註 36〕這樣理解亦語意順暢。至於何氏又搬出梁玉繩對「雖放流」的論述，倒是擊中了《屈傳》的要害。不解決這個問題，便難以澄清否定論的迷霧。

在 50 年代初，朱東潤先生發表了《楚辭》系列論文，他沒有直接去談論屈原其人，而是對《楚辭》作者提出不同看法。他認為，《離騷》作者是劉安，《天問》作者是戰國楚人，至如《遠遊》、《卜居》、《漁父》、《招魂》、《大招》、《九歌》、《九章》都是漢代人的作品。〔註 37〕其實，否定了屈原的著作權，便等於否定了屈原其人，也等於否定了《屈傳》。

從 60 到 80 年代，屈原否定論又興盛於東瀛，日本學者發表了很多意見。譬如，1968 年，鈴木修次先生編撰《中國文學史》，在「《楚辭》與屈原傳說」中說：「《楚辭》在從宋玉的作品中才開始成為個人之作。而人物在屈原名下流傳的那些作品，則是圍繞著屈原傳說，經過了一個時期，由不確定的多數人集約集其大成而產生的文藝作品。」〔註 38〕1977 年，稻畑耕一郎先生發表《屈原否定論系譜》一文，對「屈原否定論」作了全面系統的回顧和總結，表達了贊同的態度。〔註 39〕1983 年，三澤鈴爾先生發表《屈原問題考辨》，認為屈原只是一個傳說的人物，《離騷》及相關楚辭作品只是民族歌謠。〔註 40〕

屈原否定論的回潮，激起學術界的強烈反彈。屈原否定論的核心是否定

〔註 36〕 王樹功：《〈屈原列傳〉質疑二題》，《昆明師範學院學報》（哲學社會科學版）
　　　　 1983 年第五期，第 72 頁。

〔註 37〕 朱東潤：《楚辭探故》，《朱東潤文存》，上海古籍出版社 2014 年版，第 561 頁。

〔註 38〕 （日）鈴木修次：《〈楚辭〉與屈原傳說》，韓基國譯，《與日本學者討論屈原
　　　　 問題》，黃中模編，武漢大學出版社 1990 年版，第 251 頁。

〔註 39〕 （日）稻畑耕一郎：《屈原否定論系譜》，韓基國譯，《重慶師院學報》1983 年
　　　　 第四期，第 19～29 頁。

〔註 40〕 （日）三澤鈴爾：《屈原問題考辨》，韓基國譯，《重慶師院學報》1981 年第四
　　　　 期，第 31～41 頁。

《屈傳》，所以，確定《屈傳》的真實性，成為駁倒否定論的重要實證。而確定《屈傳》真實性，就必須解決《屈傳》矛盾的問題。於是，在批駁屈原否定論的論爭中，也在進行對《屈傳》矛盾的清理。

（三）錯簡說不能成立

怎樣清理《屈傳》存在的矛盾？這是楚辭學界面臨的一道難題。

顧炎武最早發現這個矛盾，他的解決辦法是調整《屈傳》語句。他說：「『放流』一節，當在此文（『頃襄王怒而遷之』）之下。」梁玉繩亦表示贊同：「自此（『雖放流』）至『豈足福哉』，似宜在『頃襄王怒而遷之』後。」為什麼可以調整《屈傳》的語句？顧氏以「太史公信筆書之，失其次序」為由。既然作者「失其次序」，後人糾正過失以恢復次序似乎於理可通。

然而，這種做法畢竟不合乎科學規範，因為它並沒有講出「失其次序」的客觀原因。而人們以「衍文」、「脫簡」、「錯簡」來解釋《屈傳》的矛盾問題，其實也正是尋找「失其次序」客觀原因的一種努力。

于慎行稱「中間疑有衍文」，這是「衍文」說的最早表述。陸侃如在批評胡適時認為，《屈傳》脫去了記述「放流」的一段文字，這又是「脫簡」說的最早表述。陸氏實在拿不出確切的脫簡證據，便只能以「合理的假設來解釋」。然而，既是假設，便非定論；至於合理與否，那完全是他的主觀認識。所以，陸氏的意見其實沒有多少說服力。

沿著《屈傳》簡編存在錯亂的思路，劉永濟先生的論述更加完整一些。他首先對《屈傳》矛盾問題作了細緻的清理，概括出《屈傳》的三個可疑之處。

一是，作《離騷》之時。《屈傳》於「王怒而疏屈平」下，接以「屈平疾王聽之不聰也，⋯⋯故憂愁幽思而作《離騷》」，王逸以來，多以屈子作《騷》在懷王之世。而司馬遷《報任安書》（筆者按：還有《太史公自序》）又有「屈原放逐，乃賦離騷」言。然則作《騷》之時，究在被疏之後，抑在被放之時？司馬遷一人兩說，理不可通。又，梁玉繩《史記志疑》謂《離騷》之文斥刺子蘭，宜在懷王末年，頃襄王世。郭焯瑩作《屈子紀年》，乃謂史公敘賦《騷》之旨於怒疏之後，推本《騷》之緣作，非即賦《騷》於是時也。此可疑者一也。〔註41〕

〔註41〕劉永濟：《屈賦通箋》，人民文學出版社1961年版，第200頁。

　　二是，被放逐之時。他舉出顧炎武論「雖放流」語（見前面引文），而闡述說：「今按上文曰『王怒而疏屈平』，曰『屈平既絀』，曰『屈平既疏，不復在位』，皆無放流之文，獨於『屈平既嫉之』下曰『雖放流』云云，文義不順，且下文始曰『頃襄王怒而遷之』，故梁玉繩亦以為『雖放流』至『豈足福哉』一段，當在『頃襄王怒而遷之』下也。此可疑者二也。」〔註42〕

　　三是，子蘭所怒之事。「子蘭之怒，為屈子被放之因。今按本傳於『豈足福哉』下，忽接『令尹子蘭聞之大怒』，不知子蘭之怒為聞屈子作《騷》邪？抑為聞國人咎之，屈子嫉之邪？如曰為聞作《騷》，則本傳敘作騷在懷王怒而疏屈平之後，時不相及。如曰為聞國人咎之，屈平嫉之，則中插『雖放流』一節二百有六字，亦文不相蒙。此可疑者三也。」〔註43〕

　　概括三處可疑之後，他說：「總按上舉三疑，皆於屈子行誼文章所關至鉅，學者所當深究。亭林但以史公信筆所書說之，亦恐未允。後世文士以史遷文章奇瑋，遂處處以奇求之，謂此等處為史公妙筆，尤為妄說。竊嘗反覆尋繹，頗疑史遷之文，初不如此。其間次序，苟非錯簡，必中有脫文。」〔註44〕顯然，他認為今本《屈傳》已非原初，矛盾皆由錯簡或脫簡所造成。於是，解決矛盾的辦法就是變更文句次序，恢復《屈傳》的原初狀態。

　　他認為《屈傳》包括有「述屈子行誼之文」與「論屈子行誼文章之文」兩類內容。其云：「今考『屈平既絀』一段，加『令尹子蘭聞之大怒』至『頃襄王怒而遷之』數句，共四百四十九字，皆述屈子行誼之文。『屈平疾王聽之不聰也』一段，加『雖放流』一段共四百七十六字，皆論屈子行誼文章之文。」前者屬於敘事，後者屬於議論，他好像有些不太理解夾敘夾議的寫法，故而發出兩類「字數大略相當，其間是否錯簡，惜無古本質正」的懷疑來。〔註45〕

　　儘管錯簡並沒有得到古本質證，而他還是大膽更定了《屈傳》的次序。即：「『屈原者』至『王怒而疏屈平』。『屈平既絀』，至『屈平既嫉之』。『令尹子蘭聞之大怒』，至『頃襄王怒而遷之』。『屈平疾王聽之不聰也』，至『雖與日月爭光可也』。『雖放流，睠顧楚國』，至『豈足福哉』。『屈原至於江濱』，

〔註42〕劉永濟：《屈賦通箋》，人民文學出版社1961年版，第200頁。
〔註43〕劉永濟：《屈賦通箋》，人民文學出版社1961年版，第201頁。
〔註44〕劉永濟：《屈賦通箋》，人民文學出版社1961年版，第201頁。
〔註45〕劉永濟：《屈賦通箋》，人民文學出版社1961年版，第201頁。

至『過湘水投書以弔屈原。』」並宣稱經過如此變更，「上舉三疑，皆可通貫」。〔註46〕

然而，從校勘學角度看來，劉氏的錯簡說根本不能成立。

首先，他判定錯簡缺乏客觀依據。在雕版刻印之前，錯簡是簡冊常見的毛病。簡冊編簡繩索爛斷，導致簡策次第錯亂，便造成了錯簡的現象。《漢書・劉歆傳》曰：「經或脫簡，傳或間編。」師古云：「脫簡，遺失之。間編，謂舊編爛絕，就更次之，前後錯亂也。」〔註47〕假如發生編簡繩索爛斷，錯簡不可能只出現於一篇，往往也會殃及前後的篇章。如《屈原賈生列傳》前是《魯仲連鄒陽列傳》，後是《呂不韋列傳》，前後的篇章都完整無缺，而竟說《屈原賈生列傳》存在錯簡，豈非咄咄怪事？

其次，他更定錯簡不合容字規律。漢人所述簡策的長度，多是漢尺二尺四寸。每簡容字多少，大致也有相應規定。在兩漢時，小學字書以六十字為一章，合若干章為一篇，故小學字書稱為「篇章」。如《倉頡篇》斷六十字以為一章，凡五十五章〔註48〕。一般來說，簡冊每行容字皆有定數，因此脫簡、錯簡的字數，或為一支簡容字數，或為容字數之倍數，不可能任意或多或少。所以，通過典籍的校勘，既可以校出脫簡，也可以校出錯簡。而劉氏的錯簡說，似乎完全無視容字的問題。如他更定的六個段落，考慮到最後段落未必滿簡可以不論，其他五個段落的字數分別是135字、408字、28字、273字、205字，從中完全看不出簡冊的容字規律。可以說，這樣調整語句來改正所謂錯簡，完全缺乏客觀依據。

再次，他辨別錯簡不符簡冊特點。簡策次第造成了錯亂，當以錯亂的簡策為單位，不可能恰好在文義起訖處斷開或接續，這作為常識乃毋庸費言。而劉氏辨別錯簡而更定《屈傳》，皆以文義起訖之處，或者斷開，或者接續。這樣來辨別錯簡，顯然不符合簡冊特點；這樣來調整語句，與錯簡完全沒有瓜葛。誠如褚斌傑先生所言：「謂為『錯簡』，擅就文理進行調整，移動段落字句，亦恐證據不足也。」〔註49〕

〔註46〕劉永濟：《屈賦通箋》，人民文學出版社1961年版，第201頁。

〔註47〕（漢）班固：《漢書》，中華書局1964年版，第1970頁。

〔註48〕甘肅省博物館中國科學院考古研究所：《武威漢簡》，文物出版社1964年版，第63頁。

〔註49〕褚斌傑：《〈史記屈原列傳〉講疏》，《楚辭要論》，北京大學出版社2003年版，第52頁。

劉氏的錯簡說，既沒有指出錯簡的原因，也沒有找到錯簡的根據，完全憑著主觀意見而擅改《屈傳》，自然不能令人信服。

當然，不可否定劉氏解決問題的努力。他對《屈傳》矛盾的理解，有些觀點頗有價值。如關於屈原作《離騷》時間。劉氏「以為在懷王二十八年至頃襄王元年，四年之中，非懷王十六年張儀詐楚之時，亦非放逐江南之後。」〔註50〕這是有根據的。根據一：「《騷》辭曰『老冉冉其將至兮』，曰『予既不難夫離別兮』，曰『願依彭咸之遺則』，曰『伏清白以死直』，皆與懷王十六年時事不合。若爾時初被疏絀，不在高位，不應便以死自矢如此。且懷王十六年屈子年約過三十，不應曰老將至。」〔註51〕根據二：「觀《離騷》之文，多往復自白之辭，其情致宛轉纏綿，不如《九章》之決絕，而於去留之際，猶再三審度，冀望復用，意殊深切，皆與流放之人情事不合。」〔註52〕他以《離騷》印證《屈傳》，提出對《離騷》作時的理解，這很有說服力，對於解決《屈傳》矛盾也有啟發作用。至於他探索屈原被放之時、被放之因的看法，儘管我們不能完全同意，但無疑也具有參考價值。

儘管錯簡說不能成立，而人們還是熱衷於給《屈傳》調整語句。李增林先生的《〈屈原列傳〉通解》，對他所認為《屈傳》疏漏之處，便進行了語句調整。他說：「『雖放流』至『豈足福哉』，這一段文字，應直承於楚懷王『竟死於秦而歸藏』句之後」；「而且『雖放流』前應加『屈平』二字。『令尹子蘭聞之大怒』三句，應直承接連在『屈平既嫉之』之後」。〔註53〕這樣調整有何根據？李氏引姜亮夫言作證：「此蓋古人文法未甚縝密之處。或史公雜採傳記未加調整，此固不容阿諱。然遽因此而謂原傳為矛盾不成理，亦未免於俗見。」〔註54〕並表示贊同曰：「此說極是。」〔註55〕他們既不願承認「原傳為矛盾不成理」，又不願迴避「未甚縝密之處」，表現出左右為難的尷尬態度。更有膽大無忌者，竟以《屈傳》有段落排列錯誤的理由，要將「屈平疾王聽之不聰也，……雖與日月爭光可也」，全部改排在「長子頃襄王立……豈足福哉」之

〔註50〕劉永濟：《屈賦通箋》，人民文學出版社 1961 年版，第 204 頁。
〔註51〕劉永濟：《屈賦通箋》，人民文學出版社 1961 年版，第 202～203 頁。
〔註52〕劉永濟：《屈賦通箋》，人民文學出版社 1961 年版，第 201～202 頁。
〔註53〕李增林：《〈屈原列傳〉通解》，《西北第二民族學院學報》1996 年第一期，第 24、26 頁。
〔註54〕姜亮夫：《屈原賦校注》，人民文學出版社 1957 年版，第 21 頁。
〔註55〕李增林：《〈屈原列傳〉通解》，《西北第二民族學院學報》1996 年第一期，第 25 頁。

後。〔註56〕可見，錯簡說愈演愈烈，已經墮入荒謬的境地。

當然，李氏沒有像劉永濟走得那麼遠，他顯然不同意劉氏以《屈傳》「述屈子行誼之文」與「論屈子行誼文章之文」兩類作為錯簡的依據。他說：「自『夫天者』始至『蓋自怨生也』，乃司馬遷進一步由屈原的遭遇所引起的內心衝突，分析《離騷》產生的原因。」〔註57〕又說：「屈原放逐中『存君興國』，『一篇之中三致志』，是言其詩作、人品。然而，司馬遷以此反襯昏庸懷王之至死不悟，更進而推廣論之，鞭撻那些『不知人』之君主。」〔註58〕對於《屈傳》的議論、抒情文字，李氏的看法是比較合理的。他說：「余認為在1346字之屈原傳中有不到二百字的抒情、議論，這應說是以記人敘事為主，輔之以議論、抒情，這正是司馬遷人物傳記的特點，亦可說乃其所創之文津。」為此他又提出了更多證據：「《史記》中何止《屈原列傳》，諸如《伯夷列傳》、《孟子荀卿列傳》、《刺客列傳》、《遊俠列傳》、《貨值列傳》等等，亦多具此特點。記人敘事為主，而輔之以抒情、議論，深受歷代古文家們之推崇。」〔註59〕這些意見無疑是正確的。

（四）竄入說存在軟肋

在解決《屈傳》矛盾的觀點之中，湯炳正先生《〈屈原列傳〉理惑》一文提出的「竄入說」，影響最為廣泛，且為許多學者認可，如聶石樵《屈原論稿》便採納了湯氏的觀點。〔註60〕董運庭先生認為，湯先生的研究結論，「仍是最有見地和最有說服力的結論」，「從總體理清了前人所列出的疑點，回答了他們提出的問題，已經並且正在得到越來越普遍的認同」。〔註61〕然而，也有學者對湯氏的觀點提出了質疑，指出竄入說的軟肋所在。

湯氏回顧寫作因由說：「太炎先生《訄書・徵七略》有云：『《御覽》引劉

〔註56〕 錢玉趾：《〈屈原列傳〉的錯排與〈離騷〉的寫作年代》，《南通師範學院學報》2003年第一期，第56頁。

〔註57〕 李增林：《〈屈原列傳〉通解》，《西北第二民族學院學報》1996年第一期，第16頁。

〔註58〕 李增林：《〈屈原列傳〉通解》，《西北第二民族學院學報》1996年第一期，第24頁。

〔註59〕 李增林：《〈屈原列傳〉通解》，《西北第二民族學院學報》1996年第一期，第25頁。

〔註60〕 聶石樵：《屈原論稿》，人民文學出版社1982年版，第31頁。

〔註61〕 董運庭：《關於屈原生平事蹟的總體廓清——再讀湯炳正先生〈屈原列傳理惑〉》，《重慶師院學報》2083年第三期，第34頁。

氏書，或云「劉向別傳」，或云「七略別傳」。今觀諸子敘錄，皆撮舉爵里事狀，其體與老、韓、孟、荀，儒林諸傳相類。蓋淮南王安為《離騷傳》，太史公嘗直舉其文，以傳屈原，在古有徵。而晚近為學案者，往往倣之，兼得傳稱，有以也。』先生又自注云：『班孟堅《離騷傳》引淮南《離騷傳》文，與《屈原列傳》正同。知斯傳非太史自纂也。』先生之意蓋謂《史記‧屈原列傳》全文，皆非史遷『自纂』，乃取劉安《離騷傳》為之，無所增損。……當然，《屈原列傳》中的劉安語，無論如傳統解釋為史遷的引文摘句，或解釋為《屈傳》全文皆為劉安之《離騷傳》，皆無法說明《屈原列傳》前後敘事矛盾齟齬這一客觀存在的重大問題。我之《屈原列傳理惑》正為此而作。」〔註62〕

《〈屈原列傳〉理惑》，表達湯氏對今本《屈傳》的看法。他說，《屈傳》前後矛盾，首尾錯亂，存在著許多的問題：一是《離騷》之作，究在懷王之世，抑在襄王之時？二是懷王之世，屈原究竟是被疏，抑或已被放流？三是子蘭之怒，究竟是怒屈子賦《騷》，抑是怒屈子之「既嫉」子蘭？四是「《離騷》者，猶離憂也……雖與日月爭光可也」與「雖放流……一篇之中三致志焉……」緊密相承，為什麼插入「屈平既絀……屈平既嫉之」歷敘數十年秦楚興兵的一大段，致前後互不相蒙？五是何以屈原、屈平交互錯出，稱謂混亂？〔註63〕這些是他總括前人意見提出的《屈傳》矛盾問題。

首先，湯氏認為，司馬遷沒有見過《離騷傳》。《屈傳》矛盾問題是後人竄入劉安《離騷傳》而造成的。《屈傳》中有劉安《離騷傳》之語，班固、劉勰皆有論及，然歷來認為這是太史公引用劉安語。而湯氏斷定那是後人的竄入，他提出的理由似乎也很充分。他說：「劉安《離騷傳》之寫成，雖略早於《史記》，而史遷實未得見。」〔註64〕既然司馬遷沒有見過《離騷傳》，自然也就談不上引用它，而今本《屈傳》有劉安語，說它為後人竄入也言之成理。所謂司馬遷未見過《離騷傳》，究竟有何證據？湯氏提出兩條證據：

一是，《史記》沒有一字提及劉安的著作。他說：「史遷在《史記‧淮南王列傳》中，只云：『淮南王安為人好讀書鼓琴，不喜弋獵狗馬馳騁。亦欲以行陰德，拊循百姓，流譽天下。時時怨望厲王死，時欲叛逆，未有因也。』而關

〔註62〕湯炳正：《楚辭類稿》，巴蜀書社1988年版，第41～42頁。

〔註63〕湯炳正：《湯炳正論楚辭》，上海科學技術文獻出版社2008年版，第11～12頁。

〔註64〕湯炳正：《湯炳正論楚辭》，上海科學技術文獻出版社2008年版，第14頁。

於淮南王所著書與辭賦，則一字未及。」又說：「考史遷書例，凡前人著述，或敘其書目篇卷，或錄其作品原文，或具體，或概括，總是以不同的形式反映出來。而著述宏富如劉安者，竟在《史記·淮南王列傳》中一字未提，這決不是偶然的。因為劉安的《離騷傳》等，史遷並未見過。」〔註65〕

二是，武帝因愛秘而未公開《離騷傳》。他說：「(《漢書·淮南王傳》) 始增補下列一段：『招致賓客方術之士數千人，作內書二十一篇，外書甚眾。又有中篇八卷，言神仙黃白之術，亦二十餘萬言。時武帝方好藝文，以安屬為諸父，辯博善為文辭，甚尊重之。每為報書及賜，常召司馬相如等視革及遣。初安入朝，獻所作內篇，新出，上愛而秘之。使為《離騷傳》，旦受詔，食時上。』高誘《淮南子敘目》亦云：『初，安為辯達，善屬文。皇帝為從父，數上書，召見，孝文皇帝甚重之，詔使為《離騷賦》，自旦受詔，早食已。上愛而秘之。』」又說：「史遷當時之所以未見淮南王所著書及《離騷傳》等，蓋當時這些書，雖已獻之武帝，而未宣布於世。故史遷並未得見，當然更無從著錄於本傳，更無從採人《屈原列傳》。淮南王書當時之所以未布於世，推其原因，蓋不外其始武帝「愛秘」之，故未予宣布。」〔註66〕

對於這些證據，熊任望先生提出了質疑。他說：「所謂武帝『愛秘』《離騷傳》，是高誘《淮南子敘》中的錯誤說法。(高《敘》甚至誤武帝為文帝，《離騷傳》為《離騷賦》)《漢書·淮南王傳》寫得明明白白：『初，安入朝，獻所作《內篇》，新出，上愛秘之。使為《離騷傳》，旦受詔，日食時上。』武帝愛秘的是《內篇》，而不是《離騷傳》。……《離騷傳》是對《離騷》的注釋，『愛』是可能的，『秘』則毫無必要。劉安『旦受詔，日食時上』，可見《離騷傳》早已完成。在武帝看到它之前或之後，都有可能流傳於世。……多方搜集材料為劉安立傳的司馬遷，對劉安所領導的學術活動及其成果，不能毫無所聞、所見──縱使未覩其書，也當耳受其事。如有所聞見，而在傳中一字未及，必有其他原因。這種情況，在《史記》列傳中並非僅見。」〔註67〕

這其他的原因，連贊同湯氏的廖化津，後來也竟作出重要補證。他說：「《史記·淮南王傳》對劉安《離騷傳》『一字未提』，有特殊原因。劉安是武

〔註65〕湯炳正：《湯炳正論楚辭》，上海科學技術文獻出版社2008年版，第15頁。
〔註66〕湯炳正：《湯炳正論楚辭》，上海科學技術文獻出版社2008年版，第15～16頁。
〔註67〕熊任望：《楚辭探綜》，河北大學出版社2000年版，第11～12頁。

帝的叛逆者，而司馬遷又得罪過武帝，為劉安立傳，必然有許多顧忌。因此《淮南王傳》只寫其『為叛逆事』，其他情事一概未記，不提作《離騷傳》不足為怪。」〔註68〕這便以如山鐵證，瓦解了竄入說的立論基礎。

其次，湯氏認為，《屈傳》兩段議論都是竄入的劉安《離騷傳》。《屈傳》對《離騷》評論肯定為劉安《離騷傳》文字的，歷來認為只有班固《離騷序》引用的那幾句。而湯氏則認為，「由『《離騷》者，猶離憂也……』到『雖與日月爭光可也』從『雖放流』到『豈足福哉』這兩段文字，都是後人割取《離騷傳》語竄入本傳者」。〔註69〕他為此提出兩條理由。

一是，《屈傳》兩段文字是劉安《離騷傳》總敘。他說，劉安《離騷傳》包括總敘和注文兩部分，班固稱劉安以為「五子以失家巷，謂伍子胥也。及至少康、二姚、有娀佚女，皆各有所識有所增損，然猶未得其正也」，此指注文，故王逸稱「淮南王安作《離騷經章句》。班固引「國風好色而不淫」一段，此指總敘。而今本《屈傳》竄入者，乃是劉安《離騷傳》的總敘。〔註70〕他通過將《屈傳》兩段文字與班固《離騷序》、王逸《離騷經章句序》進行比較，從而推論出的劉安《離騷傳》的原型。湯氏認為，「它們雖論點不盡相同，而其結構層次基本上是一致的。這也許是班、王襲用了劉氏舊例的原因。」〔註71〕

二是，前段文字是劉安《離騷傳》前半部，後段文字是劉安《離騷傳》後半部。前半後半不僅文筆風格完全一致，而且結構層次也脈絡相通。兩段合起來，猶可以看到接近完整的《離騷傳》的梗概。〔註72〕

對於湯氏的理由，熊任望也提出了質疑。熊氏認為：一是，從文章體例看，總敘主要是評介作者和作品。與作者有關的人和事有所選擇，而無須另加評論，以免枝蔓。他也將《屈傳》兩段文字與班序、王序作了比較。結果發現班序、王序合乎總敘要求，而《屈傳》包含非總敘所該有的內容，如「大段抨擊懷王的文字，無論從性質，還是從數量說，都是劉安《離騷傳》的總敘所不可能有的」。〔註73〕二是，劉安奉武帝召作《離騷傳》，而《屈傳》兩段議

〔註68〕張葉蘆：《屈賦辨惑稿》，學苑出版社2005年版，第23頁。
〔註69〕湯炳正：《湯炳正論楚辭》，上海科學技術文獻出版社2008年版，第17頁。
〔註70〕湯炳正：《湯炳正論楚辭》，上海科學技術文獻出版社2008年版，第18頁。
〔註71〕湯炳正：《湯炳正論楚辭》，上海科學技術文獻出版社2008年版，第18頁。
〔註72〕湯炳正：《湯炳正論楚辭》，上海科學技術文獻出版社2008年版，第19頁。
〔註73〕湯炳正：《楚辭類稿》，巴蜀書社1988年版，第11頁。

論多有激憤之語，如「信而見疑，忠而被謗，能無怨乎」、「王之不明，豈足福哉」等，這種言論根本不符合劉安朝王的身份，以及武帝對其著作「愛而秘之」的情境。〔註74〕可見，湯氏的觀點存在著明顯的漏洞。

張葉蘆也不同意湯氏的觀點，他具體分析了兩段議論與敘事的密切關係，指出：「這兩段議論相互之間，以及其各自跟前面敘事之間都有緊密聯繫，使全文結合為一個整體，這顯然經過作者精心構思，巧妙安排才能做到的」；「如果說這兩段議論是他人文章『羼入』，竟與敘事部分扣得如此緊密，真正達到天衣無縫的地步，那簡直不可思議，更不用說其抒情切合司馬遷個人身世之感了。」〔註75〕所以，從文理而言，兩段議論也不可能為後人竄入劉安《離騷傳》。

筆者以為，《屈傳》兩段既不是劉安《離騷傳》原型，而所謂「前半後半不僅文筆風格完全一致，而且結構層次也脈絡相通」也照樣可以理解，因為它們都是司馬遷精心結構的結果。如果剔去了兩段議論，反倒如佛頂剝去金光，而令《屈傳》黯然失色了！

再次，湯氏認為，傳內評論與傳末讚語存在矛盾。他說：「但考之本傳贊語，史遷對屈原所作的評價，其主要論點卻跟傳內所引劉安語完全相反。這就更進一步證明了劉安的兩段話，決不是史遷引用的，而是後人竄人的。」〔註76〕湯氏揭櫫出觀點矛盾有二：一是傳內肯定屈原「死而不容自疏」、「睠顧楚國，繫心懷王，不忘欲反」，而傳末讚語又同意賈誼「又怪屈原以彼其材遊諸侯，何國不容，而自令若是」。既贊他不離開楚國，又怪他不離開楚國。這樣矛盾的觀點不可能出自一人之手。二是「同生死，輕去就」，與傳內竄入的劉安觀點不同。以傳末讚語衡量，兩段議論決不是史遷原文，而是後人所竄入的。〔註77〕

熊任望對此作了細緻辨析，否定湯氏所謂矛盾的問題。他先從語言角度辨析，指出「死而不容自疏」有不同的斷句，楊樹達云：「通讀以『不容自疏』為句。黃侃以『自疏』二字屬下讀，是也。《漢書‧揚雄傳》云：『又怪屈原文過相如至不容。』王逸《章句序注》引班固《離騷序》云：『憤懟不容，沉江

〔註74〕湯炳正：《湯炳正論楚辭》，上海科學技術文獻出版社 2008 年版，第 9 頁。

〔註75〕張葉蘆：《屈賦辨惑稿》，學苑出版社 2005 年版，第 148、149 頁。

〔註76〕湯炳正：《湯炳正論楚辭》，上海科學技術文獻出版社 2008 年版，第 27 頁。

〔註77〕湯炳正：《湯炳正論楚辭》，上海科學技術文獻出版社 2008 年版，第 28～30 頁。

而死」，皆本此文，是其證矣。」所謂「自疏濯淖污泥之中」，意為自遠於污濁社會，並不涉及屈原離開楚國的問題。〔註78〕至於，「睠顧楚國，繫心懷王，不忘欲反」，說的是屈原的情感，並不涉及作者的評價，而「然終無可奈何，故不可以反，卒以此見懷王之終不悟也」之後，接著指斥懷王的愚妄，正表達了對屈原的惋惜。這與傳末讚語「以彼其材遊諸侯，何國不容，而自令若是」根本並不存在不可調和的矛盾！〔註79〕

筆者以為，傳內與傳末儘管表述不同，但並不存在根本的矛盾。太史公「悲其志」、「未嘗不垂涕」正是對屈原不幸遭遇的同情，因而「及見賈生弔之，又怪屈原以彼其材，遊諸侯，何國不容，而自令若是」，他認同賈誼看法並不難理解。至於「讀《服鳥賦》，同死生，輕去就，又爽然自失矣」，這與傳內評述也不存在矛盾。「同死生，輕去就」，本是賈誼的觀點，司馬遷讀了《服鳥賦》後，受到強烈的思想衝擊而「爽然自失」，正說明了他原來的觀點並不是如此，因而也就不存在什麼「同生死，輕去就」與所謂劉安的觀點相矛盾的問題。

此外，關於《屈傳》中「屈原」、「屈平」兩種稱謂交互出現的問題，也不能成為竄入說的充分理由。《史記》傳主多種稱謂亦非《屈傳》僅見，褚斌傑認為：「《屈原傳》已清楚指出『屈原名平』，絕無懷疑為兩人之可能。《屈傳》『平』、『原』互見，或為史遷行文如此，或為流傳中傳抄問題，今已難確考，然終無礙對《屈傳》之理解。」〔註80〕

至於，言「後人竄入」，這後人究竟是誰？他為什麼要竄入劉安《離騷傳》？這些問題，湯氏都沒有作答。當然，本來不存在竄入的問題，也就無須回答了。

綜上所述，竄入說立論基礎不實，成為它的致命軟肋。誠如褚斌傑所言：「竄入說似是能快刀斬亂麻，但終嫌尚缺少根據。」〔註81〕所以，雖然「竄入說」影響頗廣，其實它並不能成立。

當然，不能因此而否認湯氏對《屈傳》研究的貢獻。譬如，對於屈原賦《騷》的年代問題，他解決了《屈傳》與司馬遷其他處表述矛盾的問題。《屈

〔註78〕熊任望：《楚辭探綜》，河北大學出版社2000年版，第13頁。
〔註79〕熊任望：《楚辭探綜》，河北大學出版社2000年版，第14頁。
〔註80〕褚斌傑：《〈史記屈原列傳〉講疏》，《楚辭要論》，北京大學出版社2003年版，第8頁。
〔註81〕褚斌傑：《〈史記屈原列傳〉講疏》，《楚辭要論》，北京大學出版社2003年版，第58頁。

傳》云：「王怒而疏屈平。屈平疾王聽之不聰也，讒諂之蔽明也，邪曲之害公也，方正之不容也，故憂愁幽思而作《離騷》。」言屈原被疏之後而作《離騷》。而司馬遷《報任少卿書》則云：「屈原放逐，乃賦《離騷》」〔註82〕；《太史公自序》亦云：「屈原放逐，著《離騷》」。〔註83〕又皆言屈原被放逐之後而作《離騷》。劉永濟說：「史遷一人亦有兩說，理不可通。」〔註84〕對此，湯氏以傳記文與抒情文行文措辭不同來進行解釋。他說：「抒情體的《報任少卿書》，則以其發洩其憤懣之情為主」；「蓋史遷因情之所激，奮筆直書，致與傳記體的列傳有所出入。」又舉「不韋遷蜀，世傳《呂覽》；韓非囚秦，《說難》、《孤憤》」，亦皆不符合本傳史實。因此，「『屈原放逐，乃賦《離騷》』一語，乃史遷以概括之筆抒其情，並非以敘述之筆傳其事。」〔註85〕這就解決了所謂司馬遷一人兩說矛盾的問題。

（五）拼湊論不合常情

與錯簡說、竄入說的視角不同，也有學者將《屈傳》矛盾的責任歸咎於司馬遷，認為《屈傳》的矛盾問題，是由於司馬遷寫作不嚴謹造成的。此可謂之拼湊論。

孫作雲先生《讀〈史記·屈原列傳〉》便持這樣的看法。他說：「《史記·屈原列傳》是由三篇文章組成的：第一篇自開頭以至『王之不明，豈足福哉』止，是講《離騷》撰寫經過及其內容大意的文章，我在下文中將證明：此即淮南王劉安所作的《離騷經章句序》——如班固、王逸之《離騷經章句序》同；其次是《漁父篇》（不知何人所作，非屈原作。舊說為屈原作，誤）——用這篇妙文代表屈原被放逐以後的生活，主要的是發揮屈原剛強不屈的思想；其三是屈原的絕命辭《懷沙》，用《懷沙》來表現屈原寧死不屈的精神，並以此結束屈原一生的行事。在這三篇文章之間，司馬遷僅僅添了十幾句連綴的話，用以連繫上下不同之三文。如在第一講《離騷》大段之文及《漁父篇》中間，添上以下幾句話：『令尹子蘭聞之大怒，卒使上官大夫短屈原於頃襄王，頃襄王怒而遷之。』以下便引《漁父篇》正文。在《漁父篇》之後，《懷沙》之前，

〔註82〕（漢）班固：《漢書》，中華書局1964年版，第2735頁。

〔註83〕（漢）司馬遷：《史記》，中華書局1959年版，第3300頁。

〔註84〕劉永濟：《屈賦通箋》，人民文學出版社1961年版，第200頁。

〔註85〕湯炳正：《湯炳正論楚辭》，上海科學技術文獻出版社2008年版，第24、25頁。

添上一句：『乃作《懷沙》之賦。』在《懷沙》賦後，又添上一句：『於是懷石遂自投汨羅以死。』」〔註86〕

按照孫氏的看法，司馬遷只是將他人文章拿來，用了不到五十個字連綴幾下，隨便拼湊而成為《屈傳》。這種看法顯然存在毛病，拼湊他人的文章而為紀傳，恐怕不符合太史公的一貫作風。司馬遷隱忍苟活寫作《史記》，「鄙沒世而文采不表於後也」，他要將《史記》「藏諸名山，傳之其人」，怎麼竟會如此草率地雜湊成篇呢？加之屈原是感動過他的人物，他曾咀嚼屈原作品，瞻仰屈原遺址，悲悼屈原志向，怎麼竟會如此隨便為屈原立傳呢？

《屈傳》引《漁父》、《懷沙》，因為那是屈原的作品，引用傳主作品是《史記》紀傳的通例，這自然勿須多議。而孫氏以為，《屈傳》從開頭到「豈足福哉」，全是劉安《離騷經章句序》，則實在有些匪夷所思。孫氏的理由有三：一是，從開頭到「豈足福哉」止，是單獨的一篇文章，「全是以《離騷》為中心，──講述《離騷》撰寫經過及其內容、大意的文章」〔註87〕。二是，「古人作文往往在文末引《詩經》、《易經》語作結束」，《屈傳》有「《易》曰：『井泄不食，為我心惻，可以汲。王明，並受其福。』王之不明，豈足福哉！」，「由此亦可見在『王之不明，豈足福哉』以前，確為一篇獨立文字。」他特別舉證曰：「孟、荀之文即多有之。《淮南子》中亦多其例：如《傲真篇》、《修務篇》就引用《詩經》作結；《繆稱篇》一篇就曾六引《易經》，三引《詩經》。」〔註88〕三是，「從與班固、王逸的《離騷經章句序》的對比上，也可以推知，因為它們是同類文章，而且說不定這兩位後輩所作的《離騷經章句序》就是學習或節略他們的老前輩劉安所作的《離騷經章句序》的」。「由此亦可見劉安《離騷經章句序》名雖佚而實未佚，它完好地保存在《史記·屈原列傳》裏。」〔註89〕

其實，這些理由並不能證明這部分就是劉安《離騷經章句序》。

首先，司馬遷以《離騷》為屈原代表作，他讀屈作先標《離騷》，且又言為屈原作傳由來曰：「作辭以諷諫，連類以爭義，《離騷》有之，作《屈原賈生列傳》。」以《離騷》為重點給屈原作傳，自是題中之義。況且，從開始至「王怒而疏屈平」，從「屈原既絀」至「懷王入秦而不返也」，都是敘述屈原的生平

〔註86〕孫作云：《讀〈史記·屈原列傳〉》，《史學月刊》1959年第九期，第25頁。
〔註87〕孫作云：《讀〈史記·屈原列傳〉》，《史學月刊》1959年第九期，第24頁。
〔註88〕孫作云：《讀〈史記·屈原列傳〉》，《史學月刊》1959年第九期，第24頁。
〔註89〕孫作云：《讀〈史記·屈原列傳〉》，《史學月刊》1959年第九期，第26、27頁。

事蹟。說它「像是一篇解釋《離騷》的文章，而不像一篇以屈原一生事蹟為中心的傳記」〔註90〕，顯然並不符合文本實際。

其次，荀子文章有引《詩經》語以曲終奏雅者，《繆稱篇》引有《易經》、《詩經》語，但並不都在文章的末尾。由此推斷出引用《易經》語，便標誌著文章結束，這種推理起碼是不周延的。

再次，通過與班固、王逸《離騷經章句序》對比，認為它們「內容相同，主題相同，所以在結構上，甚至在文辭上也這樣地相同，從這三文的對比中，更可以相信：《史記·屈原傳》原本為劉安《離騷經章句序》。」〔註91〕孫氏的假設實在夠得上大膽，卻始終沒有拿出真憑實據，充其量只是一種理論假設，其結論自然難以讓人信服。孫氏的假設也啟發了湯炳正。後來湯氏以《屈傳》與班固、王逸對比，以證成《屈傳》竄入《離騷傳》的觀點。關於湯氏的推論，前面已有辨析，可以相互參看。

對司馬遷《屈傳》不滿意的，還有譚介甫先生。在《屈賦新編》中，譚氏多處文字非難司馬遷，嫌《屈傳》「太簡」、「混亂」、「不易解」云云。〔註92〕於是，他從對屈作「各篇研究中認識出懷、襄二代的政治、軍事、外交各方面和其他關節」，竟以所謂「文史合一」的方法重新編撰了一萬多字的屈原生平。然而，譚氏寫的屈原生平顯然不能與司馬遷《屈傳》相提並論？何其芳指出：「屈原是中國第一個偉大詩人，然而由於他生在二千多年以前，關於他的生平事蹟的材料保存至今的卻很少。如果我們要給他作一個傳記，幾乎說越簡單就可靠性越大。越詳細就難免推測之詞就多。」〔註93〕所以，輕易責難司馬遷，顯然是不合適的。

在湯氏竄入說被質疑之後，便不能再迴避竄入說的軟肋了。廖化津先生的《〈屈原列傳〉解惑》一文，坦率承認司馬遷見過《離騷傳》，從而拋棄了湯氏所舉未見的證據。然而，廖氏又提出：《屈傳》插入《離騷傳》，不是後人好事者的竄入，而是司馬遷自己插入的。〔註94〕這就將問題又歸因於司馬遷，

〔註90〕孫作云：《讀〈史記·屈原列傳〉》，《史學月刊》1959年第九期，第23頁。
〔註91〕孫作云：《讀〈史記·屈原列傳〉》，《史學月刊》1959年第九期，第27頁。
〔註92〕譚介甫：《屈賦新編》，中華書局1978年版，第39頁。
〔註93〕何其芳：《屈原和他的作品》，《何其芳全集》（三），藍棣之主編，河北人民出版社2000年版，第219頁。
〔註94〕廖化津：《〈屈原列傳〉解惑》，《河北師範大學學報》1992年第四期，第22～23頁。

從而與拼湊論的觀點接近了起來。

廖氏認為，「《屈原列傳》不是一次完成的，它有初稿和定稿的分別。《屈原列傳》的初稿，本來沒有對《離騷》進行評述」〔註95〕。他的證據是：「《屈傳》末尾『太史公曰』：『余讀《離騷》、《天問》、《招魂》、《哀郢》，悲其志。』《屈傳》中記錄了《懷沙》的全文，『太史公曰』中卻未提及《懷沙》。……為什麼《懷沙》不在『余讀』之列呢？……原因只有一個，那就是體例寫法的關係。……以《懷沙》例推之，《離騷》如果在傳文中已經評述，結語中就不會再提及《離騷》。……結語中首列《離騷》，則《離騷》也當是傳文中未曾提及的。由此可見，《屈原列傳》的初稿，本來沒有關於評述《離騷》的內容。」〔註96〕

這個推論太過於輕率了，同一篇《屈原賈生列傳》便有反例存在。其云：「賈生為長沙王太傅三年，有鵬飛入賈生舍，止於坐隅。楚人命鵬曰『服』。賈生既以謫居長沙，長沙卑濕，自以為壽不得長，傷悼之，乃為賦以自廣。其辭曰：……」而「太史公曰」：「讀《服鳥賦》，同死生，輕去就，又爽然自失矣。」〔註97〕顯然，《史記》並不存在所謂結語提及的，傳文就不會評述的體例寫法。假如真有這樣的體例寫法，為什麼在所謂定稿中，司馬遷倒違背這種體例寫法呢？

《太史公自序》作於《史記》完成之後，其云：「作辭以諷諫，連類以爭義，《離騷》有之。作《屈原列傳》。」廖氏認為：「作辭」，即指作《離騷》，因為下文所說「諷諫」、「連類爭義」是「《離騷》有之」的。「諷諫」，指屈傳中《離騷傳》語「冀幸君之一悟，俗之一改也。」「連類以爭義」，指屈傳中《離騷傳》語「舉類邇而見義遠」。《太史公自序》已經提到屈傳中《離騷傳》的詞語、意思。說明《屈原列傳》的定稿已有了關於《離騷》的評述，證明將《離騷傳》插入《屈原列傳》當作對《離騷》的評述的人，是司馬遷自己。〔註98〕

〔註95〕廖化津：《〈屈原列傳〉解惑》，《河北師範大學學報》1992 年第四期，第 21 頁。

〔註96〕廖化津：《〈屈原列傳〉解惑》，《河北師範大學學報》1992 年第四期，第 21 頁。

〔註97〕（漢）司馬遷：《史記》，中華書局 1959 年版，第 2496～2503 頁。

〔註98〕廖化津：《〈屈原列傳〉解惑》，《河北師範大學學報》1992 年第四期，第 23 頁。

筆者則以為，《自序》對《離騷》的評論，表現了司馬遷對《離騷》的深刻理解，而不能證明所謂定稿中已經插入《離騷傳》。司馬遷不會低能到只有插入了別人的意見，才能發一些附和的言論。《屈傳》對《離騷》的評述，乃是司馬遷自己的意見，當然是在吸收前人認識基礎上，他對《離騷》意蘊的深刻理解。

此外，廖氏認為：「《屈原列傳》初稿，敘述清楚，層次分明」，而所謂定稿插入了《離騷傳》導致「敘事錯亂」。而「要解決關於《離騷》作時的爭端，只有將《離騷》的定稿還原為初稿，問題才能迎刃而解。將《屈原列傳》的定稿還原為初稿，即把《離騷傳》語從《屈原列傳》中抽出來，使它們不糾纏在一起，恢復它們各自的本來面貌。這樣，《離騷》的作時問題，在《屈原列傳》中就不存在了。」〔註99〕

本來「敘述清楚」的初稿，到了定稿反而「敘事錯亂」了。這樣認識問題，顯然不合乎正常邏輯，好像太史公不僅低能，而且簡直老糊塗了。

筆者以為，拿不出切實有力的證據，而將《屈傳》矛盾歸咎於司馬遷，這是很不慎重的態度。作為「史家之祖」的司馬遷，竟然會隨意拼湊，草率成篇，愈改愈亂，矛盾糾纏，這實在令人無法想像。看來，要解決《屈傳》的矛盾，不應該無端挑剔司馬遷的毛病，倒應該切實探尋導致矛盾的客觀原因，以及讀者理解的誤區所在。

（六）維護說趨近真相

與各種疑古論調不同，亦有尊重《屈傳》的學者，他們據理力爭維護司馬遷的著作權。林庚先生指出：「屈原是中國最早的一位大詩人，司馬遷的《屈原列傳》是中國最早的一篇詩人傳記，我們必須尊重這一篇傳記。一則司馬遷是中國古代最偉大的歷史家，《史記》是一部莊嚴的有科學性的歷史著作。二則司馬遷距離屈原不到二百年，我們現在距離屈原已經兩千二百多年了，我們在兩千多年之下所以還有可能比較清楚的知道屈原的生平，老實說，首先就是靠這篇傳記，何況這兩千多年來我們並沒有發現比《史記》更早更可信的有關屈原的資料，那麼這一篇傳記應當怎樣的被我們珍重尊敬才是。」〔註100〕林氏的態度無疑是對待《屈傳》的正確態度。

〔註99〕廖化津：《〈屈原列傳〉解惑》，《河北師範大學學報》1992 年第四期，第 25 頁。

〔註100〕林庚：《林庚楚辭研究兩種》，清華大學出版社 2006 年版，第 40 頁。

　　不少學者秉持了這樣的態度，如郭沫若、熊任望、張葉蘆、褚斌傑等人。熊任望先生致力探討不刪不改如何能夠讀通《屈傳》原文。他認為：《屈傳》「所敘屈原政治生涯的大脈絡還是清晰的」。而「感到不足的是，『放流』問題未作明確交待；關於《離騷》的創作時間，因分在兩處敘評，容易引起誤解；子蘭因何發怒，因在『屈平既嫉之』下敘評作《騷》一事，不易看出與子蘭的直接關係。」〔註101〕他肯定《屈傳》，又指出不足，所言實事求是。如果能夠合理解釋上述所謂不足，《屈傳》的矛盾就會煥然冰釋了。

　　首先，「放流」的問題。

　　熊任望認為：「『放流』，指的是屈原在懷王時的遭遇，跟後來頃襄王時的『遷』不是一回事。」〔註102〕他說：「據屈原作品《抽思》等篇得知，屈原曾被放於漢北，可與本傳所說『雖放流』相印證。」〔註103〕所以，「本傳所說的『放流』，或許也指屈原當時的這種處境」。〔註104〕他對「放流」的理解，傾向於在懷王朝屈原被放漢北；而對此又有些游移不定，故用「可能」、「或許」來表述。熊氏沒有能夠彌合「放流」造成的矛盾，於是只好說：「可能是，本傳所敘在細節上有疏漏。」〔註105〕

　　褚斌傑先生認為：「『雖放流，眷顧楚國，繫心懷王……王之不明，豈足福哉』一大段，主要寫的是懷王時事。此處用『雖放流』，似乎說明屈原在懷王朝曾流放過，這與《屈原列傳》上文在懷王入秦不返以前只是『疏屈平』，『屈平既絀』、『屈平既疏』的記述不符。」〔註106〕既然兩者不符，那麼何者正確？褚氏分析說：「這時，頃襄王雖已立，但懷王囚居於秦，尚未死。屈原此時的情況，應仍屬《屈原列傳》前文所言是『既疏』、『既絀』、『不復在位』。《屈傳》緊接下文在評論懷王時：『懷王以不知忠臣之分，故內惑於鄭袖，外欺於張儀，疏屈平而信上官大夫、令尹子蘭。』說的仍只是『疏』。屈原在楚懷王朝的事實如此，正不宜因此處的『放流』一詞，而無視多處的提法。」〔註107〕褚氏強調多處的

〔註101〕熊任望：《楚辭探綜》，河北大學出版社2000年版，第1～2頁。

〔註102〕熊任望：《楚辭探綜》，河北大學出版社2000年版，第5頁。

〔註103〕熊任望：《楚辭探綜》，河北大學出版社2000年版，第4頁。

〔註104〕熊任望：《楚辭探綜》，河北大學出版社2000年版，第2頁。

〔註105〕熊任望：《楚辭探綜》，河北大學出版社2000年版，第2頁。

〔註106〕褚斌傑：《〈史記屈原列傳〉講疏》，《楚辭要論》，北京大學出版社2003年版，第56頁。

〔註107〕褚斌傑：《〈史記屈原列傳〉講疏》，《楚辭要論》，北京大學出版社2003年版，第61頁。

提法，而迴避了「放流」問題，這雖表明了論者的看法，而《屈傳》矛盾依然存在。

郭沫若先生是最早直面「放流」問題的。他說：「『放流』兩個字當作流謫解，是後來的人講錯了的。其實『放流』就等於『放浪』，並不是說屈原在楚懷王朝時就遇到流刑。」〔註108〕又說：「向來把『放流』二字即解為放逐，因此便生出許多齟齬。其實，『放流』只是放浪，屈原被疏之後居於閒位，曾向四處遊歷過而已。」〔註109〕因此，他認為屈原在懷王朝只是見疏，而未被放逐。郭氏的解釋缺乏詞義依據，不免有信口開河之嫌。然而，我們還是不得不說，他「不以辭害志」的理解，獨具慧眼而予人啟迪。

張葉蘆先生便贊同郭說，且努力彌補郭氏所缺乏的詞義證據。他說：「《屈原列傳》『放流』的『流』意同《管子·宙合》『君失音則風律必流』的『流』，尹知章注『流，蕩放也。』《禮記·樂記》『樂甚則流』、『酒之流生禍』的兩個『流』字，均為『蕩放』義。亦同《孟子·梁惠王上》『從流下而忘反謂之流』的『流』（指第二個『流』字），即趙岐注所釋的『放遊』義。《荀子·勸學》用『流魚』，屈原《離騷》和《遠遊》並用有『周流』，『流魚』即『游魚』，『周流』即『周遊』。然則『放流』猶言『放蕩』，亦猶言『放遊』，即郭氏所說的『放浪』也。」經過一番輾轉的訓詁，「本傳意思便一致而沒有齟齬了」。〔註110〕

「放流」一詞並不冷僻，典籍多有運用，如《禮記·大學》云：「唯仁人放流之，迸諸四夷，不與同中國。」〔註111〕王充《論衡·恢國》云：「（驩兜、共工、三苗、鯀）罪皆在身，不加於上，唐、虞放流，死於不毛。」〔註112〕唐甄《潛書·善遊》云：「誅戮直臣，放流賢士，乾坤晦塞，君臣昏迷，雖有善道者，亦無所施其術矣。」〔註113〕這裡，「放流」的本義就是「流放」、「放逐」。〔註114〕張氏於「放流」本義棄之不顧，不惜輾轉為訓，這樣解釋顯然有違「放流」本義，實際運用語言當不會如此。所以，筆者認為，儘管各位做了

〔註108〕郭沫若：《沫若文集》（十二），人民文學出版社1959年版，第331頁。
〔註109〕郭沫若：《沫若文集》（十二），人民文學出版社1959年版，第18頁。
〔註110〕張葉蘆：《屈賦辨惑稿》，學苑出版社2005年版，第156頁。
〔註111〕崔高維校點：《禮記》，遼寧教育出版社1997年版，第225頁。
〔註112〕（漢）王充：《論衡》，上海人民出版社1974年版，第303頁。
〔註113〕（清）唐甄：《潛書》，古籍出版社1955年版，第150頁。
〔註114〕（清）唐甄：《潛書》，古籍出版社1955年版，第414頁。

努力，而「放流」問題尚未解決。

其次，《屈傳》兩段議論的問題。

《屈傳》的兩段議論，前段從「《離騷》者，離憂也」至「雖與日月爭光可也」；後段從「屈平既嫉之，雖放流」至「豈足福哉」。錯簡說、竄入說、拼湊說等均對之質疑，而維護說則極力肯定它的原貌。

針對所謂「文氣不暢」、「自相違戾」、「不合文律」的批評，陳子展云：「太史公之文，雄奇酣恣，反覆終始，不知端倪，數數如此，非必時有首尾橫絕，不相照應之失。」又云：「言楚人已咎子蘭，屈原也旋復嫉子蘭也。下文突用雖字作開拓連詞，似與上文不接。晴天霹靂，驚奇之至，自『雖放流』以下，暗用追溯法。」又云：「此遙接法」等等。〔註115〕他將文理失次的問題，完全歸結為修辭手法。

張葉蘆則以行文布局來解釋，他引用《古文觀止》注家對《屈傳》的評注，如「屈平既絀」後注曰：「間接，又如敘事」；「令尹子蘭聞之」後注曰：「接上『屈平既嫉之』，妙！」〔註116〕別小覷三家村先生的眼光，其實他們的理解很有道理。在這些認識基礎上，張氏以破折號來標識《屈傳》兩段議論的結構特點。即：「王怒而疏屈平。——屈平疾王聽之不聰也……雖與日月爭光可也。——屈平既絀，……屈平既嫉之。——雖放流……豈足福哉！——令尹子蘭聞之，……頃襄王怒而遷之。」〔註117〕這樣別出心裁的做法，確實可以消除許多誤解。因此，他說：「《屈原列傳》這兩段議論，或為前面敘事所感觸而引起，或在議論中緊扣前段敘事；同時後段議論跟前段議論亦遙相呼應。議論與敘事，議論與議論，其間都有嚴密聯繫，從而使文章結構成有機整體。」〔註118〕然而，古人既不用破折號，這種以今律古的解釋恐怕也不完善。

兩段議論存在著問題，而褚斌傑仍然說：「我的意見還是俯就《屈原列傳》此處原文，做些必要的分析，做出一定程度上的解決。」〔註119〕對於前段議論，他認為「除掉劉安竄入的幾句話外（筆者按：指傳統認為太史公引劉安

〔註115〕陳子展：《楚辭直解》，復旦大學出版社1996年版，第10、9、11頁。

〔註116〕張葉蘆：《屈賦辨惑稿》，學苑出版社2005年版，第147頁。

〔註117〕張葉蘆：《屈賦辨惑稿》，學苑出版社2005年版，第146頁。

〔註118〕張葉蘆：《屈賦辨惑稿》，學苑出版社2005年版，第147頁。

〔註119〕褚斌傑：《〈史記屈原列傳〉講疏》，《楚辭要論》，北京大學出版社2003年版，第58頁。

的幾句話），其思想觀點與司馬遷全傳中所表述的對屈原的看法是一致的，行文上也是銜接的。」〔註120〕對於後段議論，他認為「《屈原列傳》中此段文字，是最為難解的」〔註121〕。特別對「一篇之中，三致志焉」，他的看法是：「長久以來，這裡的『一篇之中，三致志焉』被理解為指《離騷》。實際上關於《離騷》的創作時期，背景和內容等等，在《屈原列傳》上文早已寫得很清楚了，絕不應在這裡蛇足。那麼這裡所指的作品應是什麼呢？我推斷，或正是『太史公曰』中所舉的四篇作品之一《招魂》。」〔註122〕

褚氏的看法之外，也還有其他的看法。如林庚認為指《哀郢》〔註123〕，也有人認為指《抽思》〔註124〕，陳子展則認為統指司馬遷在《屈傳》中「所舉的幾篇」〔註125〕。張葉蘆對這些認識均作了澄清。他引《古文觀止》注家評語「忽又轉到《離騷》上」，認為此處「文思極為嚴密。〔註126〕前文未出現《哀郢》或《抽思》，怎麼突然冒出『一篇』之稱指的是《哀郢》或《抽思》？有這種沒頭沒腦、來路不明的文章思路嗎？」〔註127〕至於「一篇」指《招魂》，或統指幾篇，張氏認為，它們「都是說不通的」。〔註128〕

與張氏的看法一致，熊氏也認為，「一篇」乃指《離騷》。他說：「兩處分敘，可以較好地照顧到創作動機和定稿時間兩個方面。如集中在前面寫，讀者將誤以為《離騷》作於被疏之初，與實際情況不符；如集中在後面寫，又要重複說明根由，行文不便，還有結構上畸輕畸重的毛病。」〔註129〕這樣來理解，《離騷》的作時似乎也逐漸清晰。熊氏結論是：「據本傳定《離騷》完成並發表於懷王入秦之後。」這與「老冉冉其將至」、「及年歲之未晏」等《離騷》

〔註120〕褚斌傑：《〈史記屈原列傳〉講疏》，《楚辭要論》，北京大學出版社 2003 年版，第 39 頁。

〔註121〕褚斌傑：《〈史記屈原列傳〉講疏》，《楚辭要論》，北京大學出版社 2003 年版，第 57 頁。

〔註122〕褚斌傑：《〈史記屈原列傳〉講疏》，《楚辭要論》，北京大學出版社 2003 年版，第 59 頁。

〔註123〕林庚：《林庚楚辭研究兩種》，清華大學出版社 2006 年版，第 56 頁。

〔註124〕杜松柏：《楚辭研究》，《楚辭彙編》（十），新文豐出版公司 1975 年版，第 623 頁。

〔註125〕陳子展：《楚辭直解》，復旦大學出版社 1996 年版，第 722 頁。

〔註126〕張葉蘆：《屈賦辨惑稿》，學苑出版社 2005 年版，第 150 頁。

〔註127〕張葉蘆：《屈賦辨惑稿》，學苑出版社 2005 年版，第 150 頁。

〔註128〕張葉蘆：《屈賦辨惑稿》，學苑出版社 2005 年版，第 151 頁。

〔註129〕熊任望：《楚辭探綜》，河北大學出版社 2000 年版，第 3 頁。

內證也頗相符合〔註130〕

褚斌傑認為：「關於《離騷》是創作於早期懷王之世還是後期襄王之世，一般還是要從《離騷》本文來取證。」〔註131〕而「就《離騷》全文來看，所謂『延佇乎吾將反』，『退將復修吾初服』，『吾將上下而求索』，『吾將遠逝以自疏』，以及就重華陳詞，向靈氛問卜，向巫咸求出路等等，都表現了他在進退去留問題上極為複雜的心情，最後眷戀祖國而不忍去，均較為符合被疏失位時的心情，而與其後期更遭不幸，被放遷時情事不合。」〔註132〕這些意見使《離騷》作時問題愈來愈接近於最終的解決。

再次，子蘭因何發怒的問題。

熊任望回答的很乾脆：「一是『屈平既嫉之』；二是《離騷》中有明顯影射子蘭之處（本傳未指出）。本傳所敘『令尹子蘭聞之大怒』，緊承二事之後，當兼指二者。」〔註133〕

張葉蘆與熊氏觀點只有部分一致。張氏的看法是：「『聞之』的『之』字顯然是指代『屈平既嫉之』……『屈平既嫉之』的『之』字，是指代其上句『子蘭以勸懷王入秦而不反也』」〔註134〕。張氏不同意「令尹子蘭聞之大怒」是由於《離騷》，認為《離騷》作於「王怒而疏屈平」之後，而距離「子蘭聞之」已過去了十餘年，難道《離騷》寫成藏於名山，十餘年後才傳之人間？〔註135〕

張氏認為，這種錯誤觀點是對《離騷》原文的產生了誤解。朱熹云：「使其果然（按：指『蘭』為令尹子蘭，『椒』為大夫子椒），則又當有子車、子蘭、子椒之儔，蓋不知其幾人矣。」〔註136〕反對將蘭、椒坐實為具體個人。而清人陳本禮則云：「蘭、芷、椒、楘，皆實有所指，子蘭聞之，所以怒也。」〔註137〕近代以來，主張坐實《離騷》花草的不乏其人，如所謂《離騷》對子

〔註130〕熊任望：《楚辭探綜》，河北大學出版社2000年版，第4頁。

〔註131〕褚斌傑：《〈史記屈原列傳〉講疏》，《楚辭要論》，北京大學出版社2003年版，第29頁。

〔註132〕褚斌傑：《〈史記屈原列傳〉講疏》，《楚辭要論》，北京大學出版社2003年版，第34頁。

〔註133〕譚介甫：《屈賦新編》，中華書局1978年版，第6頁。

〔註134〕張葉蘆：《屈賦辨惑稿》，學苑出版社2005年版，第152頁。

〔註135〕張葉蘆：《屈賦辨惑稿》，學苑出版社2005年版，第151～152頁。

〔註136〕（南宋）朱熹：《楚辭辯證》，《楚辭集注》，中華書局1953年版，第175頁。

〔註137〕（清）陳本禮：《〈離騷〉精義》，《楚辭文獻集成》（十四），吳平編，廣陵書社2008年版，第10127頁。

蘭的「千古奇罵」，又如譚介甫草派與木派黨爭之說〔註 138〕，真是愈辯而愈玄了。對於這些荒誕無稽的說法，張氏的辯駁無疑有醒腦作用。

對待這個問題，褚斌傑頗為重視。他說：「『令尹子蘭聞之，大怒，卒使上官大夫短屈原於頃襄王，頃襄王怒而遷之。』這裡所說的『聞之』是指什麼？是指讀了《離騷》，抑或是指其他？」〔註 139〕他的看法是：「文中所謂『繫心懷王，不忘欲反』，『存君興國，而欲反覆之』，這裡的『反（返）』，正應該是指欲懷王返歸楚國說的，又說『反覆之』，正是就返歸楚國就其君位而言。」屈原「欲楚懷王歸返的意圖和感情，因而引起了子蘭的大怒，以至『卒使上官大夫短屈原於頃襄王，頃襄王怒而遷之，』因為楚懷王的歸返，是與他們既得的權位不兼容的。特別是當初勸楚王入秦的就是子蘭。對於懷王入秦被囚的事，他當然有不可推託的罪責，正因為這樣，在懷王回歸的問題上，子蘭的反應也就異乎尋常的強烈。」〔註 140〕筆者以為，以「屈平既嫉之」為子蘭所怒的原因，理由似乎並不充分。他只是與楚人一樣「咎子蘭以勸懷王入秦而不反也」，實不至於引起子蘭大怒，更不會引起襄王發怒。而以屈原欲楚懷王返國復位的政治意圖，才是子蘭、襄王所怒的真正原因，這樣理解接近於事情真相。褚氏洞察此義，可謂難能可貴。

總之，在尊重《屈傳》的前提下，維護說對《屈傳》矛盾作了深入探索。儘管有些疙瘩還沒有完全解開，但距離問題解決只剩一步之遙了。

（七）偽作說舊調亂彈

認定《屈傳》是後人偽作，剝奪司馬遷的著作權，這種論調始發於屈原否定論。胡適始曰：「《史記》本來很不可靠，而《屈原賈生列傳》尤其不可靠。」何天行繼曰：「《史記‧屈原列傳》決不是太史公作品」，「即使不是劉向偽作，說不定就是劉歆的手筆。」〔註 141〕屈原否定論者的這些觀點，理所當然遭到學術界的批評，當今主張屈原否定論，已經沒有了多少市場。

然而，經過近百年的學術辨析，《屈傳》公案仍然雲遮霧罩。只要《屈傳》

〔註 138〕譚介甫：《屈賦新編》，中華書局 1978 年版，第 37 頁。

〔註 139〕褚斌傑：《〈史記屈原列傳〉講疏》，《楚辭要論》，北京大學出版社 2003 年版，第 56 頁。

〔註 140〕褚斌傑：《〈史記屈原列傳〉講疏》，《楚辭要論》，北京大學出版社 2003 年版，第 59 頁。

〔註 141〕何天行：《楚辭作於漢代考》，中華書局 1948 年版，第 18～25 頁。

矛盾一天沒有徹底消除，懷疑論的基礎就依然存在，產生奇談怪論便不算意外。近年，《文學遺產》推出汪春泓先生《讀〈史記・屈原賈生列傳〉獻疑》一文，重提《屈傳》作者不是司馬遷，而是劉向的老調。針對汪氏的觀點，已有多篇文章據理反駁。比之於何天行，汪氏究竟提出哪些證據，當需認真加以辨析。

汪氏亦以對《屈賈列傳》文獻的質疑作為立論的基礎。他的質疑有以下幾點：一是，屈、賈合傳不符合《史記》的基本體例。他說：《太史公自序》「僅指屈原，卻沒有解釋為何屈、賈同傳。而且，屈原，屬戰國人物，而賈生則是當代人，古今人物合傳，明顯不符合《史記》的基本體例。」〔註142〕這個理由並不能成立，劉國民等先生指出：古今人物合傳，合傳只言及一人，不解釋合傳的原因，這些在《史記》並非孤例。如《魯仲連鄒陽列傳》、《扁鵲蒼公列傳》、《魏其武安列傳》均其例也。〔註143〕

二是，《楚世家》記屈原諫王曰：「何不誅張儀？」十分突兀，而《自序》「將《屈賈列傳》中『懷王客死，蘭咎屈原』的內容置於《楚世家》」。這一切均是為了增加《屈傳》可信度而作的有意篡改。〔註144〕這條理由也牽強附會。劉國民以為，《屈傳》與《楚世家》敘述屈原諫王事基本相同，只是文字略有差異，並不存在突兀的問題。至於「懷王客死，蘭咎屈原」，《楚世家》、《屈傳》敘述之不同，乃是《史記》常用的「互見法」。〔註145〕王培峰更舉證反駁，他說：「《太史公自序》序《韓世家》謂：『疑非不信，秦人襲之。』而《韓世家》僅載：『王安五年，秦攻韓，韓急，使非使秦，秦留非，因殺之。』並未涉及『疑非不信』之事。『疑非不信』，其實出自《老子韓非列傳》。若論突兀，此處較前者似有過之而無不及，難道也可以據以斷定《老子韓非列傳》非司馬遷所作嗎？」〔註146〕

〔註142〕汪春泓：《讀〈史記・屈原賈生列傳〉獻疑》，《文學遺產》2011年第四期，第26頁。

〔註143〕劉國民：《〈史記・屈原賈生列傳〉的作者、主旨及存在的問題》，《學術界》2012年第七期，第116頁。

〔註144〕汪春泓：《讀〈史記・屈原賈生列傳〉獻疑》，《文學遺產》2011年第四期，第26頁。

〔註145〕劉國民：《〈史記・屈原賈生列傳〉的作者、主旨及存在的問題》，《學術界》2012年第七期，第117頁。

〔註146〕王培峰、趙望秦：《〈史記・屈原賈生列傳〉作者袪疑》，《陝西師範大學學報》2013年第三期，第98頁。

三是，《屈賈列傳》末尾：「及孝文崩，孝武皇帝立，舉賈生之孫二人至郡守，而賈嘉最好學，世其家，與余通書。至孝昭時，列為九卿。」「與余通書」之「余」並非司馬遷，此人是揭開《屈賈列傳》著作權之謎的關節點。〔註147〕王培峰舉清人王鳴盛說，以司馬遷卒於漢昭帝末年，「『孝昭』二字，則是後人追改，其元本當是『今上』耳」。〔註148〕他認為：「由於文獻無徵，二說之是非，尚難遽斷，《獻疑》卻貿然認定以「余」並非司馬遷自指，並據此剝奪了司馬遷的著作權，實在是疑古過勇而證據不足。」〔註149〕

四是，《屈賈列傳》基調是由「怨」轉「忠」，而司馬遷所體認的屈原之「怨」，屬較單純的「怨憤」，與「忠君」無涉。今本《屈賈列傳》存在背離司馬遷初衷的大竄改。〔註150〕這種看法似是而非。筆者以為，首先應該明白，司馬遷《屈傳》是在作歷史，而不是作言志抒懷文章；作者的初衷盡可以揣度，卻不可違背了傳主的事蹟。即便說《屈賈列傳》基調由「怨」轉「忠」，那也當由屈原的生平事蹟所決定的，而不由司馬遷的主觀願望所決定的；即便說司馬遷體認屈原之「怨」是單純的「怨憤」，那《屈傳》難道就能夠迴避屈原的「忠君」事實嗎？其實，司馬遷體認的也決非所謂單純的「怨憤」，其云：「信而見疑，忠而被謗，能無怨乎？」那本是欲忠而不得的怨憤，豈可說它與「忠君」無涉？

對《屈傳》文獻的質疑既不夠紮實可信，而建立其上的推論自然也不能令人信服。褚斌傑早已指出：「司馬遷寫《史記》所見文獻多，而且距屈原時代近，特別是他在寫屈傳前還到舊楚屈原活動之地做過調查，因此任何輕疑司馬遷所書，都是無道理的，而且會導致對屈原其人的許多荒唐的結論。」〔註151〕不過，對於汪氏的推論，還是要作一些辨析。

先從「君臣觀」看太史公與屈原、賈誼的分歧。汪氏認為，秦亡之後，

〔註147〕汪春泓：《讀〈史記·屈原賈生列傳〉獻疑》，《文學遺產》2011年第四期，第26頁。
〔註148〕王培峰、趙望秦：《〈史記·屈原賈生列傳〉作者袪疑》，《陝西師範大學學報》2013年第三期，第98頁。
〔註149〕王培峰、趙望秦：《〈史記·屈原賈生列傳〉作者袪疑》，《陝西師範大學學報》2013年第三期，第98頁。
〔註150〕汪春泓：《讀〈史記·屈原賈生列傳〉獻疑》，《文學遺產》2011年第四期，第27頁。
〔註151〕褚斌傑：《〈史記屈原列傳〉講疏》，《楚辭要論》，北京大學出版社2003年版，第7頁。

反秦思想形成迥異的兩派，一派傾向於回復到六國時代，另一派則認同秦、漢的統一；兩派的君臣觀截然不同。推崇道家的司馬遷屬於前者，而作為宗親的劉向屬於後者。司馬遷秉持戰國士人「獨立之精神，自由之思想」，與屈原、賈誼思想存在嚴重分歧。「屈原依戀楚國，司馬遷並無共鳴」，太史公本著「三諫不從，則辭去」的戰國觀念，完全沒有為國守節的觀念。賈生「明申、商」，而司馬遷尊黃、老，他們的政治哲學迥異，賈誼固為太史公所不喜。在汪氏看來，屈、賈合傳，表現忠君愛國思想，這與司馬遷思想不相吻合。所以，「將賈誼與屈原同傳，在司馬氏父子那裡亦缺乏邏輯性和說服力，退一步而言，至少司馬氏父子並非今本《屈賈列傳》的最後寫定者」。而且，很難設想「刀鋸之餘」的司馬遷，還會在《屈賈列傳》中表現出對朝政的熱情。〔註152〕

筆者以為，汪氏推論的實質是否定司馬遷作為史家的職業操守。歷來，司馬遷被作為「良史」，《史記》被贊為「實錄」，都肯定作者的史家操守。作為史家的司馬遷，他不會依據個人的觀念而抹殺和歪曲傳主的思想。即便司馬遷與傳主存在思想分歧，並不成為否定司馬遷著作權的理由。再則，《屈賈列傳》主旨也並非汪氏所言的忠君愛國，而是表現屈原「忠而被謗」、賈誼「懷才不遇」的悲劇命運，這則實足引發司馬遷的心靈共鳴。無視司馬遷的史家操守，將之視為偏執的復仇者，恐怕並不符合歷史事實。

又從宣帝時思潮背景考索《屈賈列傳》之作者。汪氏認為，在宣帝朝，劉德獲入麒麟閣，劉向備受寵信，他們順應宣帝中興需要，以屈原捨身殉國，賈誼憂心國事，來激發士人的政治熱情。劉向將賈誼賦作列入「屈原賦之屬」，暗示賈誼是屈原精神之嫡傳。《新序》「節士」宣揚為君守節之士，意在強化臣之責任意識。又楚元王一系屬宗正世家，宗正與楚國三閭大夫職責基本相同。楚元王後人的劉德、劉向，便具有強烈的社稷責任感。故「唯有劉德、劉安（筆者按：似應為「劉向」？）以宗親的特殊身份，與漢朝一體同功，才會對朝政煥發出屈原般的關切」，於是，他們為了政治目的，偽作了《屈賈列傳》，將屈原對楚國王與賈誼對漢文帝兩種存在差異的感情，泛化到普遍的臣對君的效忠性。劉氏以《新序·節士》「屈原章」為基礎偽作《屈原列傳》，而證據是加入「鄭袖頓成陷害屈原的主角」，並以此來影射

〔註152〕汪春泓：《讀〈史記·屈原賈生列傳〉獻疑》，《文學遺產》2011 年第四期，第 28～31 頁。

現實政治中后戚一系。〔註 153〕

筆者以為，汪氏推論實屬大膽假設，而缺乏小心求證。主張《屈賈列傳》屬楚元王後人的劉德、劉向所撰，並沒有充分的依據。

一是，以劉氏為宗正世家，有忠君防戚之思，便有偽作《屈賈列傳》動機，又將動機視同於行為，這樣推想不能說想入非非，也不符合劉向一貫學風。劉向整理古籍以嚴謹著稱，他要表達政治見解盡可以在《新序》、《說苑》中表達，何必要假託司馬遷去偽作《屈賈列傳》？

二是，所謂鄭袖的證據，「屈原章」表述是：「（秦）使張儀之楚，貨楚貴臣上官大夫、靳尚之屬，上及令尹子蘭、司馬子椒，內賂夫人鄭袖，共譖屈原，屈原遂放於外，乃作《離騷》。」〔註 154〕而《屈傳》表述有：「（張儀）設詭辯於懷王之寵姬鄭袖。懷王竟聽鄭袖，復釋去張儀。是時屈平既疏，不復在位，使於齊，顧反，諫懷王曰：『何不殺張儀？』懷王悔，追張儀不及」；「懷王以不知忠臣之分，故內惑於鄭袖，外欺於張儀，疏屈平而信上官大夫、令尹子蘭」。〔註 155〕其中儘管屈原與鄭袖的觀點不同，但絕沒有鄭袖譖害屈原的內容。兩者比較，不僅得不出後者以前者為基礎的結論，倒可得出前者以後者為基礎的結論。誠如劉國民所說：「《屈原列傳》中，並未說鄭袖陷害屈原，與劉向的《屈原章》不同，則劉向據《屈原章》而擴寫《屈原列傳》且以鄭袖『暗喻劉德、劉向所交鋒的后戚一系』的觀點是不能成立的。」〔註 156〕

三是，「屈原章」與《屈傳》存在諸多矛盾，實不能支持劉向以「屈原章」偽作《屈傳》的結論。「屈原章」言屈原被放作《離騷》，那原因是「張儀之楚，貨楚貴臣上官大夫、靳尚之屬，上及令尹子蘭、司馬子椒，內賂夫人鄭袖，共譖屈原」而導致的。而《屈傳》言屈原被疏作《離騷》，那原因是「上官大夫與之同列，爭寵而心害其能。懷王使屈原造為憲令，屈平屬草稿未定。上官大夫見而欲奪之，屈平不與，因讒之」而導致的。〔註 157〕在屈原生平最重要的問題上，二者所表述的，在時間上既不相同，在起因上又不一樣，這

〔註 153〕汪春泓：《讀〈史記‧屈原賈生列傳〉獻疑》，《文學遺產》2011 年第四期，第 31～34 頁。
〔註 154〕（漢）劉向：《新序詳注》，趙仲邑注，中華書局 1997 年版，第 213～214 頁。
〔註 155〕（漢）司馬遷：《史記》，中華書局 1959 年版，第 2484 頁。
〔註 156〕劉國民：《〈史記‧屈原賈生列傳〉的作者、主旨及存在的問題》，《學術界》2012 年第七期，第 123 頁。
〔註 157〕（漢）司馬遷：《史記》，中華書局 1959 年版，第 2481 頁。

怎麼能說劉向依「屈原章」偽作了《屈傳》？而且，細讀也很容易發現，兩篇文章風格大相徑庭，絕不可能出自一人之手。難道劉向為了偽作《屈傳》，又刻意模仿了太史公的筆法？

四是，汪氏所論劉向偽作《屈傳》處心積慮，為了增加《屈傳》可信度竟刻意篡改了《自序》、《楚世家》，卻又百密一疏，將劉德之賈嘉「與余通書」的憶述保留下來，從而為後人（筆者按：如汪氏）探討本傳的真實作者留下了線索。〔註 158〕劉向能夠精心偽作《屈傳》，甚至連相關的文獻也刻意篡改了，卻偏偏疏忽到連他爹與他自己都分不清楚，這豈是一句「百密一疏」就能搪塞過去的？「與余通書」分明是執筆者的口吻，說它是憶述？是口頭憶述，還是文字憶述？口頭憶述似不宜留下這樣的字句，而文字憶述就是撰作。究竟是劉德在撰作，還是劉向在撰作，還是合作撰作？他們費盡心思作偽，「余」成為父子合體，而竟渾然而不覺，這實在令人匪夷所思！

再從社會身份、經濟處境分析漢代屈原論。汪氏認為，兩漢的屈原論或《離騷》論，基本上不出政治的語境。〔註 159〕一曰，劉安稱「推此志，雖與日月爭光可也」，「暗指自己可與日月爭光，此實在是大不敬之語，飽含著挑釁君權權威、且與之分庭抗禮的意味」；稱「以國風好色而不淫，小雅怨悱而不亂」，顯見劉安在朝廷削藩，劍之所指下之「怨悱」。〔註 160〕二曰，司馬遷慘遭宮刑，改變了太史公之追求，他不再以官修史書自視，更昇華到史學的高度，無所依傍，以善善惡惡。「讒人間之，可謂窮矣」，在司馬遷看來，何至於「窮矣」之歎，離去可矣！〔註 161〕三曰，結合劉德、劉向身世，實為他們的親身感受。〔註 162〕四曰，「前漢後期，揚雄、班固等人的屈原論，均不讚賞屈原自沉，此乃逐漸壯大的儒學及士人精神道統，抗衡王權政統的必然反映。」〔註 163〕

〔註 158〕何天行：《楚辭作於漢代考》，中華書局 1948 年版，第 35 頁。
〔註 159〕汪春泓：《讀〈史記·屈原賈生列傳〉獻疑》，《文學遺產》2011 年第四期，第 37 頁。
〔註 160〕汪春泓：《讀〈史記·屈原賈生列傳〉獻疑》，《文學遺產》2011 年第四期，第 35 頁。
〔註 161〕何天行：《楚辭作於漢代考》，中華書局 1948 年版，第 35 頁。
〔註 162〕汪春泓：《讀〈史記·屈原賈生列傳〉獻疑》，《文學遺產》2011 年第四期，第 35 頁。
〔註 163〕汪春泓：《讀〈史記·屈原賈生列傳〉獻疑》，《文學遺產》2011 年第四期，第 37 頁。

筆者以為，這些推論有信口開河之嫌。劉安受漢武帝詔作《離騷傳》，竟膽敢在其中又是挑釁君權，又是表達怨悱？真不知他長有幾顆腦袋！司馬遷遭受宮刑改變了追求，不以官修史書自視尚可理解；而昇華到了史學的高度，竟可以無所依傍的善善惡惡，這恐怕很難以讓人理解了。這種無所依傍而善善惡惡的史學高度，顯然並不符合《史記》的實際。而對「讒人間之」，何至於「窮矣」之歎，離去可矣！顯然也不符合司馬遷的實際。司馬遷遭受宮刑之後，在武帝身邊一直工作到老，好像並沒有「離去可矣」的瀟灑！劉德、劉向縱有那樣的親身感受，又何必一定借助屈原作《離騷》的事蹟，來抒發自己的政治訴求？至於「前漢後期，揚雄、班固等人的屈原論，均不讚賞屈原自沉」，（筆者按：班固並不處於前漢後期。）劉向比揚雄只年長二十幾歲，無疑處於同一政治語境之下，而他們的看法竟有如此天淵之別，顯然也不存在所謂士人精神道統抗衡王權政統的必然現象。

總之，汪氏的質疑本不可信，而推論又主觀周納，所謂「《屈賈列傳》的主要作者是劉向」的觀點〔註164〕，可以斷言完全不能成立。

（八）誤字說化解矛盾

《屈傳》研究論爭充分說明，只有徹底解決《屈傳》矛盾，才能從根本上澄清《屈傳》疑案。《屈傳》矛盾不是司馬遷的草率疏忽所造成的，而是作品於流傳過程中發生錯誤和讀者於解讀過程中出現誤解所造成的。文本錯誤與讀者誤解相互糾結起來，形成難以索解的死結，從而造成《屈傳》複雜矛盾的問題。

對於《屈傳》存在的矛盾，湯炳正列有五條：一是《離騷》之作，究在懷王之世，抑在襄王之時？二是懷王之世，屈原究竟是被疏，抑或已被流放？三是子蘭之怒，究竟是怒屈子賦《騷》，抑是怒屈子之「既嫉」子蘭？四是「《離騷》者，猶離憂也……雖與日月爭光可也」與「雖放流……一篇之中三致志焉……」緊密相承，為什麼插入「屈平既絀……屈平既嫉之」歷敘數十年秦楚興兵一大段，致前後互不相蒙？五是何以屈原、屈平交相錯出，稱謂混亂？〔註165〕其實，這些矛盾並不是平列的，而存在著主次的區別。只有解決了主

〔註164〕汪春泓：《讀〈史記·屈原賈生列傳〉獻疑》，《文學遺產》2011年第四期，第35頁。

〔註165〕湯炳正：《湯炳正論楚辭》，上海科學技術文獻出版社2008年版，第11～12頁。

要矛盾，次要矛盾才能迎刃而解。《屈傳》的主要矛盾是「放流」問題，其他次要矛盾亦多與之關聯。所以，先來辨析「放流」的問題，然後再來辨析其他問題。

首先，關於「放流」的問題。

《屈傳》云：「長子頃襄王立，以其弟子蘭為令尹。楚人既咎子蘭以勸懷王入秦而不反也。屈平既嫉之，雖放流，睠顧楚國，繫心懷王，不忘欲反，冀幸君之一悟，俗之一改也。其存君興國而欲反覆之，一篇之中三致志焉。然終無可奈何，故不可以反，卒以此見懷王之終不悟也。」仔細揣摩此段文意，不要以辭害志。此處「放流」似沒有「放逐」的意思。因此，郭沫若釋之為「放浪」，張葉蘆釋之為「放遊」。然而，他們的解釋有違於「放流」本義，自然不是正確解釋。

細考《屈傳》內容，實不宜有「放流」一詞。《屈傳》言「王怒而疏屈平」、「屈平既絀」、「屈平既疏」、「雖放流」、「疏屈平而信上官大夫」、「頃襄王怒而遷之」。「放流」夾雜於被「疏」之間，文意不次而產生矛盾。所以，褚斌傑先生說：「正不宜因此處的『放流』一詞，而無視多處的提法。」〔註166〕說明他已經敏感地發現此處實不宜有「放流」一詞。

細繹《屈傳》文意，此處不宜有「放流」，確實有證據的支持。一是，《屈傳》言「疏」，有「王怒而疏屈平」作出交待；言「遷」，有「頃襄王怒而遷之」作出交待；而於「放流」，竟沒有任何的交待，而徑用「雖放流」一語。「雖」字在這裡用作連詞，表示讓步關係，「放流」作為讓步內容，按文理須前面有所交待，在沒有交待的情況下而徑用「放流」，這於文理上實在講不通，故而造成了文意的突兀難解。

二是，司馬遷《史記》言「放逐」之意，據統計共有26例之多。〔註167〕其中稱「放」有15例，如「放驩兜於崇山」（《五帝本紀》）、「放蔡叔」（《宋微子世家》）等；稱「放逐」有5例，如「堯舜放逐骨肉」（《淮南衡山列傳》）、「屈原放逐」（《太史公自序》）」等；稱「放弒」、「放殺」共有5例，如「今項羽放殺義帝於江南」（《高祖本紀》）、「湯武之所以放弒而爭也（《蘇秦列傳》）

〔註166〕褚斌傑：《〈史記屈原列傳〉講疏》，《楚辭要論》，北京大學出版社2003年版，第61頁。

〔註167〕李曉光、李波：《史記索引》（修訂版），中國廣播電視出版社2001年版，第729頁。

等。可是，稱「放流」僅有《屈傳》1 例。顯而易見，於「放逐」之意而運用「放流」一語，其實並不符合太史公運用語言的習慣。

依上述理由，筆者鄭重提出「誤字」的觀點，認為《屈原列傳》「放流」實為「放疏」之誤，「流」當為「疏」的誤字。

在古籍流傳過程中，誤字是遠比錯簡、竄入更常見的一種文本致誤現象。「流」字與「疏」字，字形非常相似，筆劃些微差別，或者刻印不清，或者抄寫潦草，或者筆跡剝落，均可導致字形的錯訛。加之「放流」一詞，典籍且多有運用；一旦產生錯訛，反易以誤為正，而致難以更改。「流」字與「疏」字，典籍亦有誤用的例證。如王逸《離騷經章句序》云：「（懷）王乃疏屈原，屈原……乃作《離騷經》。」文選本《離騷經序》，唐寫本陸善經引《序》，「疏」字皆作「流」。〔註 168〕這雖然表現了不同的理解，而其中亦含有對誤字的懷疑。所以，認為「放流」為「放疏」之誤，決不是無根據的信口開河。

「放疏」者，「方疏」也。「放」通「方」，用作副詞，意為「正當」。如《管子》云：「桓公放春，三月觀於野。」郭沫若集校云：「洪頤煊云：『放』字，古通作『方』；尹桐陽云：『放，方也，當也。』」〔註 169〕它如《史記・曆書》云：「民神雜擾，不可放物」〔註 170〕；而《國語・楚語下》云：「民神雜糅，不可方物。」〔註 171〕《漢書・溝洫志》云：「蛟龍騁兮放遠遊」〔註 172〕；而《史記・河渠書》「放」作「方」〔註 173〕。這些均為「放」、「方」通借之例。可見，「放疏」即為「方疏」，當無疑義；「雖放疏」，即為「雖當被疏遠」之義。

這樣一來，所謂屈原作《離騷》是在被疏之後，還是在被放之後的爭論，從此可以休矣！至於《抽思》「有鳥自南兮，來集漢北」，由於失去「放流」的支撐，屈原被流放於漢北便屬子虛烏有。所謂屈原被流放一次，還是兩次的爭論，從此也可以休矣！解決了「放流」問題，《屈原列傳》主要矛盾終於煥然冰釋了。

〔註 168〕　（漢）王逸：《楚辭章句》，（宋）洪興祖補注；（宋）朱熹：《楚辭集注》，嶽麓書社 2013 年版，第 2 頁。

〔註 169〕　郭沫若：《管子集校》，《郭沫若全集》（七），人民出版社 1984 年版，第 147 頁。

〔註 170〕　（漢）司馬遷：《史記》，中華書局 1959 年版，第 1257 頁。

〔註 171〕　（春秋）左丘明：《國語》，鮑思陶點校，齊魯書社 2005 年版，第 275 頁。

〔註 172〕　（漢）班固：《漢書》，中華書局 1964 年版，第 1684 頁。

〔註 173〕　（漢）司馬遷：《史記》，中華書局 1959 年版，第 1413 頁。

其次，關於「屈原既嫉之」的問題。

以關涉到子蘭所怒何事，對此問題人們頗加重視。熊任望說：「從『屈平既嫉之』句中『既』的運用，也可看出子蘭所怒者，除『屈平疾之』外，且有作《騷》一事。」〔註174〕熊氏將「既」看作連詞，當與副詞「又」呼應，而認為「下句中『又』字省略」了。因此，他認為「既」字「表示兩種情況兼而有之外，很難找到別的更為合適的解釋」。〔註175〕著眼於「既」字頗有見地，可惜他給完全解釋錯了。

「既」字在此並不作連詞，而是作副詞。《說文解字》云：「既，小食也。從皀，旡聲。」〔註176〕「既」為會意字，本義是「吃罷」、「吃過了」；由本義而引申為「已經」、「既然」、「完了」的意思。「屈原既嫉之」句，「既」與「嫉之」組合，構成時間狀語，意在點明敘事時間。《屈原列傳》多有這種用法，如「屈平既絀」、「屈平既疏」，皆為副詞「既」與動詞的結合，從而構成時間狀語。當然，《屈原列傳》用「既」字，尚有「楚人既咎子蘭以勸懷王入秦而不反也」一例。此句與它句用法不同。此句「既」字不作副詞，也不作連詞，用在這裡其實並不妥當。故孫作雲認為，這裡「『既』字應作『皆』，以下文『屈平既嫉之』致誤」；〔註177〕再則，「既」、「皆」二字聲符相同，也是致誤的一個因素。

「既」字與動詞結合，作為時間狀語，其動詞內容須有所交代，否則便會語義不清。如「屈平既絀」、「屈平既疏」便上承「王怒而疏屈平」為言。「屈平既嫉之」亦當如此理解。認為屈原所嫉對象為子蘭，前面並沒有任何的交待，顯然不合乎文理。筆者認為，「屈平既嫉之」乃上承前文「屈平疾王聽之不聰也，讒諂之蔽明也，邪曲之害公也，方正之不容也」為言，這樣理解於文意和語法兩方面均通達無礙。前人所謂「遙接法」，張葉蘆所謂破折號，其實就是「既」字本來所具有的文法作用。

「嫉」與「疾」字義同。如《項羽本紀》云：「今戰能勝，（趙）高必疾妒吾功。」〔註178〕《鹽鐵論》云：「故俗不疾其能，而世不妒其業」；而前文又作「嫉其能而疵其功」〔註179〕。所以，「嫉之」即為「疾之」，也即「疾王聽

〔註174〕熊任望：《楚辭探綜》，河北大學出版社 2000 年版，第 6 頁。
〔註175〕熊任望：《楚辭探綜》，河北大學出版社 2000 年版，第 6 頁。
〔註176〕（漢）許慎：《說文解字》，中華海書局 1963 年版，第 106 頁。
〔註177〕孫作云：《讀〈史記·屈原列傳〉》，《史學月刊》1959 年第九期，第 23 頁。
〔註178〕（漢）司馬遷：《史記》，中華書局 1959 年版，第 308 頁。
〔註179〕（漢）桓寬：《鹽鐵論》，上海人民出版社 1975 年版，第 17 頁

之不聰也，讒諂之蔽明也，邪曲之害公也，方正之不容也」之意。用「屈平既嫉之」一語，用作時間狀語，於是文章又接回到屈原被疏遠時期心態，以及作《離騷》的話題。

再次，子蘭、襄王所怒何事的問題。

弄懂了「屈原既嫉之」，接著說「雖放流」，文意順理成章，所謂前後矛盾的問題便沒有了。然後來理解子蘭、襄王所怒何事，自然就比較容易了。《屈原列傳》云：「屈平既嫉之，雖放流，睠顧楚國，繫心懷王，不忘欲反，冀幸君之一悟，俗之一改也。其存君興國而欲反覆之，一篇之中三致志焉。」〔註180〕對於這段話人們曾有不少誤解，如譚介甫說：「司馬遷這個傳，有些還不見得真實，尤其『反覆之』三字更不易解。」〔註181〕其實，這有什麼「不易解」的？只因他胸中橫亙著屈原已被流放的成見，便感到「反覆之」難以理解。從而將再明白不過的一句話，搞成了千古疑難問題，豈不令人遺憾！

張葉蘆以為，「聞之」的「之」便是「嫉之」的「之」，便是指代「子蘭以勸懷王入秦而不反也」。〔註182〕在弄懂「屈平既嫉之」後，這個觀點便站不住腳了。熊任望以為，除此之外，「聞之」的「之」還包括《離騷》影射子蘭〔註183〕，也即所謂「千古奇罵」。試想，熟讀《離騷》尚且找不到多少證據，耳聞又怎麼能得到咒罵子蘭的信息？退一步講，《離騷》罵子蘭而令其大怒，這尚可以理解；而襄王竟也與之同怒，則不可以理解矣。因此，熊氏所言子蘭發怒由於《離騷》，顯然缺乏事實根據。

褚斌傑的看法更接近真相。他說：「文中所謂『繫心懷王，不忘欲反』，『存君興國而欲反覆之』，這裡的『反（返）』，正應該是指欲懷王返歸楚國說的，又說『反覆之』，正是就返歸楚國就其君位而言。」〔註184〕在尚未弄清「既嫉之」、「雖放流」之前，他能洞察此中真義，實在難能可貴。然而，他又說：「所謂『一篇之中，三致志焉』，顯然指的是屈原曾用作品來表達……欲楚懷王歸返的意圖和感情，因而引起了子蘭的大怒」，並認定這篇作品是《招

〔註180〕（漢）司馬遷：《史記》，中華書局 1959 年版，第 2485 頁。
〔註181〕譚介甫：《屈賦新編》，中華書局 1978 年版，第 48～49 頁。
〔註182〕張葉蘆：《屈賦辨惑稿》，學苑出版社 2005 年版，第 152 頁。
〔註183〕熊任望：《楚辭探綜》，河北大學出版社 2000 年版，第 6 頁。
〔註184〕褚斌傑：《〈史記屈原列傳〉講疏》，《楚辭要論》，北京大學出版社 2003 年版，第 59 頁。

魂》，又以《招魂》的三層意思來證實「一篇之中，三致志焉」。〔註185〕筆者以為，褚氏認識到子蘭、襄王發怒的原因，是《屈傳》研究的重要成果；而又加給它一個文字獄的外套，實在有些畫蛇添足。

筆者以為，《屈傳》云：「令尹子蘭聞之大怒。」說明子蘭所聞正是發怒的原因。因此，確定了子蘭所聞內容，子蘭、襄王所怒為何事便可以清楚了。我們試作一些分析：「睠顧楚國，繫心懷王」，這是屈原被疏之後仍舊忠君愛國的心態，此種心態表現於《離騷》之中。「不忘欲反，冀幸君之一悟，俗之一改也」，這是屈原在懷王入秦後的內心活動，他希望懷王返回楚國，從此完全清醒，改變楚國舊俗。「其存君興國而欲反覆之」，這裡雖然沒有更多細節敘述，但確實表明屈原的政治態度。「一篇之中，三致志焉」，這是《離騷》的思想意蘊。

需要注意的是：子蘭接受信息的方式是「耳聞」，細心體會「耳聞」接受的可能信息，就會明白一個道理：屈原的內心活動實難以取證，《離騷》的思想意蘊也不易讀取。如果不是專門揣度屈原的心思，或者專門研究《離騷》的內容，豈能夠析取到可供耳聞的信息。所以，這些信息被「耳聞」實不可能。因此，子蘭耳聞的信息就只剩下了屈原「存君興國而欲反覆之」的政治態度，而且也只有這種政治態度，才會使襄王同樣發怒。這樣，子蘭、襄王所怒何事的問題應該清楚了！

《屈原列傳》此段大意為：屈平既疾王聽之不聰也……，雖當被疏之時，仍然睠顧楚國，心裏想著懷王，想讓懷王返歸楚國，希望懷王從此能夠醒悟，楚國舊俗因而改變。他要保存懷王君位而復興楚國，因而想讓懷王返回楚國以恢復君位。顯然，屈原的這種政治態度徹底得罪子蘭、襄王。因為懷王返國復位，這對子蘭、襄王構成了極大的政治威脅。子蘭攛掇懷王入秦，懷王歸來即便不追究，又豈能再重用於他？至於懷王復位之際，便是襄王失位之時，恐怕襄王最擔心的就是此事。屈原的政治態度直接戳到子蘭、襄王的心病上，於是他們先後聞之而同樣發怒，便將屈原「怒而遷之」。

第四，屈原作《離騷》的時間問題。

在前面的問題解決之後，關於作《離騷》的時間問題便不算疑難了。《屈原列傳》稱「屈平疾王聽之不聰也，……故憂愁幽思而作《離騷》」，當指屈原

〔註185〕褚斌傑：《〈史記屈原列傳〉講疏》，《楚辭要論》，北京大學出版社2003年版，第59頁。

創作《離騷》的起因，並不證明屈原被疏之初即作了《離騷》。再揆之《離騷》原文，「老冉冉其將至」、「及年歲之未晏」、「延佇乎吾將反」、「退將復修吾初服」，其中反映的作者年齡、心態等，既不符合屈原被疏之初，也不符合懷王入秦之後的情況。這就說明屈原作《離騷》在懷王朝他被疏遠的時期。至於具體時間的考定，其實並沒有多少重要的意義。

此外，如「屈原」與「屈平」稱謂交互出現、「曰」字與「以為」意思重複等問題，在《屈傳》論爭之中，已經得到比較好的解釋，這裡便不再贅言了。

總之，《屈原列傳》是研究屈原及其作品的基礎文獻。基礎不牢則地動山搖，建立其上的研究必然如同沙上築塔而前功盡棄。回顧近百年來圍繞《屈傳》的學術論爭，也可見出基礎文獻研究的重要性。有感於疑古思潮之下，有些學者對《屈原列傳》的開腸破肚、大卸八塊；筆者斗膽只對之做一個微創手術，以求《屈原列傳》得到正確理解。至於筆者的看法是否可通，還請有關專家指教為盼。

四、衛宏作《毛詩序》之辯護

　　《毛詩序》之作者問題，被稱為《詩經》研究史「第一爭詬之端」。據有關資料的統計，各種說法竟不下四十餘種〔註1〕。面對如此複雜情況，研究思路顯得格外重要。筆者以為，回到問題的起點，找到分歧之所在，事情才有可能恢復真相。下面分幾方面來論述。

（一）作者問題的提出

　　是誰第一次明確提出《毛詩序》作者問題？就現存文獻而言，當是三國吳人陸璣，王洲明先生稱「《後漢書·儒林傳》第一次提出『毛詩序』的名稱，且認定為衛宏所作」，〔註2〕不知是否另有證據？陸德明《經典釋文·敘錄》注曰：（璣）「字元恪，吳郡人，吳太子中庶子，烏程令。」〔註3〕陸璣著《毛詩草木鳥獸蟲魚疏》，在細緻訓釋《毛詩》名物之末，還詳盡敘述了魯、齊、韓、毛《詩經》傳授系統。在敘述《毛詩》傳授系統時，明確指出《毛詩序》的作者。為了避免斷章取義，茲引錄全篇為證：

> 　　孔子刪詩授卜商，商為之序，以授魯人魯申，申授魏人李克，克授魯人孟仲子，仲子授根牟子，根牟子授趙人荀卿，荀卿授魯國毛亨。亨作《故訓傳》以授趙國毛萇，時人謂亨為大毛公，萇為小毛公，以其所傳，故名其詩為《毛詩》。萇為河間獻王博士，授同國

〔註1〕洪湛侯：《詩經學史》，中華書局 2002 年版，第 157 頁。
〔註2〕王洲明：《關於《毛詩序》作期和作者的若干思考》，《文學遺產》2007 年版，第二期，第 9 頁。
〔註3〕（唐）陸德明：《經典釋文》，黃焯斷句，中華書局 1983 年版，第 10 頁。

貫長卿，長卿授阿武令解延年，延年授徐敖，敖授九江陳俠，為新莽講學大夫，由是言《毛詩》者本之徐敖。時九江謝曼卿亦善《毛詩》，乃為其訓，東海衛宏從曼卿受學，因作《毛詩序》，得風雅之旨，世祖以為議郎。濟南徐巡師事宏，亦以儒顯其後。鄭眾、賈逵傳《毛詩》，馬融作《毛詩傳》，鄭玄作《毛詩箋》，然魯齊韓詩三氏皆立博士，惟《毛詩》不立博士耳！〔註4〕

　　丁晏、羅振玉對《陸疏》精加校訂，斷定此書為三國時原作無疑。丁晏《毛詩草木鳥獸蟲魚疏敘》云：「《爾雅邢疏》引陸璣《義疏》，《齊民要術》、《太平御覽》並稱《義疏》，茲以《陸疏》之文證之諸書所引，仍以此《疏》為詳。《疏》引劉歆、張奐諸說，皆古義之僅存者，故知其為原本也。」〔註5〕對於《陸疏》的真實性，向來沒有疑義，陳允吉也說：「《陸疏》一書，出於三國時，本無疑問。」〔註6〕所以，這篇文字的證據價值是盡可以放心的。

　　這篇文字有兩條與《毛詩序》作者問題有關的材料：一是「商為之序」；二是衛宏「因作《毛詩序》，得風雅之旨」。這可能成為日後人們對《毛詩序》作者問題認識分歧的原因之一，後人主張商（子夏）作《毛詩序》，或主張衛宏作《毛詩序》，與此當有一定的關係。作為一個精於考證的博物學者，陸璣自然不會在一篇二百餘字的短文內前後自相矛盾。那麼，如何理解這兩句的意思呢？其中，衛宏「因作《毛詩序》，得風雅之旨」，言之鑿鑿，絕無歧義，無疑是陸璣明確的觀點；因而「商為之《序》」之不可理解為子夏作《毛詩序》也明矣！

　　陳允吉認為：「既云子夏作《序》，又云衛宏作《毛詩序》，一段文字之中，兩說俱存，其為不同之兩篇，昭昭然黑白分焉。」〔註7〕說兩者不同當無疑義，說兩者無關則不合事實。那麼怎麼理解「商為之序」呢？筆者以為，這裡「序」字，當作動詞，同於《史記·孟子荀卿列傳》之「（孟子）退而與萬章之徒序《詩》、《書》」之「序」，即「整理」之義。「孔子刪詩授卜商」，所授《詩》當包括詩義，「商為之序」，即子夏對孔子所授詩義加以整理而已。當然，整理

〔註4〕（三國）陸璣：《毛詩草木鳥獸蟲魚疏》，中華書局 1985 年版，第 71 頁。

〔註5〕（三國）陸璣：《毛詩草木鳥獸蟲魚疏》，中華書局 1985 年版，第 3 頁。

〔註6〕陳允吉：《詩序作者考辨》，《二十世紀中國文史考據文錄》，傅傑編，雲南人民出版社 2001 年版，1812 頁。

〔註7〕陳允吉：《詩序作者考辨》，《二十世紀中國文史考據文錄》，傅傑編，雲南人民出版社 2001 年版，第 1812 頁。

詩義也不排除自作。孔穎達《小雅·常棣》疏引《鄭志》答張逸：「此序子夏所作，親受聖人，自足明矣。」〔註8〕便是子夏作序的具體證據。但是，鄭玄只提到《常棣》一篇，而其他三百一十篇並沒有提及，顯然不能以之作為子夏作有完整《詩序》的證據。

眾所周知，《毛詩序》包括總論詩之綱領的「大序」和分論三百一十一篇詩義之「小序」。陸璣稱衛宏「得風雅之旨」，無疑指《毛詩序》之整體，因為散在各篇的篇義不可能「得風雅之旨」。如此看來，「商為之序」與衛宏「《毛詩序》」之區別，顯然表現為是否「得風雅之旨」。「商為之序」乃指散在的篇義，它能夠解釋具體詩篇，卻無法涵蓋整體的「風雅之旨」；而衛宏《毛詩序》既「得風雅之旨」，當指它對《毛詩》的整體把握。所以，「商為之序」乃就散在篇義而言，衛宏《毛詩序》乃就《毛詩序》整體而言。從《毛詩》傳授系統來看，子夏「為之序」乃是後來衛宏「作《毛詩序》」的基礎，它們之間原不是對立的關係，而是前後繼承的關係和總分包容的關係。

細讀《毛詩序》大都認同它是一個有機整體。其「大序」言風雅正變、言四始、言二南，其「小序」言時世美刺、言文王、言后妃，二者配合相當的默契，全面揭示了「風雅之旨」。作為有機的整體，《毛詩序》「大序」闡述的理論具有完整系統的特點。其論詩之特徵，強調言志與抒情的統一；其論詩與時世之關係，強調治世、亂世、亡國的分野；其論詩之六義，突出四始之始基作用；其論變風、變雅，強調主文而譎諫；其論《周南》、《召南》，強調先王之教化。從思想角度言，其「主文而譎諫」的觀點當是漢代專制集權的思想體現，不可能產生於百家爭鳴的戰國時代。而且，「大序」組成成熟的理論體系，也只能在先秦至西漢儒家詩論基礎上才有可能。從材料角度言，「大序」當產生於《樂記》之後，鄭玄《詩譜》之前，這正是衛宏所處的時代。夏傳才說：（大序）「其中大段文字，與《荀子·樂論》和成書於西漢的《禮記·樂記》相同或基本相同。《大序》吸取了先秦儒家的各種學說並加以發展，只能寫定於西漢以後。」〔註9〕鄭玄《詩譜》又以「大序」正變之說為理論基礎，從而建立起按照時代排列和解釋詩篇的完整體系，這也說明「大序」產生於《詩譜》之前。此外，惠棟《九經古義》稱東漢時已有人引用《詩序》，曰：「服虔《解誼》云，秦仲始有車馬禮樂之好，侍御之臣，戎車四牡田守之事，

〔註8〕李學勤：《毛詩正義》，北京大學出版社1999年版，第569頁。
〔註9〕夏傳才：《思無邪齋詩經論稿》，學苑出版社2000年版，第137頁。

與諸夏同風，故曰夏聲。此《秦風‧車鄰》序也。太尉楊震疏云，朝霧《小明》之悔，此《小雅‧小明》序也。李尤《漏刻銘》云，挈壺失職，刺流在詩，此《齊風‧東方未明》序也。」〔註 10〕其中，楊震曾為漢章帝和漢和帝講授儒經，李尤在漢和帝時拜為蘭臺令史，漢安帝時為諫議大夫，服虔在漢靈帝中平年間任九江太守，這些人都是活動於光武帝時代的衛宏之後輩學人，他們引用詩序不僅不否定衛宏作《毛詩序》，反倒說明了《毛詩序》成於他們之前，從而間接證明衛宏作《毛詩序》具有的時間條件。

　　《毛詩序》之「小序」，前人有首序、續序之分，以首序是古序，續序是續申之詞，認為二者不出自一人之手〔註 11〕。筆者比勘，也覺得二者文辭不類，繁簡有別，內容或異，當不是同時之作。結合「大序」考察，首序言美刺、言周公、言后妃、言夫人，相當整齊劃一，且與「大序」前後呼應，密合無間，顯然不是由眾手所完成，當是一人成竹在胸而統籌兼顧的結果。唐人成伯璵、近人康有為都認為「大序」與「小序」初句為一人所作，只是成伯璵以為作於子夏〔註 12〕，康有為以為作於劉歆〔註 13〕，而筆者則認為作於衛宏。至於「續序」，文辭重贅雜論，當非一時一人之作，其中有《詩經》舊有篇義，也有漢代經師的增益。比較「首序」與「續序」，可窺知它們之間的關係。如「《卷耳》，后妃之志也。又當輔佐君子求賢審官，知臣下之勤勞，內有進賢之志，而無險私謁之心，朝夕思念，至於憂勤也」；「《碩鼠》，刺重斂也。國人刺其君重斂蠶食於民，不修其政，貪而畏人，若大鼠也」；「《鴻雁》美宣王也。萬民離散，不安其居，而能勞來還定安集之，至於鰥寡，無不得其所焉」；「《清廟》，祀文王也。周公既成洛邑，朝諸侯，率以祀文王也」〔註 14〕。這些論述，與其說是「續序」續申了「首序」，倒不如說是「首序」概括了「續序」。即便如此，也不能簡單認為「首序」為衛宏所獨創，他當是或加引述，或加整理，或加概括，運用多種方式將舊有詩義組成一個有機的整體。

　　應當承認，衛宏作《毛詩序》不是面壁虛造，而是在《毛詩》舊有詩義和

〔註 10〕 （清）惠棟：《九經古義》，《叢書集成初編》，商務印書館 1937 年版，第 66 頁。
〔註 11〕 洪湛侯：《詩經學史》，中華書局 2002 年版，第 163 頁。
〔註 12〕 （唐）成伯璵：《毛詩指說》，《摛藻堂四庫全書薈要》（二四），世界書局 1990 年版，第 24 頁。
〔註 13〕 （清）康有為：《經典釋文糾謬》，《新學偽經考》，生活‧讀書‧新知三聯書店 1998 年版，第 225 頁。
〔註 14〕 董治安：《兩漢全書》（二，山東大學出版社 1999 年版，第 591 頁。

先秦至西漢儒家詩論基礎上，將它們整理總結為完整統一的整體。包括子夏
所序詩義，以及歷代經師所傳詩義，都是衛宏作《毛詩序》的重要資料，但不
能因此而否定衛宏整理總結的功績。衛宏作《毛詩序》是在先秦至西漢儒家
詩論基礎上，整理總結了「大序」，在《詩經》舊有篇義基礎上，整理概括了
「首序」，這就將儒家詩論與《詩經》篇義融為一體，從而形成完整的理論體
系。因為完成了這項學術成果，所以光武帝才提拔他做議郎。議郎任職性質
與博士頗近，《後漢書‧靈帝紀》云：「詔公卿舉能通《古文尚書》、《毛詩》、
《左氏》、《穀梁春秋》各一人，悉除議郎。」〔註15〕可見，衛宏為議郎乃是
官方對其學術造詣的承認。

陸璣的觀點問世之後，很長時期內並沒有遇到直接的挑戰。二百多年之
後南朝劉宋時，范曄在《後漢書‧儒林傳》中給衛宏立傳，也明確記載衛宏作
《毛詩序》的事實，茲引錄為證：

> 衛宏，字敬仲，東海人也。少與河南鄭興俱好古學。初，九江
> 謝曼卿善《毛詩》，乃為其訓。宏從曼卿受學，因作《毛詩序》，善
> 得《風雅》之旨，於今傳於世。後從大司空杜林更受《古文尚書》，
> 為作《訓旨》。時濟南徐巡師事宏，後從林受學，亦以儒顯，由是古
> 學大興。光武以為議郎。宏作《漢舊儀》四篇，以載西京雜事；又
> 著賦、頌、誄七首，皆傳於世。中興後，鄭眾、賈逵傳《毛詩》，後
> 馬融作《毛詩傳》，鄭玄作《毛詩箋》。〔註16〕

范曄不僅全盤接受陸璣的觀點，而且又列出了兩條證據：一是「於今傳
於世」。一位歷史學家倘不是親見衛宏《毛詩序》傳世，斷不會作如此明確的
表述。二是「由是古學大興」。光武帝以衛宏為議郎，連衛宏弟子徐巡亦以儒
顯，因此古學得以大興，這也符合古文經《毛詩》在東漢中期興盛的歷史事
實。衛宏「作《毛詩序》，得風雅之旨」，乃是《毛詩》傳授史上的大事，它極
大提升了《毛詩》的學術地位和政治地位，自然得到人們的肯定。

陸璣、范曄提出衛宏作《毛詩序》並不是隨意而言，他們是在對《詩經》
傳授和研究充分認識的基礎上提出的。陸璣歷數《毛詩》的傳授和研究，諸
如孔子、子夏、荀子、毛亨、毛萇、鄭眾、賈逵、馬融、鄭玄，這些人物都涉
及到了；范曄談到漢代中興後《毛詩》研究，諸如鄭眾、賈逵、馬融、鄭玄，

〔註15〕（南朝宋）范曄：《後漢書》，中華書局 1982 年版，第 344 頁。
〔註16〕（南朝宋）范曄：《後漢書》，中華書局 1982 年版，第 743 頁。

這些學術大家也都涉及到了。在這樣的學術背景之下，他們排除了其他人而唯獨標舉衛宏作《毛詩序》，豈能沒有充分的根據？誠如鄭振鐸所言：「最可靠者還是第二說（按：指衛宏作），因為《後漢書・儒林傳》裏，明明白白的說『衛宏從謝曼卿受詩，作《毛詩序》，善得風雅之旨，至今傳於世』，范蔚宗離衛敬仲未遠，所說想不至無據。」〔註17〕至於陸璣，他對《毛詩》研究更為熟稔，距離衛宏時間更為接近，他的觀點更不會沒有根據吧！

　　筆者以為，在陸璣觀點長期得到認可的情況下，人們要提出新的看法，必須拿出足夠的證據來，先把陸璣的觀點給否定了；而不能視陸璣觀點如無物，自說自話提什麼新見解。所以，在沒有可靠證據之前，否定衛宏作《毛詩序》，只能是一廂情願而已。

（二）最初的分歧意見

　　關於《毛詩序》作者問題，人稱「唐以前無異議」。其實，漢魏六朝時期也存在著一些不同聲音，這些聲音成了意見分歧的源頭。所以，分析不同聲音的本來含義，將有助於從源頭上解除意見分歧的困惑。

　　比陸璣稍早一些的經學大師鄭玄，在《毛詩南陔、白華、華黍箋》中有段論述與《毛詩序》作者問題似乎有關，茲引錄全篇為證：

> 《南陔》，孝子相戒以養也。《白華》，孝子之絜白也。《華黍》，時和歲豐，宜黍稷也。有其義而亡其辭。【箋】此三篇者，《鄉飲酒》、《燕禮》用焉，曰「笙入，立於縣中，奏《南陔》、《白華》、《華黍》」是也。孔子論《詩》，「《雅》、《頌》各得其所」，時俱在耳，篇第當在於此，遭戰國及秦之世而亡之。其義則與眾篇之義合編，故存。至毛公為《詁訓傳》，乃分眾篇之義，各置於其篇端云。又闕其亡者，以見在為數，故推改什首，遂通耳，而下非孔子之舊。〔註18〕

　　這裡，《南陔》、《白華》、《華黍》的篇義，正是《南陔》、《白華》、《華黍》的小序。鄭玄認為：早在孔子論詩時，篇義與詩辭本來俱在；後來，詩辭遭戰國及秦之世而散亡，篇義則與眾篇之義合編而得以保存。在毛公為《詁訓傳》時，於是分眾篇之義各置於其篇端。根據鄭玄的論述，《南陔》、《白華》、《華

〔註17〕鄭振鐸：《讀毛詩序》，《中國文學研究》（上），作家出版社1957年版，第20頁。

〔註18〕董治安：《兩漢全書》（二），山東大學出版社1999年版，第388頁。

黍》篇義孔子時已有之，既不是子夏所作，也不是毛亨所作，更不是衛宏所作。

毛亨為《詁訓傳》，只是把合編的篇義分置到各篇的篇端而已。當然，毛亨為《詁訓傳》分置篇義，也有可能隨時加以修訂。鄭玄《十月之交箋》云：

> 《十月之交》，大夫刺幽王也。【箋】當為刺厲王。作《詁訓傳》時移其篇第，因改之耳。《節彼》刺師尹不平，亂靡有定。此篇譏皇父擅恣，日月告凶。《正月》惡褒姒滅周，此篇疾豔妻煽方處。又幽王時司徒乃鄭桓公友，非此篇之所云番也，是以知然。〔註19〕

鄭玄不同意毛亨的修訂，也沒有以此認定毛亨作《毛詩序》。鄭玄提到子夏作序，只有《小雅·常棣》一篇，提到毛亨作序，只有《小雅·十月之交》一篇，這些具體事證與認定《毛詩序》作者，其實還存在著很大的距離！

確切地說，前面鄭玄的論述只說明《南陔》、《白華》、《華黍》的篇義古已有之，而沒有涉及到《毛詩序》作者問題。衛宏作《毛詩序》，取用《南陔》、《白華》、《華黍》古已有之的篇義，以之作為《南陔》、《白華》、《華黍》的詩序，這並不能否定他是《毛詩序》的作者。衛宏作《毛詩序》本來不是向壁虛造，而是對《毛詩》已有文獻和思想的整理總結。從整個《毛詩》傳授系統來看，汲取《詩經》已有篇義而作《毛詩序》，乃是正常必然的合理選擇，這兩者之間不存在任何矛盾。《南陔》、《白華》、《華黍》個別篇義與詩序相同，也不能證明《詩經》古有篇義與詩序全部相同，更不能認定衛宏沒有整理和總結而完成《毛詩序》。因此，以部分篇義否定衛宏作《毛詩序》，顯然並沒有多少說服力。

細檢《毛詩正義》，《南陔、白華、華黍》下還有一段文字：

> 此三篇，蓋武王之時，周公制禮，用為樂章，吹笙以播其曲。孔子刪定在三百一十一篇內，遭戰國及秦而亡。子夏序詩，篇義合編，故詩雖亡而義猶在也。毛氏《訓傳》，各引序冠其篇首，故序存而詩亡。〔註20〕

這段文字常有人將它與鄭箋混為一談，其實它只是對鄭箋所述的粗劣復述，語言重複囉嗦，毫無學術新意，不知哪位經師竄言其中，完全不同於鄭玄的口吻。鄭玄言「孔子論《詩》，『《雅》、《頌》各得其所』，時俱在耳」，這裡卻篡改為「子夏序詩，篇義合編」，鄭玄說過子夏作《常棣》序，卻沒說過合編之

〔註19〕董治安：《兩漢全書》（二），山東大學出版社1999年版，第425頁。
〔註20〕李學勤：《毛詩正義》，北京大學出版社1999年版，第609頁。

篇義都是子夏所作；鄭玄言「毛公為《詁訓傳》，乃分眾篇之義，各置於其篇端」，這裡卻篡改為「毛氏《訓傳》，各引序冠其篇首，故序存而詩亡」。兩者比較可見，後者乃是別人附會之詞，絕非鄭玄的本意，難怪《兩漢全書》整理者將之剔出《毛詩詁訓傳》傳文之外〔註21〕，對此也就沒有必要多加辯駁了。

鄭玄之後，魏晉經學大師王肅有句話也與《毛詩序》作者問題有些關係，這就是《孔子家語·七十二弟子解》的一條注文：

> 子夏所序詩義，今之《毛詩序》是。〔註22〕

「所序詩義」不等於「為詩作序」，它與陸璣所言「商為之序」的意思其實相當。這裡「序」字，當作為動詞，即「整理」之義。「序詩義」即「整理」詩之「篇義」。這些篇義並非子夏所親作，他只是整理而已。眾所周知，王肅是魏晉經學大師，他遍注儒家經典，僅《毛詩》研究便有《毛詩義駁》、《毛詩奏事》、《毛詩問難》等著述。王肅論《詩》又多以攻擊鄭玄為能事，對鄭著多所改駁，卻於「孔子論《詩》，『《雅》、《頌》各得其所』時俱在耳」，竟沒有一言質疑，這說明「子夏所序詩義」正是孔子論詩時所俱在之篇義，自然不能理解為子夏親作。如果真的認為《詩序》為子夏所作，那豈不正找到了攻擊鄭玄的藉口，他怎麼對此竟然不置一詞呢？

至於「子夏所序詩義，今之《毛詩序》是」，並不能簡單理解為二者完全相等，它只是指出「子夏所序詩義」與「今之《毛詩序》」的密切關係。「子夏所序詩義」，乃《詩》之舊有篇義，它們成為後來衛宏作《毛詩序》的重要資料，甚至有一些完整保留在《毛詩序》中，如鄭玄所論《南陔》、《白華》、《華黍》的篇義，就未加改動而直接作為《南陔》、《白華》、《華黍》的詩序。在這個意義上，王肅之意乃是：「子夏所序詩義」尚在「今之《毛詩序》」中。如果以為「子夏所序詩義」就等於「今之《毛詩序》」，那他為什麼還要標出「今之《毛詩序》」的稱謂？既然稱之謂「今之《毛詩序》」，正透露出《毛詩序》晚出的信息，反而從旁說明了《毛詩序》不可能是子夏時代的產物。

更重要的是，作為《毛詩》專家的陸璣與王肅，他們活動年代約略同時，他們又都明確提到「子夏序詩」與今之「《毛詩序》」，說明他們所指的「子夏序詩」是同一件事，所指的《毛詩序》也是同一本書。從語言表述來看，兩人

〔註21〕（唐）成伯璵：《毛詩指說》，《摛藻堂四庫全書薈要》（二四），世界書局1990年版，第388頁。

〔註22〕（魏）王肅注：《孔子家語》，廣益書局1937年版，第234頁。

觀點似乎有所不同；而從語義聯繫來看，兩人的意思卻正可以互相印證。陸璣的「商為之序」，正是王肅的「子夏所序詩義」；陸璣的（衛宏）「因作《毛詩序》」，正是王肅的「今之《毛詩序》」。只是陸璣從整理總結角度言，雖說明「商為之序」，更強調衛宏「作《毛詩序》」的功績；而王肅從詩義淵源言，雖明言「今之《毛詩序》」，更強調「子夏所序詩義」的分量。兩種觀點只是角度不同，而並不存在對立矛盾。陸璣、王肅約略同時，王肅當瞭解陸璣的著作和觀點，他稱謂「今之《毛詩序》」，而不去明確否定衛宏，實際也等於默認陸璣的觀點。過去，人們只看到兩者表述有所不同，便匆匆下了兩者矛盾的結論；而將兩者結合起來看，它們不惟沒有矛盾，反而充分印證了《毛詩序》的實情。如果只有陸璣說「《毛詩序》」，那還是孤證無憑，而同時的王肅也說「今之《毛詩序》」，那就是證據確鑿了，再有後代范曄的引證，更是鐵證如山而不容置疑了。否定衛宏作《毛詩序》者，竟聲稱衛宏《毛詩序》是另一部書，與今傳《毛詩序》無關，〔註23〕而王肅的印證給這種觀點以致命一擊。「今之《毛詩序》」由「子夏所序詩義」而來，正是今見《毛詩序》。可見，用王肅的話來否定衛宏作《毛詩序》，那是缺乏充分事實根據的。

鄭玄標舉孔子，王肅標舉子夏，而他們絕口不提衛宏，人們也以此為理由懷疑衛宏作《毛詩序》的真實性。其實，漢代託古之習蔚然成風。王充曾予嚴厲批評，他說：「俗好高古而稱所聞，前人之業，菜果甘甜；後人新造，蜜酪辛苦。」〔註24〕時人盲目崇拜古人，幾乎近於荒唐可笑。在四家詩激烈競爭的條件下，《毛詩》要爭得學術地位，便稱傳自孔子弟子的子夏，欲以之自重而顯立其學，那是非常自然的說辭。這種說辭已被時人斥之為「小人偽託」；班固《漢書・藝文志》稱：「又有毛公之學，自謂子夏所傳。」〔註25〕那語氣也多有懷疑。鄭玄、王肅之不提衛宏，自然受到貴古賤今思想的影響，再則衛宏作《毛詩序》原是在前人詩義基礎上的整理和總結，鄭玄、王肅標舉古人而略去時人，其實並不難理解。倒是與王肅同時的陸璣，在厚古薄今社會風氣之下，竟敢於獨標衛宏作《毛詩序》，正說明那是真實不虛的事實。

鄭玄、王肅之後，還有一些不同聲音，也是造成後來意見分歧的原因。

〔註23〕陳允吉：《詩序作者考辨》，《二十世紀中國文史考據文錄》，傅傑編，雲南人民出版社2001年版，第1813頁。

〔註24〕（漢）王充：《超奇》，《論衡》，上海人民出版社1974年版，第211頁。

〔註25〕（漢）班固：《漢書》，中華書局1962年版，第1708頁。

唐人陸德明《經典釋文‧敘錄》引吳人徐整云：

> 子夏授高行子，高行子授薛倉子，薛倉子授帛妙子，帛妙子授
> 河間人大毛公，大毛公為詩敘、訓傳於家，以授趙人小毛公，小毛
> 公為河間獻王博士。〔註26〕

徐整，字文操，豫章人。為太常卿，著有《毛詩譜》三卷。他與陸璣處於同時、同地，而所論《毛詩》傳授系統竟然完全不同。相比較而言，陸璣所述有李克、荀卿這些名人，又敘述小毛公之後的《毛詩》傳授，與《漢書‧儒林傳》之「（毛萇）為河間獻王博士，授同國貫長卿。長卿授解延年。延年為阿武令，授徐敖。敖授九江陳俠，為王莽講學大夫。由是言《毛詩》者，本之徐敖」完全一致〔註27〕，更敘述了此後乃至鄭玄的《毛詩》傳授和研究情況。顯然，陸璣的說法更為可信。

至於徐整言「大毛公為詩敘、訓傳於家」事，而陸璣只言「作《故訓傳》」，完全沒有涉及「詩序」問題，倒是鄭玄講到「毛公為《詁訓傳》，乃分眾篇之義，各置於其篇端云」。筆者以為，徐整之「大毛公為詩敘」，其意原不出鄭玄意思的範圍，不能將之簡單理解為毛亨作《毛詩序》。假如毛亨確是《毛詩序》的完成者，那同時代的陸璣怎麼會言之鑿鑿表示：衛宏「因作《毛詩序》」呢？另外，徐整之言乃唐人所轉引，其完整的論述已經不得而知，這種輾轉傳言自然比不上陸璣言論的證據價值。

陸德明《經典釋文》於「關雎，后妃之德也」下還有一段引言：

> 舊說雲起此至「用之邦國焉」，名《關雎》序，謂之小序。自「風，
> 風也」訖末，名為大序。沈重云：「案鄭《詩譜》意，大序是子夏作，
> 小序子夏、毛公合作，卜商意有不盡，毛更足成之。」或云：「小序
> 是東海衛敬仲所作。」今謂此序止是《關雎》之序，總論《詩》之
> 綱領，無大、小之異。〔註28〕

這段話講得更有些雲遮霧罩：或分大序、小序，或稱「無大、小之異」，已是前後矛盾了；先是引述舊說，後是稱引或云，一派或然之詞，更讓人無所適從。只有引述沈重所言，似乎鑿鑿有據，可竟是「案鄭《詩譜》意」。案者，案驗也，頗有揣度之意。今傳《毛詩譜》為輯佚之作，完全沒有這個意

〔註26〕（唐）陸德明：《經典釋文》，黃焯斷句，中華書局1983年版，第10頁。

〔註27〕（漢）班固：《漢書》，中華書局1962年版，3614頁。

〔註28〕（唐）陸德明：《經典釋文》，黃焯斷句，中華書局1983年版，第53頁。

思。如果鄭玄真有這樣的看法，為什麼《毛詩箋》竟無絲毫的表示，這很有些不合情理吧。又大序、小序之分始於六朝，鄭玄《毛詩箋》、《毛詩譜》都沒有這樣的提法，所謂「大序是子夏作，小序子夏、毛公合作，卜商意有不盡，毛更足成之」，便可以斷言絕不是鄭玄的意見，沈重所言只能是他個人的認識了〔註29〕。總之，沈重的引述也罷，陸德明再引也罷，這種輾轉傳錄的言論，實在是不足為據的。

又如，南朝蕭梁昭明太子蕭統選編《文選》，收有《毛詩》「大序」，題為卜商子夏作。試想，與蕭統同時的《毛詩》專家沈重都稱引「大序是子夏作」，作為文章之士的蕭統，這樣題名多半也是人云亦云。以為這題名當有實據，那恐怕要讓人失望的。

總之，漢魏六朝時期的不同聲音，其實都沒有否定衛宏作《毛詩序》，事情過了七、八百年時間，忽然有人要否定衛宏作《毛詩序》，而又提不出切實可信的證據來，人們怎麼可以盲目信從呢？

（三）從詩義到《毛詩序》

應該清楚，《毛詩序》形成過程，乃是《詩經》產生以來人們對《詩經》認識不斷積累的過程，通過對《毛詩》已有篇義的整理和對先秦漢代儒家詩論的總結，東漢衛宏最終完成了《毛詩序》，從而完善了儒家的詩學理論。

從《毛詩序》形成過程來看，後來許多分歧意見都可以得到理解。

最早對《詩經》篇義的認識，當然是詩人自己。詩人作詩豈能不明詩義？《大雅·民勞》：「王欲玉女，是用大諫」、《小雅·節南山》：「吉甫作頌，以究王訩」、《小雅·何人斯》：「作此好歌，以極反側」、《小雅·四月》：「君子作歌，維以告哀」、《魏風·葛屨》：「維是偏心，是以為刺」，〔註30〕這些便都是詩人自述篇義。范家相《詩瀋》引王安石語云：「《詩序》，詩人所自制。」〔註31〕就詩人自述篇義而言，這個觀點也不是空穴來風。

《左傳·襄公二十九年》記載，吳公子季札來聘，請觀於周樂，發表了許多看法〔註32〕。他對《周南》、《召南》評論說：「美哉！始基之矣，猶未也，然勤而不怨矣。」對《邶》、《鄘》、《衛》評論說：「美哉，淵乎！憂而不困者

〔註29〕夏傳才：《思無邪齋詩經論稿》，學苑出版社2000年版，第134頁。
〔註30〕郭紹虞：《中國歷代文論選》（一），上海古籍出版社1979年版，第7頁。
〔註31〕洪湛侯：《詩經學史》，中華書局2002年版，第159頁。
〔註32〕楊伯峻：《春秋左傳注》，中華書局1981年版，第1161～1165頁。

也。吾聞衛康叔、武公之德如是，是其衛風乎！」後來《毛詩序》論「二南」，稱「正道之始，王化之基」，乃是「始基之矣」的發揮；而《召南‧江有汜》：「勤而不怨，嫡能悔過也」、《鄘風‧定之方中》：「美衛文公也」、《衛風‧淇奧》：「美武公之德也。」這些詩序都無疑有著季札的影響。人稱《左傳》引詩，所取詩義與《毛詩序》多有相合者〔註33〕，可見這些詩義乃由來已久。陳子展說：「《小序》首句蓋出於遒人采詩、國史編詩、太史陳詩之義，不盡合詩之本義。即令其非子夏所作，亦必出於毛公以前甚或子夏以前之『古序』。」〔註34〕其論述雖有些過於坐實，而「古序」云者，乃良有以也。

　　孔子是私家傳授《詩》的第一人，司馬遷稱：「孔子以《詩》、《書》、《禮》、《樂》教，弟子蓋三千焉。」〔註35〕《論語》記載孔子與弟子論《詩》，表現了他對《詩》的深刻認識。他所提出的「興觀群怨」說，尤其關注《詩》之政治道德功能。所謂「興」，孔安國注曰「引譬連類」，乃指《詩》引發聯想，由此及彼的特徵。孔子與子貢論詩，由「貧而無諂，富而無驕」聯想到「如切如磋，如琢如磨」；與子夏論詩，由「巧笑倩兮，美目盼兮，素以為絢兮」聯想到「禮後乎」（仁），〔註36〕都將詩義與道德修養聯繫起來，目的在於發揮詩之修身作用。後來，《毛詩序》多言「后妃之德」，「夫人之德」，當與這種解《詩》傾向有關。至於「觀」、「群」、「怨」，乃指詩之政治考察、政治溝通、政治表達的作用，對《毛詩序》的思想也存在著深刻的影響。《論語》言具體詩義很少，只有「《關雎》樂而不淫，哀而不傷」一句〔註37〕，而《毛詩序》有「是以《關雎》樂得淑女以配君子，憂在進賢，不淫其色，哀窈窕，思賢才，而無傷善之心焉。是《關雎》之義也。」〔註38〕其思想精神顯然與之一脈相承。

　　孔子對具體詩義的認識，在戰國楚竹簡「孔子詩論」中多有反映。這部分內容發表於《上海博物館藏戰國楚竹書》第一冊，經專家研究認定，它成書於戰國初期，孟子之前。〔註39〕在「孔子詩論」中，有的稱引「孔子曰」，有的則沒有。學者認為，稱引「孔子曰」的，應該是孔子的言論；沒有稱引

〔註33〕夏傳才：《二十世紀詩經學》，學苑出版社2005年版，第308頁。

〔註34〕陳子展：《詩經直解》，復旦大學出版社1983年版，第15頁。

〔註35〕（漢）司馬遷：《史記》，中華書局1959年版，第1938頁。

〔註36〕郭紹虞：《中國歷代文論選》（一），上海古籍出版社1979年版，第16頁。

〔註37〕郭紹虞：《中國歷代文論選》（一），上海古籍出版社1979年版，第16頁。

〔註38〕董治安：《兩漢全書》（二），山東大學出版社1999年版，第205頁。

〔註39〕黃懷信：《上海博物館藏戰國楚竹書〈詩論〉解義》，社會科學文獻出版社2004年版，第6頁。

的，可能是孔子弟子，如子夏〔註40〕，或者是再傳弟子的言論。〔註41〕就前者而言，其中多有對篇義的理解，如「孔子曰：『吾以（於）《葛覃》，得氏初之詩（志）。……』吾以（於）《甘棠》得宗廟之敬。……吾以（於）《木瓜》得幣帛不可去也。……吾以（於）《杕杜》得雀（爵）服之……」〔註42〕也有記錄對《詩》感受的，如「孔子曰：『《宛丘》吾善之，《於（猗）嗟》吾喜之，《鳲鳩》吾信之，《文王》吾美之，《清廟》吾敬之，《烈文》吾悅之，……』」〔註43〕將它們與《毛詩序》比較，二者存在很大的距離，如有學者指出：「沒有發現如《毛詩》小序所言那樣許多刺、美」，小序的美、刺，「可能相當部分是漢儒的臆測」〔註44〕。然而，它們之間的精神傳承是存在的。如「孔子曰：『詩亡（無）隱志，樂亡（無）隱情』」〔註45〕，這與《毛詩序》言志抒情相統一的觀點是一致的。又如：「孔子曰：『《詩》，其猶平門。與賤民而豫，其用心也將何如？曰：《邦風》是也。民之有戚患也，上下之不和者，其用心也將何如？〔曰：《小雅》是也〕。〔者將何如？曰：《大雅》〕是也。有成功者何如？：《訟（頌）》是也！』」〔註46〕總論《邦風》、《小雅》、《大雅》、《頌》，無疑是《毛詩序》「四始」之說的最初思想淵源。

由於「孔子詩論」的出土，傳世典籍中一些孔子言論的真實性也得以確認。如《說苑·貴德》引孔子曰：「吾於《甘棠》，見宗廟之敬也，甚矣，思其人，必愛其樹。」〔註47〕它與楚簡僅有一字之差。又如《孔叢子·記義》的

〔註40〕李學勤：《〈詩論〉的體裁和作者》，《上博館藏戰國楚竹書研究》，上海大學古代文明研究中心清華大學思想文化研究所編，上海書店 2002 年版，第 51～57 頁。

〔註41〕黃懷信：《上海博物館藏戰國楚竹書〈詩論〉解義》，社會科學文獻出版社 2004年版，第 5 頁。

〔註42〕黃懷信：《上海博物館藏戰國楚竹書〈詩論〉解義》，社會科學文獻出版社 2004年版，第 19 頁。

〔註43〕黃懷信：《上海博物館藏戰國楚竹書〈詩論〉解義》，社會科學文獻出版社 2004年版，第 21 頁。

〔註44〕彭林：《「詩序」、「詩論」辨》，《上博館藏戰國楚竹書研究》，上海大學古代文明研究中心清華大學思想文化研究所編，上海書店 2002 年版，第 93～99 頁。

〔註45〕黃懷信：《上海博物館藏戰國楚竹書〈詩論〉解義》，社會科學文獻出版社 2004年版，第 22 頁。

〔註46〕黃懷信：《上海博物館藏戰國楚竹書〈詩論〉解義》，社會科學文獻出版社 2004年版，第 22 頁。

〔註47〕（漢）劉向：《說苑疏證》，趙善詒疏證，華東師範大學出版社 1985 年版，第105 頁。

詩義資料與「孔子詩論」竟然語氣口吻有神似之妙，「其為真孔子詩論可以肯定」〔註48〕。

> 孔子讀《詩》，及《小雅》，喟然而歎曰：吾於《周南》、《召南》，見周道之所以盛也。於《柏舟》，見匹夫執志之不可易也。於《淇奧》，見學之可以為君子也。於《考槃》，見遁世之士而不悶也。於《木瓜》，見苞苴之禮行也。於《緇衣》，見好賢之心至也。於《雞鳴》，見古之君子不忘其敬也。於《伐檀》，見賢者之先事後食也。於《蟋蟀》，見陶唐儉德之大也。於《下泉》，見亂世之思明君也。於《七月》，見豳公之所以造周也。於《東山》，見周公之先公而後私也。於《狼跋》，見周公之遠志所以為聖也。於《鹿鳴》，見君臣之有禮也。於《彤弓》，見有功之必報也。於《羔羊》，見善政之有應也。於《節南山》，見忠臣之憂世也。於《蓼莪》，見孝子之思養也。於《楚茨》，見孝子之思祭也。於《裳裳者華》，見古之賢者世保其祿也。於《采菽》，見古之明王所以敬諸侯也。〔註49〕

這些詩義與《毛詩序》比較，除《女曰雞鳴》、《伐檀》意思不符之外，多數意思是一致的，有些尚有言辭因襲的痕跡。如《蟋蟀》：「儉而用禮，乃與有堯之遺風焉」；《下泉》：「憂而思明王賢伯也」；《彤弓》：「天子賜有功諸侯也」；《蓼莪》：「孝子不得終養爾」；《楚茨》：「祭祀不饗，故君子思古焉」；《裳裳者華》：「古之仕者世祿」〔註50〕。這些資料稱名為《記義》，乃是「記錄詩義」之意，它們淵源有自，保留了孔子對詩義的認識，無疑影響於後世。可見，孔子傳《詩》，不能不解詩義。鄭玄稱：「孔子論《詩》，『《雅》、《頌》各得其所』，時俱在耳」，揆之於情理，當亦不是虛言。

子夏是《詩經》傳授系統中的重要人物。他是孔子的高足，以擅長文學著稱。關於他深於《詩》之情況，典籍多有記載。《論語》說他與孔子論《詩》，得到孔子的稱讚〔註51〕；《禮記》說他向孔子問《詩》，一味追根究底〔註52〕；

〔註48〕黃懷信：《上海博物館藏戰國楚竹書〈詩論〉解義》，社會科學文獻出版社2004年版，第283頁。

〔註49〕（秦）孔鮒：《孔叢子》，上海古籍出版社1990年版，第11頁。

〔註50〕董治安：《兩漢全書》（二），山東大學出版社1999年版，第322、357、394、448、460、470頁。

〔註51〕郭紹虞：《中國歷代文論選》（一），上海古籍出版社1979年版，第16頁。

〔註52〕陳澔注：《禮記》，上海古籍出版社1987年版，第281頁

《孔子家語》云：子夏「習於《詩》，能通其義，以文學著名。為人性不弘，好論精微，時人無以尚之。」〔註53〕所以，孔子傳《詩》之詩義，子夏所得當為最多。出土的「孔子論詩」是否保存著子夏對詩義的認識，學者們有著不同的看法。將之與《毛詩序》比較，思想觀點頗有差距，二者未必直接相承。因此，漢代經師託名子夏，未必是真正的子夏，誠如韓愈所言：「察夫《詩序》，其漢之學者欲自顯立其傳，因藉之子夏。」〔註54〕然而，即便二者存在著差異，也不排除其中包含子夏詩義的可能。《漢書‧藝文志》載毛公自謂其學子夏所傳，《新唐書‧藝文志》著錄「《韓詩》，卜商序，韓嬰注，二十二卷」〔註55〕，雖說他們都是借子夏以自重，卻也不完全是空穴來風。《家語》稱子夏「能通其（詩）義」，鄭玄稱「其（詩）義則與眾篇之義合編」，可見子夏在整理詩義方面一定作了許多工作。

孟子說《詩》，重在求得詩義。春秋時代，賦詩言志，往往斷章取義，造成詩義理解的混亂，孟子提出「以意逆志」，「知人論世」的解詩方法，正為了澄清這種亂象。他說：「故說詩者，不以文害辭，不以辭害志，以意逆志，是為得之。」〔註56〕他與公孫丑討論《小弁》、《凱風》詩義，稱：「《小弁》之怨，親親也」；又解釋《凱風》何以不怨，曰：「《凱風》親之過小者也，《小弁》親之過大者也。親之過大而不怨，是愈疏也；親之過小而怨，是不可磯也。愈疏，不孝也；不可磯，亦不孝也。」〔註57〕這些理解與《毛詩》的解釋是一致的。此外，孟子提出「王者之跡熄而《詩》亡，《詩》亡然後《春秋》作」〔註58〕，從社會時代角度來理解《詩》，不敢說一定啟發了《毛詩序》「風雅正變」的認識，但它們之間無疑存在著某種精神的聯繫。

荀子著述喜歡引詩證言，據統計，《荀子》涉及《詩經》多至九十六則，其中論詩十四則，引詩八十二則。〔註59〕學者謂漢初經學多傳自荀子〔註60〕，

〔註53〕 （魏）王肅注：《孔子家語》，廣益書局 1937 年版，第 134 頁。
〔註54〕 （唐）韓愈：《詩之序議》，《韓愈全集校注》（五），屈守元、常思春主編，四川大學出版社 1996 年版，第 3037 頁。
〔註55〕 （宋）歐陽修、宋祁：《新唐書》，中華書局 1975 年版，第 1429 頁。
〔註56〕 （戰國）孟軻：《孟子》，劉鳳泉譯注，山東友誼出版社 2001 年版，第 185 頁。
〔註57〕 （戰國）孟軻：《孟子》，劉鳳泉譯注，山東友誼出版社 2001 年版，第 244 頁。
〔註58〕 （戰國）孟軻：《孟子》，劉鳳泉譯注，山東友誼出版社 2001 年版，第 165 頁。
〔註59〕 洪湛侯：《詩經學史》，中華書局 2002 年版，第 95 頁。
〔註60〕 （清）汪中：《荀卿子通論》，《述學內外編》（二），中華書局據揚州詩局本，第 7 頁。

荀子晚年居於蘭陵，故有「蘭陵傳經」之稱。《漢書》稱《魯詩》為荀子所傳，《楚元王傳》云：（劉交）「少時嘗與魯穆生、白生、申公俱受《詩》於浮丘伯。伯者，孫卿之門人也。」〔註61〕《魯詩》出於申公，則亦出於荀子矣。1977年安徽阜陽雙古堆漢墓出土了一批《詩經》殘簡，當是漢初楚地流行的《詩經》讀本，學者推測可能就是典籍所言之「《元王詩》」，元王劉交學《詩》於浮丘伯，則《阜詩》亦出於荀子矣。陸璣稱「荀卿授魯國毛亨，毛亨作《詁訓傳》以授趙人毛萇」，則無疑《毛詩》亦荀子所傳。據皮錫瑞研究，稱「《韓詩》今存《外傳》，引《荀子》以說《詩》者四十有四，則《韓詩》亦與《荀子》合」〔註62〕由此可見，荀子在《詩經》傳授中具有重要的地位。

就《毛詩》而言，俞樾《荀子詩說》曰：「今讀毛《詩》而不知荀義，是數典而忘祖也。」〔註63〕劉師培《毛詩荀子相通考》，更採掇荀子言《詩》二十二條資料為證，稱「荀義合於毛詩者十之八九」〔註64〕。研究《荀子》引《詩》可以清楚《毛詩》與荀子的淵源關係。如《荀子·儒效》云：「鄙夫反是：比周而譽俞少，鄙爭而名俞辱，煩勞以求安利其身俞危。《詩》曰：『民之無良，相怨一方。受爵不讓，至於已斯亡。』此之謂也。」〔註65〕引詩出自《小雅·角弓》，而《毛傳》解釋云：「爵祿不以相讓，故怨禍及之。比周而黨愈少，鄙爭而名愈辱，求安而身愈危。」〔註66〕徑用《荀子》原文，師承痕跡明顯。又如「故明主譎德而序位，所以為不亂也；忠臣誠能然後敢受職，所以為不窮也。分不亂於上，能不窮於下，治辨之極也。《詩》曰：『平平左右，亦是率從。』是言上下之交不相亂也。」〔註67〕《毛傳》解「平平」二字，正云「辨治也」。此外，荀子論《詩》、《樂》的思想，《毛詩序》多有繼承吸收。如荀子言「《詩》言是其志也」，或為《毛詩序》「詩者，志之所之也，在心為志，發言為詩」所本；荀子言「夫樂者，樂也，人情之所不免也，故人不能無樂。……樂則不能無形」，或為《毛詩序》「情動於中而形於言」所本；荀子言「夫聲樂之入人也深，其化人也速，故先王謹為之文」，或為《毛詩序》「風，

〔註61〕（漢）班固：《漢書》，中華書局1962年版，第1921頁。
〔註62〕（清）皮錫瑞：《經學歷史》，中華書局1959年版，第50頁。
〔註63〕（清）俞樾：《春在堂全書》（一），鳳凰出版社2010年版，第54頁。
〔註64〕劉師培：《劉申叔遺書》，江蘇古籍出版社1997年版，第353頁。
〔註65〕（戰國）荀卿：《荀子》，安繼民注譯，中州古籍出版社2005年版，第89頁。
〔註66〕董治安：《兩漢全書》（二），山東大學出版社1999年版，第485頁。
〔註67〕（戰國）荀卿：《荀子》，安繼民注譯，中州古籍出版社2005年版，第90頁。

風也，教也，風以動之，教以化之……上以風化下，下以風刺上」所本。可見，荀子詩義、詩論、樂論，對《毛詩序》有著深刻的影響。難怪梁啟超說：「漢代經師不問為今文家、古今家，皆出荀卿（汪中說）。二千年間，宗派屢變，壹皆盤旋荀學肘下。」〔註68〕

毛亨、毛萇是《毛詩》的開創者，其地位於《毛詩》傳授系統中無人堪比。鄭玄稱：「毛公（亨）為《詁訓傳》，乃分眾篇之義，各置於其篇端云。」他的貢獻主要在「詁訓傳」方面，至於「詩義」，則是把已有篇義分置於各篇的篇端而已，當然也不排除他也有改益的地方。論者所謂毛公依序作傳，或依傳立序，傳序相合，或傳序違異，這些情況都可能存在，卻不成為毛亨作序或不作序的充分必要條件。毛萇從毛亨受《詁訓傳》，成為河間獻王的博士。《漢書·儒林傳》云：「毛公，趙人也。治《詩》，為河間獻王博士」〔註69〕；《關雎》正義引鄭玄《詩譜》云：「魯人大毛公為《詁訓傳》傳於其家，河間獻王得而獻之，以小毛公為博士」〔註70〕；陸璣亦云：「萇為河間獻王博士」。王洲明稱《史記》三家注、《文選》李善注、《後漢書》劉昭和章懷太子注，引用《毛詩》資料多稱名「毛萇」，從而認為毛萇在《毛詩》訓釋方面做出了貢獻。〔註71〕此外，《漢書·藝文志》記載：「武帝時，河間獻王（劉德）好儒，與毛生等共採《周官》及諸子言樂事者以作《樂記》。」〔註72〕這個毛生就是毛萇，他所參編的《樂記》有言：「凡音者，生人心者也。情動於中，故形於聲，聲成文，謂之音。是故治世之音安以樂，其政和；亂世之音怨以怒，其政乖；亡國之音哀以思，其民困。聲音之道與政通矣。」〔註73〕而這段話被《毛詩序》幾近完整引述，構成了儒家詩學的重要觀點。可見，毛萇對《毛詩序》思想的影響。

《毛詩》開創以來，以私學在民間傳授。此後漢代經師吸收多種資料，繼續增益訓詁，豐富詩義。陸璣稱「謝曼卿亦善《毛詩》，乃為其訓」，他不可能撇開《毛詩詁訓傳》，自搞一套訓詁，只能是對《毛詩詁訓傳》的補充。漢

〔註68〕梁啟超：《清代學術概論》，人民出版社 2008 年版，第 57 頁。
〔註69〕（漢）班固：《漢書》，中華書局 1962 年版，第 3614 頁。
〔註70〕李學勤：《毛詩正義》，北京大學出版社 1999 年版，第 2 頁。
〔註71〕王洲明：《關於〈毛詩序〉作期和作者的若干思考》，《文學遺產》2007 年版，第二期，第 13 頁。
〔註72〕（漢）班固：《漢書》，中華書局 1962 年版，第 712 頁。
〔註73〕陳澔注：《禮記》，上海古籍出版社 1987 年版，第 204 頁。

代《新序》、《說苑》、《列女傳》引《詩》解《詩》多與《毛詩序》相合，也說明《毛詩序》吸收了時人對詩義的認識。在《毛詩》民間傳授之際，三家詩業已立為官學，《魯詩》、《齊詩》文帝時立為官學，《韓詩》景帝時立為官學，它們無疑成為《毛詩》看齊的對象。三家詩為官學而立有博士，他們概括詩義，提升理論，乃勢所必至。三家詩皆有詩序，也皆有四始之說，便均言之有據。《四庫總目詩序提要》稱：「觀蔡邕本治《魯詩》，而所作《獨斷》，載《周頌》三十一篇之序，皆只有首二句，與《毛序》文有詳略，而大旨略同。」〔註74〕《齊詩》之序，今較罕見，然王先謙言：「張揖魏人，習《齊詩》，其《上林賦》注曰：『《伐檀》，刺賢者不遇明王也。』其為《齊詩》之序明矣。」〔註75〕《新唐書·藝文志》著錄：「《韓詩》二卷，卜商序，韓嬰注。」王先謙言「諸家所引《韓詩》」之序有十九例。〔註76〕洪湛侯指出：「三家既皆有序，則凡《毛序》與三家全同者，疑當毛採三家，而非三家採毛，此可謂《毛序》晚出之又以證」〔註77〕。可見，《毛詩序》也借鑒了三家詩的詩序模式。

正是在具備豐富詩義、思想素材、學術示範等多方面的條件之下，《毛詩序》後出轉精而晚來居上。縱觀《毛詩序》形成過程，眾多學者不同程度都做出了貢獻，而仍不宜說《毛詩序》成於眾人之手，因為整理豐富詩義、總結儒家詩論，組成一個完整的理論體系，這決不是眾手參與可以完成的。所以，衛宏最終完成《毛詩序》，應該得到充分的肯定。

〔註74〕（清）永瑢，紀昀：《四庫全書總目提要》，海南出版社1999年版，第87頁。
〔註75〕（清）王先謙：《序例》，《詩三家義集疏》，吳格點校，中華書局1987年版，第13頁。
〔註76〕（清）王先謙：《序例》，《詩三家義集疏》，吳格點校，中華書局1987年版，第12頁。
〔註77〕洪湛侯：《詩經學史》，中華書局2002年版，第139頁。

五、否定衛宏作《毛詩序》之駁議

　　《毛詩序》作者問題，經歷了近兩千年之後，在學術界仍然眾說紛紜。五四以後，衛宏作《序》的觀點，得到多數學者的認同，如魯迅、鄭振鐸、顧頡剛、羅根澤、金公亮、蔣伯潛等人，都表達了肯定意見。〔註1〕儘管還存在一些不同的聲音，但不足以對主流觀點形成衝擊。建國以來，隨著對問題的深入研究，學界又提出不少新穎的觀點，衛宏作《序》的觀點受到了空前挑戰。有鑑於此，筆者就幾種否定衛宏作《序》的觀點，闡述一些個人的看法。

（一）駁「衛宏作《毛詩序》非今之《毛詩序》」

　　最早提出這種觀點的是清代的嚴可均，其《鐵橋漫稿·對丁氏問》云：「又問曰：《毛詩》有『大序』、『小序』，《范書·衛宏傳》：『宏從謝曼卿受學，因作《毛詩序》，善得風雅之旨，於今傳於世。』是《毛詩序》衛宏作也。而《詩·芣苢》，《釋文》引有《衛氏傳》，豈《傳》即《序》乎？抑作《序》復作《傳》乎？對曰：以《范書》與《釋文》合訂之，蓋《毛詩序》即在《衛氏傳》中。《衛氏傳》，《梁七錄》、《隋志》及《釋文·敘錄》無之，《芣苢》一條殆從他書採獲。范在劉宋時猶及見《衛氏傳》與其《序》故，云『善得風雅之旨，於今傳於世也。』然而，宏作《毛詩序》別為之《序》耳，非即『大序』『小序』。猶孟喜序《卦》，鄭氏序《易》，非即『十翼』之序《卦》，馬融《書序》，非即百篇《序》也。劉宋後，《衛氏傳》亡而《序》亦亡，說《詩》者，

〔註1〕趙沛霖：《詩經研究反思》，天津教育出版社 1989 年版，第 256 頁。

誤會范意，始指『大序』『小序』為衛宏作，必非其實。」〔註2〕這個觀點石破天驚，卻很有些不靠譜。試想，一部南朝劉宋後已失傳的《衛氏傳》，嚴氏何由竟得知其中含有詩序，又何由竟得知它不同於傳世之《毛詩序》？顯然，嚴氏論述多為臆斷，而缺乏事實依據。

　　這個觀點在現代又被不斷提起。二十世紀三十年代有黃節的《詩序非衛宏所作說》，五十年代有潘重規的《詩序明辨》，七十年代有陳子展的《論詩序作者》，八十年代有陳允吉的《〈詩序〉作者考辨》。對此觀點闡述最為充分的，當屬陳允吉先生的文章。他說：「鄭樵、朱熹直至姚際恒、崔述及今文諸家，論及《詩序》作者，皆以為出於衛宏無疑，……按其所據，惟《後漢書‧儒林傳》一語耳！」〔註3〕這個論斷顯然有些簡單化。其實，「衛宏作《毛詩序》」的觀點，最早出自三國吳人陸璣《毛詩草木鳥獸蟲魚疏》〔註4〕，同時的魏人王肅也有「今之《毛詩序》」之稱〔註5〕，南朝劉宋時范曄《後漢書‧儒林傳》承襲了陸璣的說法，又添以新的證據〔註6〕。陳氏以為「衛宏所作之《序》，當是別成一篇，與見存之《毛詩序》不應牽混。」〔註7〕為此他羅列出七條論據：

　　論據一，「漢魏晉宋之間，未嘗有《詩序》作者之爭。鄭玄謂《詩序》為子夏、毛公作，未嘗言衛宏不作《毛詩序》；而范曄云衛宏作《毛詩序》，亦無隻字辨子夏作《序》之非是。倘鄭玄所箋之《序》與衛宏所作之《序》並非各自為篇，豈能若此兩說並行不悖，互不攻訐，而待數百年之後始爭訟紛起乎？」〔註8〕

　　筆者認為，「鄭玄謂《詩序》為子夏、毛公作」，其根據乃是北周沈重之言：「案鄭《詩譜》意，大序是子夏作，小序子夏、毛公合作，卜商意有不盡，毛更足成之。」〔註9〕今傳鄭玄《毛詩譜》完全沒有這個意思。其實，「大序」、

〔註2〕嚴可均：《鐵橋漫稿》，《叢書集成續編》（一五八），新文豐出版公司年版，第35頁。

〔註3〕陳允吉：《〈詩序〉作者考辨》，《二十世紀中國文史考據文錄》，傅傑編，雲南人民出版社2001年版，第1810頁。

〔註4〕（三國）陸璣：《毛詩草木鳥獸蟲魚疏》，中華書局1985年版，第71頁。

〔註5〕（魏）王肅注：《孔子家語》，廣益書局1937年版，第134頁。

〔註6〕（南朝宋）范曄：《後漢書》，中華書局1982年版，第743頁。

〔註7〕陳允吉：《〈詩序〉作者考辨》，《二十世紀中國文史考據文錄》，傅傑編，雲南人民出版社2001年版，第1811頁。

〔註8〕陳允吉：《〈詩序〉作者考辨》，《二十世紀中國文史考據文錄》，傅傑編，雲南人民出版社2001年版，第1811頁。

〔註9〕（唐）陸德明：《經典釋文》，黃焯斷句，中華書局1983年版，第53頁。

「小序」之分始於六朝，鄭玄《毛詩箋》、《毛詩譜》也根本沒有這種提法。所以，這種說法不是鄭玄的意見，而是沈重個人的認識。鄭玄既沒有「《詩序》為子夏、毛公作」的看法，也就不存在所謂兩說並行之事？至於鄭玄不言衛宏，那是當時崇古賤今的社會風氣使然，並不能證明他有否定衛宏作《毛詩序》的意思。

論據二，鄭玄將宏《序》尊之為子夏所作，當時士人為什麼保持緘默？倘鄭玄所箋之《序》為衛宏所作，則毛亨、西漢經師、子夏皆無《詩序》存在，鄭玄以為《詩序》作於子夏，專以攻訐鄭玄為事的王肅為何不發一詞？〔註10〕

筆者認為，前面論定子夏作《詩序》乃沈重之私見，斷不是鄭玄的意見，因此，所謂鄭玄「將宏《序》尊之為子夏所作」便不能成立，而王肅無所攻訐也便可以理解。至於《序》為衛宏所作，則毛亨、西漢經師、子夏皆無《詩序》存在，那是以衛宏作《序》為白手始作為論，而這並不符合《毛詩序》形成的真實過程。衛宏是在前人詩義基礎上整理概括而成《毛詩序》，不能說衛宏作《毛詩序》，之前便完全沒有《詩序》存在。

論據三，范曄論學，推尊鄭玄「經傳洽熟」；范曄作史，頗少溢美之辭。其所云之《毛詩序》即鄭玄所箋自云子夏所作之《序》，何以不發一言加以辯證，豈獨諒解於鄭玄乎？〔註11〕

筆者以為，既然子夏作《詩序》不是鄭玄的意見，便無需范曄發片言以辯證，更不存在范氏對他人苛刻，而唯獨對鄭玄寬容的問題。

論據四，《漢魏遺書》中輯錄周續之《詩義序》數條，與今見存《毛詩序》絕不相類，推想當時《詩序》一類著作，不止今見之《詩序》一編。由此可知，衛宏之《序》自是別為一編。〔註12〕

筆者以為，這個推論很不嚴謹。因為存在著與今見存《毛詩序》不相類的《詩序》著作，怎麼能夠斷言衛宏之《毛詩序》也與今見存《毛詩序》不相類而別為一編呢？其實，陸璣提及的「商為之序」、衛宏「因作《毛詩序》」與王肅提及的「子夏所序詩義」、「今之《毛詩序》」當同為一事。衛宏的《毛詩

〔註10〕陳允吉：《〈詩序〉作者考辨》，《二十世紀中國文史考據文錄》，傅傑編，雲南人民出版社 2001 年版，第 1811 頁。

〔註11〕陳允吉：《〈詩序〉作者考辨》，《二十世紀中國文史考據文錄》，傅傑編，雲南人民出版社 2001 年版，第 1811 頁。

〔註12〕陳允吉：《〈詩序〉作者考辨》，《二十世紀中國文史考據文錄》，傅傑編，雲南人民出版社 2001 年版，第 1811 頁。

序》便是繼承並包含了「子夏所序詩義」的「今之《毛詩序》」，也就是今見存
之《毛詩序》！如果只是陸璣一人這麼說，那還是孤證難憑，而同時的王肅
也這麼說，那就是證據確鑿，再有後代范曄的充分引證，更可謂鐵證如山！
所以，陳氏的推論是完全不能成立的。

　　論據五，以范曄所述知，衛宏之《毛詩序》與謝曼卿之《毛詩訓》有密切
關係。謝曼卿之《訓》於今渺不可考，肯定與今所見《毛傳》並無糾葛；按理
推之，衛宏所作之《序》與鄭玄所箋之《序》有別。〔註13〕

　　筆者以為，這個推論也很不嚴謹。由謝曼卿《訓》與今所見《毛傳》無
糾葛，按什麼道理也不能夠推出衛宏所作之《序》與鄭玄所箋之《序》也無
糾葛的結論，因為它們之間不存在任何的因果關係！而說謝曼卿《訓》與今
所見《毛傳》無糾葛，也完全是主觀臆見。「謝曼卿亦善《毛詩》，乃為其訓」
〔註14〕，他不可能撇開《毛詩詁訓傳》自搞一套，而只能是對《毛詩詁訓傳》
的補充，其《訓》當在《毛傳》之中，而絕不是與今所見《毛傳》並無糾葛。
至於論者既以為謝《訓》「於今渺不可考」，又敢斷言它與《毛傳》並無糾葛，
這已經有些背離了科學的精神。所以，稱「謝曼卿《訓》與今所見《毛傳》
無糾葛」，純屬臆測，進而以宏《序》與鄭《序》也無糾葛，更是臆測之上
的臆測，完全沒有客觀的依據，自然是不能成立的。

　　論據六，「三家詩」皆有序，《毛詩》欲勝三家，豈可傳授歷世而無序，而
立於學官之後，俟衛宏為之序乎？西漢之時原無《序》文，則《毛詩》何以期
勝於三家？何得於西漢之末立於學官？〔註15〕

　　趙沛霖認為，此證「針對衛宏『始作』說而發，若前已有《序》，衛宏非
始作者，（論者）所說的矛盾便不存在」〔註16〕。此言甚是。衛宏在前人詩義
基礎上作《毛詩序》，之前《毛詩》也當有《序》（詩義），論者的質問便成了
無的放矢。至於西漢末漢平帝時立《毛詩》於學官，那還真不是《毛詩》「詩
序」勝過三家的原因，而是出於王莽篡位的政治需要。所以，東漢光武帝時
《毛詩》便被罷去學官。之後，由於衛宏作《毛詩序》，古學才得以興盛，東

〔註13〕陳允吉：《〈詩序〉作者考辨》，《二十世紀中國文史考據文錄》，傅傑編，雲南
　　　　人民出版社2001年版，第1811頁。
〔註14〕（三國）陸璣：《毛詩草木鳥獸蟲魚疏》，中華書局1985年版，第267頁。
〔註15〕陳允吉：《〈詩序〉作者考辨》，《二十世紀中國文史考據文錄》，傅傑編，雲南
　　　　人民出版社2001年版，第1812頁。
〔註16〕趙沛霖：《詩經研究反思》，天津教育出版社1989年版，第267頁。

漢中期《毛詩》才得以勝過三家。

論據七，衛宏之學顯於東漢之初，與《毛詩》立學之時相近，衛宏所作豈能廁於經傳文字之間與之並存，而為後學據為典要？〔註17〕

筆者以為，漢平帝在位只有五年，朝政大權很快旁落於王莽手中，而王莽執政不足二十年，便被風起雲湧的農民起義推翻了。在這短暫時間之內，以政治需要立為學官的《毛詩》，豈能被後學據之為典要？而且，光武帝即位皆罷之，《毛詩》又落回民間，所謂經傳典要既為子虛烏有，也就根本不存在衛宏所作廁於經傳與之並存的問題。

七條論據之外，陳文更以陸璣的「孔子刪詩授卜商，商為之序」與「東海衛宏從曼卿受學，因作《毛詩序》，得風雅之旨」的論述存在矛盾，作為「衛宏之《序》自為別編」的依據。他說：「既云子夏作《序》，又云衛宏作《毛詩序》，一段文字之中，兩說俱存，其為不同之兩篇，昭昭然黑白分焉。」〔註18〕

作為一個精於考證的博物學者，陸璣當不會在二百餘字的短文內自相矛盾。其中，衛宏「因作《毛詩序》，得風雅之旨」，無疑是陸璣的明確觀點；而「商為之《序》」，不可理解為子夏作《毛詩序》也明矣！「商為之序」之「序」，當作動詞，即「整理」之義，指子夏對孔子所授詩義加以整理而已。「商為之序」乃就散在篇義而言，衛宏《毛詩序》乃就《毛詩序》整體而言。從《毛詩》授受系統來看，子夏「為之序」正是後來衛宏「作《毛詩序》」的基礎，它們之間不是對立的關係，而是前後繼承的關係和總分包容的關係。所以，陸璣的論述不惟不能成為衛《序》自為別編的依據，而正是衛宏作《毛詩序》的重要依據。

綜上所述，「衛宏作《毛詩序》非今之《毛詩序》」的觀點缺乏客觀依據，存在諸多漏洞。當然，這些討論無疑也深化了對《毛詩序》作者問題的認識，對促進學術研究當有積極意義。至於有論者宣稱：「可以說《毛詩序》作者問題二千年之爭詬，至陳允吉解決了一半。此論一出，再沒有人明目張膽地以《後漢書・儒林傳》為根據，來論證傳世《毛詩序》出於衛宏之手。」〔註19〕這實

〔註17〕陳允吉：《〈詩序〉作者考辨》，《二十世紀中國文史考據文錄》，傅傑編，雲南人民出版社 2001 年版，第 1812 頁。

〔註18〕陳允吉：《〈詩序〉作者考辨》，《二十世紀中國文史考據文錄》，傅傑編，雲南人民出版社 2001 年版，第 1812 頁。

〔註19〕檀作文等：《中國古代詩歌研究論辯》，百花洲文藝出版社 2006 年版，第 21頁。

在有些出言武斷，筆者不自量力對陳文提出質疑，也希望藉此與論者進行商榷。

（二）駁「《毛詩序》為子夏所作」

班固《漢志》稱：「又有毛公之學，自謂子夏所傳。」〔註20〕這是言子夏與《毛詩》關聯之始，然頗含有譏訕的語氣。論者大多以「子夏作《序》」之說始於鄭玄，又有陸璣、王肅、蕭統、沈重等人為之佐證。然而，此說遭到唐人的質疑，如韓愈《詩之序議》便指證：「子夏不序《詩》有三焉：知不及，一也；暴揚中冓之私，《春秋》所不道，二也；諸侯猶世，不敢以云，三也。察夫《詩序》，其漢之學者欲自顯立其傳，因借之子夏。」〔註21〕。可是，清代陳奐《詩毛氏傳疏》又力主子夏作《序》，稱「卜子子夏親受業於孔子之門，遂隱括詩人本志，為三百十一篇作《序》。」〔註22〕。陳奐的觀點得到今人的繼承，如陳子展《論〈詩序〉作者》稱：「今可得一結論曰：《毛詩大序》『與《三家詩》如出一口』（《詩古微一》附《毛詩大序義》），當為卜商子夏所作。」〔註23〕而對這個觀點闡述最為充分，乃是朱冠華先生《關於〈毛詩序〉的作者問題》一文〔註24〕，筆者就朱文的論證，提一些不同看法。

統觀朱文論證子夏作《序》，約略有幾方面的論據：

論據一，朱文稱，《詩序》作於何人？「要以鄭玄、陸璣、皇甫謐、昭明太子、陸德明等以為是子夏所作為正」〔註25〕。並舉出孔穎達《小雅·常棣》疏引《鄭志》答張逸「此序子夏所作，親受聖人，自足明矣」；陸璣「孔子刪詩授卜商，商為之序」為證據。

筆者以為，《鄭志》「此序」只指《常棣》一篇，並不代表整個《詩序》。如果以一篇可以代表整體，那鄭玄也曾說過：「《十月之交》，大夫刺幽王也。【箋】當為刺厲王。（毛亨）作《詁訓傳》時移其篇第，因改之耳。」〔註26〕

〔註20〕（漢）班固：《漢書》，中華書局1962年版，第1708頁。

〔註21〕（唐）韓愈：《詩之序議》，《韓愈全集校注》（五），屈守元、常思春主編，四川大學出版社1996年版，第3037頁。

〔註22〕陳奐：《敘錄》，《詩毛氏傳疏》，中國書店1984年版，第5頁。

〔註23〕陳子展：《詩經直解》，復旦大學出版社1983年版，第15頁。

〔註24〕朱冠華：《關於〈毛詩序〉的作者問題——與王錫榮先生商榷》，《文史》（第十六輯），中華書局1982年版，第177頁。

〔註25〕朱冠華：《關於〈毛詩序〉的作者問題——與王錫榮先生商榷》，《文史》（第十六輯），中華書局1982年版，第177頁。

〔註26〕董治安：《兩漢全書》（二），山東大學出版社1999年版，第425頁。

豈不又要將《毛詩序》作者歸於毛亨不成？至於朱文又舉陸璣「孔子刪詩授卜商，商為之序」為據，可為什麼偏偏把後面「東海衛宏從曼卿受學，因作《毛詩序》，得風雅之旨」給遺漏掉了？陳子展先生引證陸《疏》亦完全不提陸璣的這段敘述，他們顯然不是無意的疏漏，而是有意斷章取義來證明自己的觀點。如此一來，陸璣所言不能作為論者的證據亦明矣！至於其他論述，朱文儘管沒有引證，而筆者另篇已有分析，這裡就不再贅言了。

論據二，「此《序》（大序）總論全《詩》大旨，發源通流，陳義警闢，而辭氣灝汗，精純深切，與《易傳》、《中庸》相近，非漢人所能為，必子夏所作無疑」〔註27〕。

筆者很認同朱文對「大序」之「發源通流，陳義警闢，而辭氣灝汗，精純深切」的評價，但完全不能同意「非漢人莫能作，必子夏所作無疑」的結論。綜觀《毛詩序》：從思想言，「大序」之「主文而譎諫」的觀點不可能產生於春秋戰國時代，當是漢代專制集權意識的體現。從材料言，「大序」襲用《樂記》文字，只能是寫定於西漢以後。從影響言，衛宏之後《毛詩序》才被人完整引述。如：「蔡邕本治《魯詩》，而所作《獨斷》載《周頌》三十一篇之序，皆只有首二句，與《毛序》文有詳略，而大旨略同」〔註28〕。蔡邕時當東漢末年，《毛詩》早已大興，四家壁壘業已被打破，應當存在一種可能，即不是《毛詩序》借鑒了《魯詩》，而是蔡邕引述了《毛詩序》。這就從旁支持了衛宏作《序》的真實性。

論據三，「《詩序》果衛宏作，去鄭君之世甚邇，焉有不知之理」，鄭君注《南陔》、《白華》、《華黍》之《序》云：（此三篇之義）「則與眾篇之義合編，故存。至毛公為《詁訓傳》，乃分眾篇之義，各置於其篇端」；「是毛公以前已有《詩序》之證，必不待至東漢衛宏然後始為《毛詩》作序也」〔註29〕。

筆者以為，鄭玄不提衛宏，並不等於不知衛宏，在崇古賤今社會風氣影響之下，他忽略了今人衛宏是可以理解的。至於「子夏為之序」，與毛公置詩義於篇端，都是後來衛宏作《毛詩序》的基礎，並不能因此而否定衛宏對《毛詩》已有詩義的整理和總結。朱文以衛宏始為序作為批評的基點，而衛宏則

〔註27〕朱冠華：《關於〈毛詩序〉的作者問題——與王錫榮先生商榷》，《文史》（第十六輯），中華書局1982年版，第177頁。
〔註28〕（清）永瑢，紀昀：《四庫全書總目提要》，海南出版社1999年版，第87頁。
〔註29〕朱冠華：《關於〈毛詩序〉的作者問題——與王錫榮先生商榷》，《文史》（第十六輯），中華書局1982年版，第178頁。

是在前人詩義基礎上整理總結而最終完成了《毛詩序》。衛宏既不始為序，朱文的批評也便成了無的放矢。

論據四，「至於《范書》所謂『乃為其訓』、『因作《毛詩序》』云者，蓋指宏於《毛詩》外別為之訓，別為之序耳」〔註30〕。

此即「衛宏作《毛詩序》非今之《毛詩序》」的觀點，筆者前面已有分析，此處不多贅言。然范曄明言：「九江謝曼卿善《毛詩》，乃為其訓。」朱文卻稱「宏於《毛詩》外別為之訓，別為之序」，竟將訓也歸之於衛宏，瑕疵顯見，行文也太過粗疏了。

論據五，「《詩序》貫穿先秦古籍，傳授有緒，實出於子夏之手無疑」〔註31〕。朱文並且引述錢大昕、馬端臨著作的材料，為自己觀點提供證據。如，錢大昕《十駕齋養新錄》卷一《詩序》云：「司馬相如《難蜀中父老》云：王事未有不始於憂勤，而終逸樂。此《魚麗》序也。班固《東京賦》（本《東都賦》）：德廣所及（陳啟源作『被』）。此《漢廣》序也。……然司馬相如、班固皆在宏之前，則《序》不出於宏，已無疑義。愚又考《孟子》（《萬章上》）說《北山》之詩云：勞於王事，而不得養父母。即《小序》說也。唯《小序》在《孟子》之前，故《孟子》得引之漢儒謂子夏所作，殆非誣矣。」又如，馬端臨《文獻通考·經籍考五》引石林葉氏曰：「獨毛之出也，自以源流得於子夏，而其書貫穿先秦古書，其釋《鴟鴞》也，與《金縢》合，釋《北山》、《烝民》也，與《孟子》合。釋《昊天有成命》，與《國語》合，釋《碩人》、《清人》、《黃鳥》、《皇矣》，與《左傳》合。而序《由庚》等六章，與《儀禮》合。蓋當《毛詩》之時，《左氏》未出，《孟子》、《國語》、《儀禮》未甚行，而學者也未能信也……漢初諸儒皆未見（此說未是），而《毛詩》先與之合，不謂源流子夏乎？」〔註32〕

筆者以為，朱文運用這些材料存在著很大問題。子夏是孔子的弟子，他小孔子四十五歲，活動於春秋末期和戰國初期。如果子夏作《序》，那前面提到的文獻，只有《金縢》可以供他參考（自然也可供子夏之後的人參考），而

〔註30〕朱冠華：《關於〈毛詩序〉的作者問題——與王錫榮先生商榷》，《文史》（第十六輯），中華書局1982年版，第178頁。

〔註31〕朱冠華：《關於〈毛詩序〉的作者問題——與王錫榮先生商榷》，《文史》（第十六輯），中華書局1982年版，第180頁。

〔註32〕朱冠華：《關於〈毛詩序〉的作者問題——與王錫榮先生商榷》，《文史》（第十六輯），中華書局1982年版，第179頁。

《孟子》、《國語》、《左傳》、《儀禮》皆成書流傳於子夏之後。《詩序》與它們相合不惟不能證明子夏作《序》，反而證明《詩序》不出於子夏之手亦明矣。有趣的是，朱文本來要用這些材料證明自己的觀點，卻恰恰給推翻了自己的觀點，這恐怕是作者所始料未及的。石林葉氏稱：「漢初諸儒皆未見，而《毛詩》先與之合」，葉氏用這些材料是要證明《詩序》不出於漢初諸儒之手，可是連朱文也承認「此說未是」，既然此說未是，便不是「《毛詩》先與之合」，而是《毛詩》後與之合矣。可見，這些材料完全不能證明朱文的觀點，而用來證明《毛詩序》乃在先秦以來詩義基礎上完成，倒是具有相當的說服力。

論據六，「四家之中，唯《毛詩》以序獨異，自謂得子夏之傳，規模宏大，有三代儒者之風，較諸三家為精醇，不若三家以一己之臆說《詩》，隨意作解，泛濫無歸，其非附會即穿鑿矣」〔註33〕。朱文是說，《毛詩》以《序》得之於子夏，因而優於三家；又以《關雎》詩義為例，比較毛、韓、齊、魯之優劣，具體說明《毛序》的卓立眾表。

筆者以為，《三家詩》皆先有序，而《毛詩序》則後出轉精；再則《毛詩序》完整傳世，而《三家詩》已散佚不全。在這種情況之下，簡單枚舉的比較優劣，其實不能說明任何問題。朱文說《毛詩序》因得之子夏而精醇，那為什麼西漢時《三家詩》皆被立為學官，而唯獨《毛詩》以私學流傳？至於東漢中期《毛詩》之大興，《三家詩》之寢微，那正說明衛宏作《毛詩序》提升了《毛詩》的學術品位，與是否得之子夏完全了無瓜葛。

此外，朱文多有批評王錫榮的觀點，雖也意在證明子夏作《序》，但其主要論據既已如斯，其他論證便不必多辨了。

（三）駁「《毛詩序》為毛亨所作」

毛亨作《毛詩序》的觀點產生比較晚。北周沈重、《隋書・經籍志》只是說子夏與毛公合作《詩序》，直到清代學者毛奇齡才提出毛亨作《毛詩序》的觀點〔註34〕。而當代學者主張毛亨作《毛詩序》則是不乏其人，如王錫榮《關於〈毛詩序〉作者問題的商討》、魏炯若《關於〈毛詩序〉》、蹤凡《〈毛詩序〉作者考辨》、王洲明《關於〈毛詩序〉作期和作者的若干思考》、薛立芳《關於

〔註33〕 朱冠華：《關於〈毛詩序〉的作者問題——與王錫榮先生商榷》，《文史》（第十六輯），中華書局1982年版，第182頁。

〔註34〕 （清）毛奇齡：《詩札》（卷一），上海古籍出版社1987年版。

〈毛詩序〉作者的新思考》等。

人們論證毛亨作《毛詩序》的思路，多以毛亨作《詁訓傳》為基點，然後從《毛傳》與《毛序》關係入手，努力說明《毛傳》與《毛序》的一致，竭力彌合《毛傳》與《毛序》的違異，以此證明《毛詩序》為毛亨所作。應該說，人們研究的基點是紮實的，毛亨作《毛詩詁訓傳》自古一辭，別無疑義。鄭玄稱：「毛公（毛亨）為《詁訓傳》，乃分眾篇之義，各置於其篇端」〔註35〕；「當為刺厲王。（毛亨）作《詁訓傳》時移其篇第，因改之耳」〔註36〕。陸璣也稱：「亨作《故訓傳》以授趙國毛萇，時人謂亨為大毛公，萇為小毛公，公以其所傳，故名其詩為《毛詩》。」〔註37〕然而，是否能夠以毛亨作《詁訓傳》，便可以連帶證明毛亨也作《毛詩序》呢？應該說：不能！

鄭玄、陸璣皆言毛亨作《詁訓傳》，可都沒有說過毛亨作《毛詩序》。鄭玄只是說毛亨把孔子時俱在的，眾篇之義合編的篇義「各置於篇端」，而在「移其篇第」過程中有過少許的改動，卻並未提出毛亨作《毛詩序》；至於陸璣則更明確提出衛宏「因作《毛詩序》」。所以，後來學者要證明毛亨作《毛詩序》，從鄭玄、陸璣那裡完全得不到證據的支持，只得從其他方面去尋找理由。

綜觀各家的論述，主要有如下理由：

理由一，注解的體例。魏文稱：「凡注解古書，必須詞義並釋」，「作《毛傳》的人，不可能不講內容」，因此，「序與傳應該是一人之作」〔註38〕。蹤文則列舉漢人注解類著作，如王逸《楚辭章句》、趙岐《孟子注》、高誘《淮南子注》等，指出：「這些著作的任務不僅僅是文字訓釋，名物訓詁，還有對文章內容的分析解說和大義闡發」；「如果沒有這《毛詩序》，《毛詩故訓傳》就成了殘缺不全的東西，就和漢人的注書體例大相乖違」〔註39〕。

筆者以為，遵循注解體例，詞義並釋乃是注解類著作的常態。但魏文稱為「必須」顯然不夠嚴密，如他緊接著舉出「作注不講內容的例子」，便可知「必須」有時竟未必也。當然，作為一個完善的注本，《毛傳》倒不會不講內容，毛亨把眾篇之義合編的篇義「各置於篇端」，不就是在講內容嗎？與其他

〔註35〕董治安：《兩漢全書》（二），山東大學出版社 1999 年版，第 388 頁。
〔註36〕董治安：《兩漢全書》（二），山東大學出版社 1999 年版，第 425 頁。
〔註37〕（三國）陸璣：《毛詩草木鳥獸蟲魚疏》，中華書局 1985 年版，第 71 頁。
〔註38〕魏炯若：《關於〈毛詩序〉》（上），《四川師院學報》1982 年第二期，第 48～49 頁。
〔註39〕蹤凡：《〈毛詩序〉作者考辨》，《中國韻文學刊》1999 年第二期，第 82 頁。

漢人注書一樣，《毛詩故訓傳》既有文字訓詁，也有篇義闡發。可是，詞義並釋並不能證明這些篇義為毛亨所作，鄭玄已經明言這些篇義不為毛亨所作；詞義並釋也不能排除這些篇義不能被後來的衛宏所整理和總結，陸璣也已經明言衛宏「因作《毛詩序》」。可見，以注解體例為由得出「序與傳應該是一人之作」的結論，顯然缺少充分的論據支持。

理由二，三家詩序例。王錫榮文稱：「齊、魯、韓三家詩均有序，序作者即為傳詩者，《毛序》亦不能例外。」〔註40〕蹤文稱：「三家詩也有詩序」；「1977年安徽阜陽墓葬中出土西漢文帝時《詩經》竹簡，有三片殘簡被專家學者們疑為《詩序》」；「倘若這一猜測無誤，當可作四家詩皆有《詩序》、四家之《序》皆產生於漢初之有力參證」。又「既然魯詩義在《故》（《魯詩故》）中，齊詩義在《傳》（《齊詩傳》）中，韓詩義在《章句》（《韓詩章句》）中，《毛詩序》無疑地應該包括在《毛詩故訓傳》中」〔註41〕。

筆者以為，同樣擔負《詩經》傳授的使命，《毛詩》與齊、魯、韓三家《詩》、阜陽出土《詩》有許多相似處，援用三家詩序例自然也能夠說明《毛詩》的部分情況。比如，除字詞訓詁外，它們當均有詩義解說，而且它們的分野主要表現為詩義解說的不同。誠如蹤文所引，《毛詩》與三家《詩》對《關雎》的解說便頗有不同，《毛詩》說詩旨在美，三家言本義在刺。〔註42〕然而，「說解雖殊，形式無異」，如魯詩義在《故》中，齊詩義在《傳》中，韓詩義在《章句》中，毛詩義在《毛詩故訓傳》中。這些應該都沒有問題。可是，論者援用三家詩序例推斷《毛詩》存在著邏輯錯誤。

一是，三家詩「序作者即為傳詩者，《毛序》亦不能例外」。案論者之意，三家詩「傳詩者」，即指齊人轅固、魯人申培、燕人韓嬰，而《毛詩》傳詩者便是魯人毛亨。其實，三家詩的詩義闡發內容，是齊人轅固、魯人申培、燕人韓嬰承襲了前人舊說，還是自己的戛戛獨造，這都是沒有弄清楚的問題，以此要得出毛亨作《毛詩序》，豈不是葫蘆僧判斷葫蘆案？即便三家詩的詩義闡發內容就是齊人轅固、魯人申培、燕人韓嬰的獨造，也沒有理由斷定「《毛序》亦不能例外」；因為它們之間並不存在必然的因果關係。況且，鄭玄指出：「毛

〔註40〕 王錫榮：《關於〈毛詩序〉作者問題的商討》，《文史》（第十輯），中華書局1980年版，第193頁。

〔註41〕 蹤凡：《〈毛詩序〉作者考辨》，《中國韻文學刊》1999年第二期，第81～82頁。

〔註42〕 蹤凡：《〈毛詩序〉作者考辨》，《中國韻文學刊》1999年第二期，第82頁。

公（毛亨）為《詁訓傳》，乃分眾篇之義，各置於其篇端」，明確說明這些篇義不是毛亨所作，王文僅憑援引三家詩序例，顯然不能否定鄭玄論述的證據。

二是，「《毛詩序》無疑地應該包括在《毛詩故訓傳》中」。如果說，魯詩義在《故》中，齊詩義在《傳》中，韓詩義在《章句》中，毛詩義在《毛詩故訓傳》中，這是沒有問題的。《毛詩故訓傳》包含詩義，鄭玄已經說得很明白。但是，這些篇義並不就是今見《毛詩序》，因此，陸璣才會在敘述了「亨作《故訓傳》」之後，又明確指出：衛宏「因作《毛詩序》，得風雅之旨」〔註43〕；王肅也才會稱之為「今之《毛詩序》」。論者以《毛詩故訓傳》之詩義，徑替換為《毛詩序》，這是不符合邏輯的。其實，在衛宏之前，並沒有《毛詩序》的稱謂，是衛宏經過對詩義的整理總結，使之「得風雅之旨」，才形成了《毛詩序》。所以，詩義存在於《毛詩故訓傳》中，不惟不能證明毛亨作《毛詩序》，同樣也不能證明這些詩義為毛亨所作。

理由三，序傳的相合。主張毛亨作《毛詩序》的學者，在證明《毛序》與《毛傳》相合方面，用力最勤，論述最詳。魏炯若說：「假使《詩序》是另一個人作的，要後來作傳的人毫不變動，那是絕無可能的事，除非是一人所作。」〔註44〕王錫榮說：「《毛詩序》與《毛傳》兩者本為一體，前者是一首詩的題解，後者是具體詩句或字詞的詮釋。它們彼此之間，互相依賴，不能割離。因此，離開《詩序》，《毛傳》也就很難獨立存在。」〔註45〕蹤凡說：「《序》與《傳》不僅互相依賴，互相補充，還往往彼此印證，相得益彰」；「此呼彼應，前唱後隨，妙合無垠，相映成趣，倘非出自毛公一人之手，怎會如此匠心獨運？」〔註46〕

魏文的推理邏輯是：假使《毛傳》、《毛序》不為一人作，必然《傳》、《序》不相合，因為兩位學者意見完全一樣是絕無可能的。顯然，這個推理太過絕對化了，一個人意見前後矛盾是可能的，多個人意見相當一致也是可能的。在《詩經》授受系統之中，經師當謹守家法。所以，《毛詩》家意見一致不僅是可能的，而且是學派的必然要求。所以，用《毛傳》與《毛序》的相合，來

〔註43〕（三國）陸璣：《毛詩草木鳥獸蟲魚疏》，中華書局1985年版，第71頁。

〔註44〕魏炯若：《關於〈毛詩序〉》（上），《四川師院學報》1982年第二期，第48～49頁。

〔註45〕王錫榮：《關於〈毛詩序〉作者問題的商討》，《文史》（第十輯），中華書局1980年版，第193頁。

〔註46〕蹤凡：《〈毛詩序〉作者考辨》，《中國韻文學刊》1999年第二期，第83頁。

證明《毛詩序》為毛亨所作，這是完全經不起推敲的。當然，充分研究《毛序》與《毛傳》的關係，揭示它們各有分工，相互依存的特點，對於深入認識《毛詩》的思想內容無疑具有重要的價值。但是，以此來證明《毛詩序》為毛亨所作，則是既不符合邏輯，也不符合實際的。王洲明先生在探索了《毛序》與《毛傳》的關係之後，也明確認識到：「僅從《毛序》與《毛傳》同異的比較研究，是無法得出《毛序》作者為何人的結論的。」〔註47〕

《毛傳》與《毛序》相合，並不能證明《毛詩序》出於毛亨之手；而《毛傳》與《毛序》相違，則足以證明《毛傳》與《毛序》不出自一人之手。前人多指出《毛詩》之《序》《傳》相違的現象，今人則竭力證明《序》《傳》的相合。通過細密地研究，儘管指出前人的某些失察和疏漏，但也卻不能不承認《序》與《傳》仍有互相牴牾之處，於是人們以「訛誤竄亂」來辯解。其實，一部經久授受的著作，自然經過多人的補充和整理，其《序》與《傳》的相合抑或相違，都是正常不過的事情。如果刻意曲為辯解，反倒會離事實愈遠。

理由四，資料與文本。王洲明先生擺脫《毛序》與《毛傳》同異的比較研究的老套，從考察典籍中《毛詩》資料和考索《毛詩》傳授文本入手，得出「今《毛序》的基本完成時期為秦末漢初，基本完成者為魯人大毛公亨」的結論。〔註48〕

先看他對典籍中《毛詩》資料的考察。王文列舉出十五條文獻資料，並確定了使用文獻資料的原則，即重點關注時代較早的資料和與《毛詩》關係密切者的說法。從而得出幾點認識和得到幾點啟發，而「問題討論至此，《毛序》的作者依然並不明晰」〔註49〕。

王文列舉繁雜的資料，卻把一條時代比較早，且與《毛詩》關係密切者的資料給遺漏且改易了。這就是三國吳人陸璣《毛詩草木鳥獸蟲魚疏》的記載，陸璣敘述《毛詩》授受源流，包含了非常重要的資料：

> 孔子刪詩授卜商，商為之序，……亨作《故訓傳》以授趙國毛
> 萇，時人謂亨為大毛公，萇為小毛公，公以其所傳，故名其詩為《毛

〔註47〕王洲明：《關於〈毛詩序〉作期和作者的若干思考》，《文學遺產》2007年第二期，第8頁。

〔註48〕王洲明：《關於〈毛詩序〉作期和作者的若干思考》，《文學遺產》2007年第二期，第13頁。

〔註49〕王洲明：《關於〈毛詩序〉作期和作者的若干思考》，《文學遺產》2007年第二期，第9頁。

詩》。……時九江謝曼卿亦善《毛詩》，乃為其訓，東海衛宏從曼卿

受學，因作《毛詩序》，得風雅之旨，世祖以為議郎。〔註50〕

王文引述這條資料為：「晉陸璣」。這似乎將陸璣的時代給搞錯了。儘管前人亦有將陸璣視為西晉人，甚至把他與《文賦》作者陸機混為一人的情況。但已經學者撥正，陸璣為三國吳人無疑，《毛詩草木鳥獸蟲魚疏》為三國時原作無疑。更重要的是王文節引陸文，竟把「東海衛宏從曼卿受學，因作《毛詩序》，得風雅之旨，世祖以為議郎」的內容給完全遺漏了，而這條資料正是衛宏作《毛詩序》的關鍵證據。由於這個顯然故意的疏漏，王文竟得出「《後漢書·儒林傳》第一次提出『毛詩序』的名稱，且認為衛宏所作」的認識〔註51〕。其實，三國時吳人陸璣提出衛宏「作《毛詩序》」，比起劉宋時范曄《後漢書》早了有二百多年，而范曄只是承襲陸璣的觀點而已。陸璣論述的資料時代較早，又是與《毛詩》關係密切者的說法，應該重點關注，根據這條資料，《毛詩序》作者已然分明，那就是東漢初期的衛宏，而不是所謂「依然並不明晰」！

再看他對《毛詩》傳授文本的考索。王文考索《漢志》三家詩著錄，發現漢人解經有「故」與「傳」兩種方式，又考索顏師古對「故訓傳」的注解，發現《毛詩》有「故訓」與「傳」兩種不同的解《詩》方式。王文通過對「故訓」、「傳」的詞義辨析，指出：「所謂『故訓』（也即後人改為的『詁訓』、『訓詁』），就是《說文》所謂『故言也』，也就是馬瑞辰所說的『就經義所言而詮釋之』，『由今通古』。就《毛詩》而言，也就是我們今天見到的《毛傳》。而『傳』，因『並經所未言而引申之』，涉及到對《詩》經文內容的解說，就《毛詩》而言，實際上也就是我們今天所指的《毛序》。」〔註52〕這樣一來，《故訓傳》本來就指稱《傳》、《序》兩項。

其實，清代毛奇齡也有相似的思路，只是與王文的解釋正好相反。毛奇齡以「故訓」為《詩序》，認為《詩序》包含了「故」與「訓」兩部分內容，「故」為《序》首一句以及章句若干的內容，「訓」為《序》首句後續申之語的內容。他們訓釋詞義各有所據，而結論恰恰相反，其根據是否充分，便有些令人懷疑。王文稱「傳」為《毛序》，這與《毛詩》實際則明顯不符。鄭玄

〔註50〕（三國）陸璣：《毛詩草木鳥獸蟲魚疏》，中華書局 1985 年版，第 71 頁。

〔註51〕王洲明：《關於〈毛詩序〉作期和作者的若干思考》，《文學遺產》2007 年第二期，第 9 頁。

〔註52〕王洲明：《關於〈毛詩序〉作期和作者的若干思考》，《文學遺產》2007 年第二期，第 10 頁。

箋《毛詩》，把詞語詮釋統稱為「傳」，而並不稱為「故訓」或「詁訓」，莫非鄭玄已經不懂得「故訓」與「傳」的區別，而待唐代以至清代學者才來發明嗎？還是這個區別本身存在著什麼問題？

筆者以為，這些名相研究並不多麼重要，《毛詩故訓傳》本來就包括文字訓詁和篇義闡發兩方面內容。鄭玄言：「毛公為《詁訓傳》，乃分眾篇之義，各置於其篇端云。」證明《故訓傳》包含舊有篇義當無疑義。學者謂「故訓」或「傳」指稱這些篇義，那只是稱謂問題，原本無有大礙。但是，一定說這些篇義就是今之《毛詩序》，則無疑偷換了概念。鄭玄說毛亨將孔子時俱在的，眾篇之義合編的篇義「各置於篇端」，而絕口不提毛亨作《毛詩序》；而陸璣明言「亨作《故訓傳》」，卻更提出衛宏「因作《毛詩序》」。所以，毛亨整理篇義的工作不能被無限誇大，這些篇義尚不足「得風雅之旨」，還有待於東漢衛宏的整理和總結。

對於衛宏作《毛詩序》問題，王文的分析有些輕描淡寫。王文略去陸璣最關鍵證據不提，而以晚二百多年的《後漢書》為據，又以更晚的唐人著作為據，得出「古人意見已猶疑不決」的認識〔註53〕，顯然不能令人信服。至於論者以為，衛宏「第一次將『故訓傳』中『傳』的內容，定名為『毛詩序』。後世所謂衛宏『作《毛詩序》』的說法，蓋由此而來」〔註54〕。彷彿衛宏只是定了個名稱，充其量只是有一些潤益，這個認識便全是主觀的臆見了。試想，只定個名稱，就可「得風雅之旨」，做學問哪有如此輕鬆的道理！

主張毛亨作《毛詩序》的學者，充分肯定毛亨在《毛詩》授受中的重要作用，充分肯定毛亨在詩義整理方面的重要作用，應該說大多是符合事實的。但是，因此而得出毛亨作《毛詩序》，否定衛宏對詩義的整理總結，則是既違背文獻記載，也缺乏證據支持的。

（四）駁「鄭玄為《毛詩序》最終完成者」及其他

趙敏俐先生在《〈毛詩序〉作者問題辨說》中，提出「《毛詩序》的最終完成者是鄭玄」的觀點〔註55〕；對此，趙沛霖先生在《詩經研究反思》一書中

〔註53〕王洲明：《關於〈毛詩序〉作期和作者的若干思考》，《文學遺產》2007年第二期，第13頁。

〔註54〕王洲明：《關於〈毛詩序〉作期和作者的若干思考》，《文學遺產》2007年第二期，第13頁。

〔註55〕趙敏：《周漢詩歌綜論》，學苑出版社2002年版，第203頁。

提出了批評意見。

趙沛霖先生概括了趙敏俐觀點的三點理由：一是鄭玄「箋大都從《序》而不從《傳》」；二是鄭玄的《詩譜序》可與「《毛詩序》互相補充」；三是漢代以後關於誰是《毛詩》正宗的爭論，是由於鄭玄「對《毛詩》作過一番『刪裁繁誣，刊改漏失』的整理」。他對這三點理由逐一發問：一是鄭玄認為《序》為子夏、毛公合作，他豈敢隨便唐突先師？二是即便《詩譜序》與《毛詩序》互相補充，這與斷定《毛詩序》為鄭玄所作有什麼必然聯繫？三是鄭玄對《毛詩》作過「刪裁繁誣，刊改漏失」的整理，難道就意味著他作過《詩序》嗎？因此，趙沛霖認為：「這三點根本不能證明作者的結論。」〔註56〕

趙敏俐在把《〈毛詩序〉作者問題辨說》一文收入《周漢詩歌綜論》時，針對趙沛霖的批評，對文章作了「補記」，進一步解釋自己的看法。他說：「趙沛霖先生可能錯解了我的意思，因為我在這裡所說的鄭玄是《毛詩序》的最後定稿人，並不是說鄭玄本人參與寫作和修改了《毛詩序》，而是說『今之《毛詩序》是由鄭玄在整理《毛詩》各家解題的基礎上定型的』。」〔註57〕而且一再聲明：「關於鄭玄是否會是《毛詩序》的最後定稿人這樣的問題，本文提出的只是一種猜測。」〔註58〕

筆者以為，兩位先生的批評與反批評非常有助於深入認識《毛詩序》作者問題。趙敏俐指出：《毛詩》之所以稱之為「毛詩」，就是因為毛亨作了《毛詩故訓傳》；假如《毛詩故訓傳》不包括詩義的解釋，它也難以被稱為「毛詩」〔註59〕。他又以《關雎序》為例，指出：「《詩序》所表現的不僅是漢初人說詩的文藝思想，更多地表現了董仲舒哲學思想影響下的統治整個兩漢的文藝思想」；「這種儒學與神學相結合的文藝思想，在《關雎序》中表現得如此系統和完整，顯然是在《毛詩》傳授過程中逐步形成的，決不會出於毛亨一人之手」〔註60〕。他認為，《毛詩序》是在《毛詩》傳授過程中逐步完善的，這無疑是非常正確的見解。趙沛霖也認為，《毛詩序》形成是一個過程，其中包括兩個階段。先成《序》，即「《序》非一人一時之作，毛公及其前的一些經學

〔註56〕趙沛霖：《詩經研究反思》，天津教育出版社1989年版，第265～266頁。
〔註57〕趙敏：《周漢詩歌綜論》，學苑出版社2002年版，第203頁。
〔註58〕趙敏：《周漢詩歌綜論》，學苑出版社2002年版，第207頁。
〔註59〕趙敏：《周漢詩歌綜論》，學苑出版社2002年版，第194頁。
〔註60〕趙敏：《周漢詩歌綜論》，學苑出版社2002年版，第199頁。

家曾有參與」；再經衛宏「潤益」完成《毛詩序》。〔註61〕

　　兩位先生的分歧只是在於：最後完成了《毛詩序》的，是衛宏？還是鄭玄？在東漢經學興盛，各家紛爭的文化背景下，略相前後的衛宏和鄭玄，其實都具有在前人詩義基礎上完成《毛詩序》的各種條件，只是這個事情的確是由衛宏完成的。陸璣談到《詩經》的授受系統，言毛公之前的不可深信，其與同時徐整的說法便大相徑庭；但是言毛公之後的當言之有據，以時間相距不遠，且向無不同意見。陸璣稱衛宏「因作《毛詩序》」，接著便列舉鄭眾、賈逵、馬融、鄭玄的著述，揆之情理，他對當時鄭玄大師的情況豈不知曉？如果是鄭玄完成《毛詩序》，那麼陸璣斷不會作如此的表述。至於鄭玄作《毛詩箋》信從《毛詩序》，作《詩譜序》發揮《毛詩序》，正是《毛詩序》先鄭玄而完成的證據，而不能成為鄭玄完成《毛詩序》的證據。

　　此外，對於《毛詩序》作者問題的討論，學者多認同《毛詩序》經多人在較長時間內完成。主張多人說的觀點，雖然比較符合《毛詩》傳授的實際，但是往往難以確定多人的不同貢獻，更忽略了衛宏最後完成「得風雅之旨」的重要意義。所以，筆者贊同趙沛霖先生的結論：《毛詩序》非一人一時之作，是由毛公及其以前和以後的《詩經》學者陸續增補修訂，至衛宏而定稿和最後完成。〔註62〕

　　筆者強調的是，衛宏對前人詩義的整理和總結，才使《詩序》「得風雅之旨」，從而將儒家詩論系統化，形成完備的詩學理論。《毛詩序》的完成，確立了儒家的詩教原則，給後世文學以深遠影響。稱衛宏作《毛詩序》，可謂持之有故，言之成理！

　　總之，認為《毛詩序》為衛宏之外人所作，或以為子夏作，或以為毛亨作，或以為鄭玄作，或以為多人作，它們從不同角度進行論證，分析了許多材料，提出了許多看法，無疑將《毛詩序》作者問題的研究進一步引向深入。然而，通過分析辯難可知，它們或缺乏文獻依據，或存在邏輯錯誤，都不足以否定衛宏作《毛詩序》，倒是更強化了衛宏作《毛詩序》的觀點。

〔註61〕趙沛霖：《詩經研究反思》，天津教育出版社1989年版，第268頁。
〔註62〕趙沛霖：《詩經研究反思》，天津教育出版社1989年版，第269頁。

六、「貴和」思想之文化淵源

我們的遠古先民從氏族、部落中走出來，就像條條溪流從各地趕來，匯入黃河、奔向大海，不同文化之間相互碰撞、相互交融，逐漸形成了華夏文化。在這漫長的文化融匯過程中，人們經歷了無數次血與火的洗禮，從層層累積的經驗和教訓中終於析出了華夏文化的智慧結晶──「貴和」思想。

(一)「貴和」意識肇始於「卜禾」

我國農業起源甚早，現存古文獻多將農業起源託之於神農氏。如《世本》載，「神農作耒」；《帝王世紀》載，「神農始教天下耕種五穀而食之」〔註1〕。考古發掘資料表明，中國農業最晚出現於新石器時代早期。如裴李崗遺址出土農具有：石斧、石鏟、石鐮、石刀、石磨、石棒；磁山遺址除出土農具外，還發現大量的糧食堆積。經碳十四測定，這些遺址的年代距今有七千年左右。〔註2〕。由此可見，早在原始社會時期，我國農業生產已經達到相當的水平和規模了。

以農業為主的經濟生活現實，必然形成重視農業的思想意識。在神話傳說中，人們對在農業發展上做出貢獻的人物頂禮膜拜。如：神農氏「始教天下耕種五穀而食之」；烈山氏「其子曰柱，能殖百穀百蔬」〔註3〕，其子曰垂，「作耒耜」，「作銚耨」〔註4〕；黃帝「時播百穀草木」〔註5〕；「后稷是播百

〔註1〕 （晉）皇甫謐：《帝王世紀》，遼寧教育出版社1997年版，第4頁。

〔註2〕 孫淼：《夏商史稿》，文物出版社1987年版，第19～23頁。

〔註3〕 上海師範大學古籍整理組校點：《國語》，上海古籍出版社1978年版，第166頁。

〔註4〕 王育濟等：《作篇》，《中國歷史文選》，福建人民出版社2003年版，第22頁。

〔註5〕 （清）王聘珍：《五帝德》，《大戴禮記解詁》，中華書局1998年版，第119頁。

穀」〔註6〕；禹「盡力乎溝恤」〔註7〕；「伯益作井」〔註8〕等等。這些神話傳說材料都凝積著人們重視農業的文化價值觀念。

最直接、最具體表現重農價值觀念的行為，莫過於殷商甲骨刻辭記載的「卜禾」行為了。出土的殷商甲骨刻辭之「卜禾」記載，據不完全統計將近有三百條〔註9〕。《說文解字》云：「禾，嘉穀也。二月始生，八月而孰（熟），得時之中，故謂之禾。」〔註10〕農業民族對於農業活動的最終成果——「嘉穀」的關注是極其強烈的。如：「壬申貞㞣禾於河燎三牛沈三牛」（33278）、「癸未貞㞣禾於岳」（33274）、「乙卯卜貞㞣禾於高燎九牛」（33305）、「辛卯卜甲午㞣禾上甲三牛用」（33309）〔註11〕。人們向山神、河伯、祖先捧上豐盛的供品，祈求他們保佑五穀豐登。

在生產力相當低下的條件下，獲取「嘉穀」除了需要人們自身的努力外，還需要取決於從二月到八月莊稼生長過程中自然界多方面的不確定因素的和諧配合。所以，人們在「卜禾」的同時也忘不了對自然因素的關注，如：「……貞其舉禾於示壬羊雨」（屯3083）、「貞今秋禾不道大水」（33351）〔註12〕。無雨成旱，水大成災，只有風調雨順才能保證五穀豐登。可見，人們的「卜禾」行為，既是對「嘉穀」的祈求，也是對莊稼生長的自然環境多種因素之和諧狀態的祈望。

農業實踐活動使人們認識到自然界多種因素和諧統一對於農業豐收的重要意義，而「卜禾」的行為也就包含了重視自然界多種因素和諧統一的深層文化意蘊。這在文獻上也是有跡可尋的，如《逸周書·商誓》云：「在商先誓王，明祀上帝，□□□□亦惟我后稷之元穀，用告和，用胥飲食。」〔註13〕卜禾、告和，一脈相承，說明「和」與「禾」通，而「和」最早的意蘊是指自然界風調雨順，莊稼茁壯成長的和諧狀態。因此，我們認為：「貴和」文化的基因來源於我國早期的農業文明。

〔註6〕袁珂：《山海經全譯》，貴州人民出版社1991年版，第336頁。

〔註7〕楊伯峻：《論語譯注》，中華書局1980年版，第84頁。

〔註8〕陳奇猷：《呂氏春秋校釋》，學林出版社1984年版，第1078頁。

〔註9〕姚孝遂：《殷墟甲骨刻辭類纂》，中華書局1998年版。

〔註10〕（漢）許慎《說文解字》，中華書局1963年版，第144頁。

〔註11〕中國社會科學院考古研究所：《甲骨文編》，中華書局2005年版。

〔註12〕中國社會科學院考古研究所：《甲骨文編》，中華書局2005年版。

〔註13〕張聞玉：《逸周書全譯》，貴州人民出版社2000年版，第170頁。

從文字學的角度考察，也可發現「和」之和諧文化內涵肇始於「禾」的蛛絲馬蹟。「和」本字作「龢」。「龢」字甲骨文作「龢」，金文作「龢」〔註14〕，就字形分析看，這是「龠」、「禾」會意。「龠」的字形象雙管樂器，而「禾」泛指一切穀類。《禮記·明堂位》記述樂器的發展云：「土鼓、蕢桴、葦籥（同「龠」），伊耆氏之樂也。」〔註15〕河南舞陽縣賈湖出土的骨笛，時代距今有8000年，可見吹奏樂器的發達。這些材料從正面和側面都說明「龠」是一種相當古老的吹奏樂器。在甲骨文中，「龠」常被用為祭名，如羅振玉《殷墟書契前編》5.19.2 載：「甲子卜，旅貞：王賓、龠，亡（无咎）？」〔註16〕以「龠」求「禾」，正是先民祭祀神靈祈求農業豐收的古老的巫術行為。《呂氏春秋·古樂》云：「樂所由來尚也」，「昔古朱襄氏之治天下也，多風而陽氣畜積，萬物散解，果實不成，故士達作為五弦琴，以來陰氣，以定群生。」〔註17〕用和諧的音樂來調節自然界陰陽失和的氣候，當反映了先民「以和求和」的交感巫術意識。

又《史孔盉》假「和」為「盉」，「和」與「盉」相通。「盉」為盛酒禮器，最初當與祭神禮儀有關。遠古祭神禮儀多與農事關聯，《史記·封禪書》記載：「自禹興而修社祀，后稷稼穡，故有稷祠，郊社所從來尚（遠）矣。」〔註18〕說明社稷祭祀開始於夏禹。至如春祈穀，秋報祭，遇旱舉行雩祭，都是祈求農業豐收的祭神禮儀。在這類禮儀中，「為酒為醴，烝畀祖妣，以洽百禮」〔註19〕，用和諧馨香的祭品來求得農事的和諧有成。這同樣反映了先民「以和求和」的交感巫術意識。

古人論「和」，多喜取譬音樂與烹調。如《左傳·昭公二十年》云：「和如羹焉，水、火、醯、醢、鹽、梅，以烹魚肉，燀之以薪，宰夫和之，齊之以味，濟其不及，以泄其過。」又云：「聲亦如味，一氣，二體，三類，四物，五聲，六律，七音，八風，九歌，以相成也；清濁、大小、短長、疾徐、哀樂、剛柔、遲速、高下、出入、周疏，以相濟也。」〔註20〕其實，「濟五味，和五聲」只

〔註14〕鍾旭元、許偉建：《上古漢語詞典》，海天出版社1987年版，第75頁。
〔註15〕王夢鷗：《禮記今注今譯》，天津古籍出版社1987年版，第426頁。
〔註16〕陳奇猷：《呂氏春秋校釋》，學林出版社1984年版，第127頁。
〔註17〕陳奇猷：《呂氏春秋校釋》，學林出版社1984年版，第284頁。
〔註18〕羅振玉：《殷墟書契前編》，1912年版，（5.19.2）。
〔註19〕陳奇猷：《呂氏春秋校釋》，學林出版社1984年版，第284頁。
〔註20〕楊伯峻：《春秋左傳注》，中華書局1981年版，第1419～1420頁。

是祭祀的手段，而祈求自然界風調雨順，莊稼茁壯成長的和諧狀態才是祭祀
的根本目的。

《說文解字》云：「龢，調也。」〔註21〕楊遇夫先生在《論語疏證》中發
揮道：「樂調謂之龢，味調謂之盉，事之調適者謂之和，其義一也。」就調和
的意義而言，最初當在農事和諧的願望中發生，而後泛指舉行祭禮以調和人
神關係以求得和諧吉祥，再後來就更多地指向調和人們的社會關係以求得和
諧吉祥。

（二）觀物識「和」與崇禮致「和」

「貴和」思想在西周末年和春秋時期才得到哲人們充分而深刻的闡發，
但是它的文化淵源卻是非常古老的。《國語・鄭語》載周幽王時太史史伯和司
徒鄭桓公談論「和同」，其中兩次提到先王：一為「故先王以土與金、木、水、
火雜，以成百物」；一為「於是乎先王聘後於異姓，求財於有方，擇臣取諫工，
而講以多物，務和同也」〔註22〕。《論語・學而》載孔子的學生有子的話說：
「禮之用，和為貴，先王之道斯為美。」〔註23〕史伯與有子所處時代不同，
但都認為「貴和」思想是從先王那裡傳承下來的。馬克思指出：「人們的社會
存在決定人們的意識」，「而人們的存在就是他們的實際生活過程」。〔註24〕先
王們的「貴和」意識，其產生之土壤當是遠古先民廣泛而深厚的社會實踐。
我們只有從遠古先民的實際生活過程來進行考察，才能揭示「貴和」意識發
生、發展的軌跡。

所謂「和」，首先是指一種和諧的狀態。這種狀態既表現在自然界中，也
表現在人類社會中。所以，對這種狀態的認識與人們在自然界和社會生活中
的實踐活動密切相關。古人對「和」的認識也往往著眼於自然界之和諧與社
會之和諧兩個方面。對於自然界的和諧，人們在實踐活動中不斷觀察，表現
為對事物客觀規律的科學認識，我們稱之為觀物識「和」。社會的和諧則是對
自然界和諧的效法。如子產說：「夫禮，天之經也，地之義也，民之行也。」

〔註21〕（漢）許慎：《說文解字》，中華書局1963年版，第48頁。
〔註22〕上海師範大學古籍整理組校點：《國語》，上海古籍出版社1978年版，第515
　　　　頁。
〔註23〕楊伯峻：《論語譯注》，中華書局1980年版，第8頁。
〔註24〕（俄）米・里夫希茨：《馬克思恩格斯論藝術》（一），中國社會科學出版社1982
　　　　年版，第101～102頁。

〔註25〕他認為「禮」是自然規律的體現，社會一切關係、秩序都是效法自然。人們運用「禮」來調和各種社會矛盾，力圖達到社會的和諧，這就更多地表現了主體的積極追求，我們稱之為崇禮致「和」。

觀物識「和」表現人們對自然界和諧狀態的觀察和認識。人們在生產實踐中不斷地接觸和改造自然界，因而自然界萬物和諧相處的景象必然在他們的思想中引起反映。《左傳・文公七年》引《夏書》云：「六府、三事，謂之九功。水、火、金、木、土、穀，謂之六府；正德、利用、厚生，謂之三事。」〔註26〕這說明人們很早就認識到了自然界物質的多樣性。而後來的「五行」思想則從理論上概括出多樣性物質和諧共處的系統。人們在對自然物質存在、變化的深刻理解中，萌發了最早的「貴和」意識。

崇禮致「和」反映人們對社會生活和諧狀態的不斷追求。人們在對自然物質觀察中產生的「貴和」意識萌芽，在社會生活的深厚土壤中得到不斷地生長、成熟。隨著社會的發展，人與自然，人與人之間的各種矛盾逐步凸現出來。為了調節各種矛盾以求社會和諧的規範也就發展起來。這些規范主要表現為「禮」的形式，因而「和」與「禮」結下了不解之緣。有子稱：「禮之用，和為貴」；《禮記・燕義》云：「和寧，禮之用也。」〔註27〕都說明「禮」與「和」互為表裏的關係。「禮」的產生是非常古老的，孔子在談到三代禮制時講：「殷因於夏禮，所損益可知也；周因於殷禮，所損益可知也。」〔註28〕在他眼裏，夏商周都有完整的禮制，而它們發展變化的線索也是很明確的。

關於「禮」的產生，有各種說法，而殷周以來的傳統觀念是天神生禮。《左傳・文公十五年》云：「禮以順天，天之道也。」〔註29〕《大戴禮記・曾子天圓》云：「神靈者，品物之本也，禮樂仁義之祖也。」〔註30〕對此，今人沒有引起足夠重視。其實，這種觀念並不是毫無根據的。從古文字來考察，「禮」確實跟遠古先民的祭神活動有關。李孝定《甲骨文字集釋》中收「豊」為「禮」〔註31〕，小篆作「豐」。「豆」為盛物之器，表示人把盛滿玉器的祭具

〔註25〕楊伯峻：《春秋左傳注》，中華書局1981年版，第1457頁。
〔註26〕楊伯峻：《春秋左傳注》，中華書局1981年版，第564頁。
〔註27〕王夢鷗：《禮記今注今譯，天津古籍出版社1987年版，第819頁。
〔註28〕楊伯峻：《春秋左傳注》，中華書局1981年版，第21頁。
〔註29〕楊伯峻：《春秋左傳注》，中華書局1981年版，第614頁。
〔註30〕（清）王聘珍：《五帝德》，《大戴禮記解詁》，中華書局1998年版，第99頁。
〔註31〕李孝定：《甲骨文字集釋》，臺灣中央研究院歷史語言研究所，1972年版。

獻給神祇以求福佑。《說文》云：「禮，履也，所以事神致福也。」〔註32〕就字形分析和文獻詮釋來看，都說明「禮」的行為與最早的祭神活動有著密切聯繫。所以，我們追溯「貴和」思想在社會生活中的生長過程，當然要從最早的祭神之禮開始，並沿著「禮」的發展軌跡去探索。

一是觀物識和，二是崇禮致和，前者側重於自然之和諧，後者側重於社會之和諧，二者相生相長，相輔相成，構成了「貴和」思想深厚的文化淵源。

（三）對自然界的認識催生了「貴和」意識

首先，「貴和」意識萌芽於原始先民在實踐活動中對自然物質世界的觀察和認識之中。當人類的思維開始形成的時候，人們便有了一種明確自我意識的自主的精神活動，人們也就開始了對他們生活於其間的自然物質世界的觀察和認識。大自然日月運行，四季嬗變，晝夜更替，天氣晴陰，山川萬物，飛禽走獸，樹木花草，這些千姿百態、千變萬化的現象，給他們留下了深刻的印象，也激發了他們要對之做出解釋的欲望。

然而，由於受到思維水平和實踐水平的制約，他們只能通過想像和幻想來表達自己對於自然界的理解。在原始神話中，原始人創造了一個與自己生活密切相關的物質世界：日神羲和、風神飛廉、雨師屏翳、雷神豐隆、火神祝融、旱神女魃、山神河伯，以至於馬牛羊犬、虎豹蟲蛇，幾乎無物不神。他們認為，自然萬物的千變萬化都是神靈支配的結果。這種「萬物有靈」的觀點雖然不能正確說明物質世界，但是它們反映了原始先民對物質世界多樣性與變化性的最早理解。

隨著實踐活動範圍的擴大，人們的眼界也更加開闊。人們開始超越對具體自然現象的認識，而去探討整個宇宙的起源。如古代有盤古開天闢地的神話，就在天地開闢的宇宙框架內把自然萬物統一起來。《五運曆年記》云：「首生盤古，垂死化生。氣成風雲，聲為雷霆，左眼為日，右眼為月，四肢五體為四極五嶽，血液為江河，筋脈為地理，肌肉為田土，髮髭為星辰，皮毛為草木，齒骨為金石，精髓為珠玉，汗流為雨澤，身之諸蟲，因風所感，化為黎甿。」〔註33〕這則神話文字記載雖晚，但它的起源應該是非常古老的。這條材料反映了人們由對人體不同器官、功能和諧統一的認識，進而推演到對宇

〔註32〕（漢）許慎：《說文解字》，中華書局 1963 年版，第 7 頁。
〔註33〕袁珂：《中國神話傳說詞典》，上海辭書出版社 1985 年版，第 358 頁。

宙萬物和諧統一的認識。

隨著生產力水平的提高，隨著改造自然的深入，人們逐步走出了宗教神學的蒙昧狀態，而具有了樸素的理性精神，所以對物質世界多樣統一的認識就更加深刻了。在生產領域，人們在創造物質文化的艱難歷程中，發展了對自然界物質和諧狀態的認識。

古籍中對原始先民的生產實踐多有記載：如「燧人作火」、「神農作耒」、「寧封作陶」、「鯀築城郭」、禹「盡力乎溝洫」、「伯益作井」、夏鑄九鼎，等等。自然界不同物質的和諧配合帶給人們許多物質利益：在狩獵活動中，人們用火燃燒草木，驅趕圍攻野獸，以便獵獲。如「舜使益掌火，益烈山澤而焚之，禽獸逃匿」〔註34〕。在農耕生產中，人們燒陶、冶銅、斫木為工具，墾草、翻土、引水來從事生產。如「神農遂耕而種之，作陶冶斤斧，為耒耜鋤耨，以墾草莽，然後五穀興助，百果藏實」〔註35〕。在手工業生產中，作陶、冶銅、製酒，也都是通過不同物質的和諧配合而進行創造的。如甲骨文中有「鬯其酒」的記載，班固在《白虎通・考點》中解釋說：「鬯者，以百草之香，鬱金合而釀之成為鬯。」〔註36〕史伯稱「故先王以土與金、木、水、火雜，以成百物」〔註37〕，實在是對原始先民生產實踐活動的簡要概括。在生產實踐中，人們掌握了不同物質的特性，發現了不同物質和諧配合而具有的物質生成性。正是在這樣的認識基礎上，才會出現「和實生物」的理論觀點。

在生活領域，人們在提高生活質量的過程中，不斷豐富了對自然界物質和諧狀態的認識。古人論「和」喜歡用飲食作比喻，這決不是偶然的。在飲食上，原始人最初是「茹毛飲血」，火的運用才改變了這種狀態，而陶器的發明又將人類帶入烹飪食物的新階段。這時，飲食不僅能充饑，而且要講究口味。商湯時的伊尹就對食物的口味頗有研究，他說：「凡味之本，水最為始。五味三材（水木火）九沸九變，火為之紀（調節）。時疾時徐，滅腥去臊除膻，必以其勝（性），無失其理。調和之事，必以甘、酸、苦、辛、鹹，先後多少，其齊甚微，皆有自起。鼎中之變，精妙微纖，……故久而不弊，熟而不爛，甘而不噮，酸而不酷，鹹而不減（苦澀），辛而不烈，淡而不薄，

〔註34〕袁珂：《中國神話傳說詞典》，上海辭書出版社1985年版，第325頁。

〔註35〕袁珂：《中國神話傳說詞典》，上海辭書出版社1985年版，第299頁。

〔註36〕甑志亞：《中國醫學史》，江西科學技術出版社1987年版，第22頁。

〔註37〕上海師範大學古籍整理組校點：《國語》，上海古籍出版社1978年版，第515頁。

肥而不膩。」〔註38〕這篇味論可算把五味三材的調和之理講得很透徹了。從飲食的調和很容易讓人感悟到萬物的調和，也就難怪史伯要說「和如羹焉」，並且歸納出「濟其不及，以泄其過」的調和規律了〔註39〕。

在審美領域，人們在藝術創造的過程中，也在領略著自然界物質和諧狀態帶來的美好感受，這突出表現在樂舞文化中。我國樂舞文化發展很早，就可考的歷史亦可上溯的新石器時代。如在河南舞陽縣賈湖發現了18支七音孔和八音孔骨笛，年代距今約有8000年。在青海大通縣上孫家寨出土的一件彩陶盆，盆內有三組舞者，每組五人，挽手起舞，髮辮下垂，飾有尾巴，姿態優美，富於節奏和情感，是一幅最古老的原始舞蹈圖〔註40〕。這些樂舞材料正與古籍的記載相印證，如《呂氏春秋・古樂》云：「昔葛天氏之樂，三人操牛尾，投足以歌八闋」，「乃擊石拊石」，「以致舞百獸」〔註41〕。至於「六代樂舞」，則勾勒出黃帝、堯、舜、夏、商、周樂舞文化的不斷發展。對古樂舞中各種因素和諧配合的認識，也是對「貴和」意識的豐富。《尚書・堯典》云：「八音克諧，無相奪倫，神人以和。」〔註42〕這是對音樂和諧很古老的認識，說明只有不同音樂因素的和諧，才能完成樂舞調和人神關係的作用。後來，多有對音樂和諧的論述，如「和五聲」〔註43〕、「樂從和」等，〔註44〕至於在晏嬰那裡，音樂不同因素的和諧竟然成為「和」的典範。

自然界的和諧狀態是「貴和」意識發生的基礎。人們在對自然物質世界的觀察中，逐步認識到物質世界多樣性、變化性、和諧性、統一性，而正是這些認識催生了「貴和」意識的萌芽。

（四）祭神之禮促進了「貴和」意識

「貴和」意識萌芽伴隨著最初的祭神之禮生長起來。原始社會時期，先民們首先面對的是人和自然的矛盾。在生產力低下和自然力暴虐的條件下，怎樣才能走出一條人類的生存之路？這是他們不能迴避的嚴峻課題。他們已

〔註38〕陳奇猷：《呂氏春秋校釋》，學林出版社1984年版，第740頁。
〔註39〕楊伯峻：《春秋左傳注》，中華書局1981年版，第1419頁。
〔註40〕孫繼南、周柱銓：《中國音樂通史簡編》，山東教育出版社1993年版，第3頁。
〔註41〕陳奇猷：《呂氏春秋校釋》，學林出版社1984年版，第284～285頁。
〔註42〕顧頡剛：《尚書通檢》，書目文獻出版社1982年版，第3頁。
〔註43〕楊伯峻：《春秋左傳注》，中華書局1981年版，第1420頁。
〔註44〕上海師範大學古籍整理組校點：《國語》，上海古籍出版社1978年版，第515頁。

經感受到自然現象和自己生活的聯繫，雖然他們還沒有辦法駕馭自然現象，但是他們還是在努力探索認識這種聯繫，以解決人和自然的矛盾的途徑。

在想像中，原始先民們表達了控制和征服自然力的願望，這突出表現在原始神話中。如女媧補天、后羿射日的神話就表現了人們在想像和幻想中對水、旱災害的征服。然而，嚴酷的現實卻並不似想像那麼浪漫，實際的情形正如《淮南子》所記載的那樣：「往古之時，四極廢，九州裂，天不兼覆，地不周載，火爁焱而不滅，水浩洋而不息。猛獸食顓民，鷙鳥攫老弱。」〔註45〕「堯之時，十日並出，焦禾稼，殺草木，而民無所食。猰貐、鑿齒、九嬰、大風、封豨、修蛇，皆為民害。」〔註46〕面對殘暴肆虐的自然力，先民們實際上是無能為力的。在萬物有靈論的意識形態下，他們把自然力視為神靈，把自己生活中的得失成敗都歸之於自然力，從而創造了最早的自然崇拜。與在想像中對自然力的征服相反，在現實中原始先民對自然力選擇了妥協的戰略。顓頊「絕地天通」，可知原始先民已有明顯的「神人交通」觀念。他們舉行祭神之禮，用各種各樣的方式取悅神靈，以祈求神靈的福佑。在人與自然的矛盾面前，他們選擇順從自然力的方式，以避開自然力對自己的傷害，從而達到人與自然的和諧共處。

在人類生產力水平非常低下的條件下，原始先民的這種選擇是人類擺脫生存困境的唯一的智慧選擇。這種選擇是對人類在自然界中客觀處境的理性定位，表現出對自然客觀規律和人類自身能力的清醒認識。這種順從自然的思維方式和行為方式，從一開始就排除掉人類一元獨尊的基礎，為多元共處的「貴和」思想奠定了最初的基石。

在狩獵經濟階段，先民們以不斷遷徙的行為來趨利避害，如有的學者認為，東夷族起源於北方，甚至推測它們係北京人或山頂洞人的後裔，由河北北部，逐漸分遷發展於渤海、黃海兩岸之地，其遷入中原者，則分布在黃河中下游與山東淮泗區域。〔註47〕東夷族集團中之商族的起源，《詩經·商頌》有「天命玄鳥，降而生商」的記載。商族以玄鳥為圖騰，玄鳥即燕，北方有所謂「燕地」、「幽都」，即是商族早期居住之地。文獻記載有商族遠祖活動於河

〔註45〕陳廣忠：《淮南子譯注》，吉林文史出版社 1990 年版，第 289 頁。
〔註46〕陳廣忠：《淮南子譯注》，吉林文史出版社 1990 年版，第 352 頁。
〔註47〕中國歷代戰爭史編纂委員會：《中國歷代戰爭史》，軍事譯文出版社 1972 年版，第 48 頁。

北易水附近的事蹟，而近代考古在此地也發現商代三種句兵。《尚書序》云：「自契至於成湯八遷，湯始居亳，從先王居。」〔註48〕明確記載了先商歷史上商族祖先的八次遷徙。

在農耕經濟階段，「禹、稷躬稼而有天下」〔註49〕，這種農業勞動力和土地自然力相結合的生產方式，更強化了先民重視人與自然和諧配合的意識。為了選擇適宜的自然環境，先民們仍然有遷徙的行為，如商族從成湯到盤庚又五次遷都。西方的周族也多次遷徙：周族始祖后稷為有邰氏姜嫄所生，到不窋時「自竄於戎狄之間」，到公劉時遷居於豳，到公亶父時遷居於岐陽周原。這些遷徙行為突出表現了先民們順從自然力，主動地選擇生存環境的行為方式。這種積極調和人與自然矛盾的選擇，其結果就是使原始先民從險惡的自然環境中走出來，使人類自身得到不斷的發展進步，龍山文化和仰韶文化的繁榮就不容置疑地顯示了這一選擇的偉大成就和積極意義。

從自然崇拜到圖騰崇拜，先民們調和人與自然矛盾的意識進一步自覺了。在自然崇拜中，自然力還是作為一種異己的力量存在著，人們對自然神更多的是由畏懼而引起的精神屈服。而在圖騰崇拜中，自然力已經和人類締結了親緣關係，人們對圖騰神更多的是由親近而產生的精神認同。在古代傳說裏，保留了不少圖騰遺跡，如伏羲女媧人首蛇身，就是最古老的圖騰。黃帝稱有熊氏，以熊為圖騰；太暤、少暤姓風，風與鳳通，即以鳳鳥為圖騰。而《列子·黃帝》載：「黃帝與炎帝戰於阪泉之野，帥熊、羆、狼、豹、虎為前驅，鵰、鶡、鷹、鳶為旗幟。」〔註50〕其中鳥獸均為氏族圖騰。在原始先民中，以「擊石拊石，百獸率舞」的樂舞形式來祭祀氏族圖騰的活動是經常進行的。《尚書·堯典》云：「八音克諧，無相奪倫，神人以和」，明確指出祭神之禮的目的就是調和人神，即調和人與自然的關係。《禮記·樂記》在論述禮樂產生時也說：「樂者敦和，率神而從天；禮者別宜，居鬼而從地。」〔註51〕這些論述都明確揭示了祭神之禮與「貴和」意識的有機關聯。「祭神致和」實際上是後來「天人合一」思想的原始形態，表現了非常古老的「貴和」意識。

先民們在漫長的實踐活動中，積極探索解決人與自然的矛盾，積累了豐

〔註48〕孫淼：《夏商史稿》，文物出版社1987年版，第274頁。

〔註49〕楊伯峻：《論語譯注》，中華書局1980年版，第146頁。

〔註50〕袁珂：《中國神話傳說詞典》，上海辭書出版社1985年版，第348頁。

〔註51〕王夢鷗：《禮記今注今譯》，天津古籍出版社1987年版，第499頁。

富的經驗，使「貴和」意識的萌芽得到長足發展。在強大的自然力面前，順從自然，祭神致和，這種思維方式既是帶給人們慰藉的精神信仰，也是指給人們選擇的現實智慧。它排除了人類一元獨尊的狂妄心理，為「貴和」意識提供了多元共處、和諧發展的思想因素，對最終摶成了華夏文化的偉大智慧作出了積極貢獻。

（五）婚聘之禮豐富了「貴和」意識

婚制的建立是人類由野蠻走向文明的重要標誌，這個過程表現出原始先民崇禮致「和」的價值取向。史伯論「和」特別舉出「先王聘後於異姓」的行為，這並不是偶然的。原始人在兩性關係方面經歷了原始雜交、血族內婚向氏族外婚的轉變。在這個漫長的過程中，逐步確立了婚聘之禮，從而也豐富和發展了「貴和」意識的思想內涵。

在原始群的早期階段，男女在兩性關係上沒有限制和約束，也沒有婚姻和家庭，這就是原始雜交。同一個原始群的男女，不特兄弟姊妹之間，連父母子女之間都可以亂交。《管子》云：昔者，「未有夫婦匹配之合，獸處群居，以力相征。」〔註52〕說得就是這種現象。這種「父子聚麀」的禽獸行為自然會引起原始群內部的混亂和紛爭。「是故聖人作，為禮以教人，使人以有禮，知自別於禽獸。」〔註53〕原始人開始在兩性關係上限制父母輩和子女輩的雜交，形成按照班輩劃分層次的班輩婚，組成了人類第一個社會組織——血緣家族，這是人類婚姻史上的一大進步。

血緣家族既是一個生活單位，又是一個內婚集團，它排斥了不同輩分之間的兩性關係。血緣家族的內婚制經歷了漫長的歷史過程，在那個時代，「姊妹曾經是妻子，而這是合乎道德的」〔註54〕。如伏羲、女媧兄妹為婚，就給華夏民族留下抹不去的記憶，直到東漢武梁祠石室中尚有伏羲、女媧交尾的圖像。血緣內婚雖然平息了原始群內部的混亂和紛爭，但是它並沒有結束人類發展停滯的局面，沒有從根本上改變原始人文化的封閉性與體質的退化性。

這種難堪的局面，終於有一天被族外搶婚的現象打破了。氏族之間為了生存環境和經濟利益發生衝突。在衝突中，一方抓到對方的俘虜，男性被殺

〔註52〕姜濤：《管子新注》，齊魯書社2006年版，第242頁。
〔註53〕王夢鷗：《禮記今注今譯》，天津古籍出版社1987年版，第5頁。
〔註54〕恩格斯：《家庭、私有制和國家的起源》，《馬克思恩格斯選集》（四），人民出版社1972年版，第32頁。

害，而女性有可能留下來成為性伴侶。族外性關係帶來的優生後代，構成了對血緣內婚的現實衝擊。人們從內婚與外婚的對比中，悟出了「男女同姓，其生不蕃」的遺傳法則。於是，族外搶婚便盛行起來，從而加速了內婚制的崩潰。古代文獻中留下了不少搶婚的痕跡。《易經·屯》「六二」爻辭云：「屯如邅如，乘馬班如，匪寇婚媾。」〔註55〕說得就是搶婚的情形。在搶婚盛行的時期，婦女多由俘虜或摽掠而來，這在文字學上也留下蛛絲馬跡。如「女」字，甲骨文作「𡚸」〔註56〕像兩手被縛而跪之形。摽掠宜於昏暮，故婚姻之「婚」從「昏」，《說文》釋「婚」云：「禮，娶婦以昏時。」〔註57〕習俗相沿，後世婚禮亦於昏暮時分行之。

搶婚的結果帶來種族的繁盛，外族婦女不僅帶來了健壯的後代，而且也帶來其他氏族的文化因素，這就大大地開闊了人們的視野。當然，氏族之間的野蠻搶掠會帶來血族仇恨，帶來無休止的復仇戰爭。為了更好地趨利避害，調節氏族之間的關係，婚聘之禮便應運而生了。《太平御覽》卷七八引《皇王世紀》說：太昊庖犧氏「制嫁娶之禮」，就反映了這個情況。婚聘之禮的具體方式有多種：如買賣婚是用物質財富來交換婦女。「嫁」，古讀若「賈」，售賣為「賈」，故稱售女亦曰「賈」，別造其字為「嫁」，後演變為婚嫁之嫁。聘女以禮，然聘有聘儀，實是古代買賣婚之遺制。又如交換婚是兩個氏族互相交換婦女，「媾」，《說文》解釋為「重婚」〔註58〕，意為重疊交互成婚，歷史上姬、姜兩族世代通婚便是這樣的情形。婚聘之禮的確立，使婚姻放棄了野蠻搶掠，而採取了趨向文明的方式，這就結束了氏族之間的仇殺，促進了氏族之間的和諧共處。

族外通婚，把不同氏族從血緣上聯為一體，培育出體格健壯的新一代；族外通婚，把不同氏族從文化上聯為一體，創造出富有生機的新文化。具體如用「天干地支」紀日，就是兩個氏族通婚造成的直接收穫。徐中舒先生說：「用干支紀日，由來已久，甲文已如此。最初可能是兩個部族紀日法不同，一個以十進，一個以十二進，兩部族融合後，為查對之便就把兩種紀日方法配合起來計算而成六十甲子。」〔註59〕不同氏族文化融合所帶來的文化創造性，於此可見一斑。「婚聘之禮」促進了氏族的健康發展，帶來了氏族的文化

〔註55〕高亨：《周易大傳今注解》，山東友誼出版社1979年版，第94頁。
〔註56〕鍾旭元、許偉建：《上古漢語詞典》，海天出版社1987年版，第20頁。
〔註57〕（漢）許慎：《說文解字》，中華書局1963年版，第259頁。
〔註58〕（漢）許慎：《說文解字》，中華書局1963年版，第259頁。
〔註59〕鄭慧生：《上古華夏婦女與婚姻》，河南人民出版社1988年版，第31頁。

創新，促進了氏族之間的親和融合，人們從中充分認識到異質因素和諧統一的巨大優勢，進一步推動「貴和」思想的深入發展。

（六）祭祖之禮發展了「貴和」意識

隨著社會發展，各種社會矛盾也日益尖銳起來，怎樣解決各種社會矛盾和衝突？崇禮致和的文化基因便進一步擴展了它的作用，而「貴和」思想也在解決各種社會矛盾衝突中進一步成熟起來。

在原始社會晚期，社會生產力有了一定提高，人們的勞動產品除了維持最低生活需要外開始有所剩餘。在這樣的物質基礎上，私有制便萌芽了。私有制的產生必然瓦解原始社會那種生產資料公有、共同勞動、共同消費的社會關係。社會上出現了貧富分化的現象，如大汶口墓地就有墓坑大小、葬具有無、隨葬品多少的差別〔註60〕，具體地反映出死者生前佔有不同私有財產的情景。階級分化必然帶來氏族部落內部的矛盾。怎樣平息這種矛盾？統治者的一個重要選擇就強化祖先崇拜。

祖先觀念來源于氏族社會，人們在鬼神觀念的引導下普遍認為，氏族祖先的神靈能在冥冥之中影響乃至支配氏族的一切事情。在母系社會之初，就有祈求祖先神靈佑福祛災的活動，如浙江河姆渡遺址曾發現七千年前的陶塑神像〔註61〕，這是偶像崇拜的明顯標誌。在父權制確立之後，祖先崇拜沒有隨著文明的發展而淡化，卻反而得到空前地強化。

在父系社會中，祭祖之禮不再僅僅是佑福祛災，而且融入了濃厚的政治意義。父系社會祭祀三類祖先：近祖、遠祖、始祖。五代之內，有父、祖父、曾祖父、高祖父等近祖而構成氏族；五代之外，高祖上升為遠祖，有共同遠祖的氏族構成胞族集團。新氏族繼續分蘗而構成新胞族，而原先的胞族集團就形成部落，其中最遠的遠祖就成了始祖，如夏族的禹，商族的契，周族的后稷。由於私有財產的繼承問題，產生了以嫡庶分別為核心的宗法制，祖先崇拜也變得等級森嚴起來。嫡系子孫稱為「大宗」，有權主持始祖和諸高祖的祭祀；庶出子孫稱為「小宗」，只能祭祀本氏族的近祖。《禮記》稱「諸侯不敢祖天子，大夫不敢祖諸侯」〔註62〕，非其所祭而祭之被稱為「淫祭」，是被嚴

〔註60〕宋兆麟等：《中國原始社會史》，文物出版社1983年版，第294頁。
〔註61〕詹鄞鑫：《神靈與祭祀》，江蘇古籍出版社1992年版，第129頁。
〔註62〕王夢鷗：《禮記今注今譯》，天津古籍出版社1987年版，第338頁。

格禁止的。這樣，祭祖之禮實際上成了治人之道，用來解決氏族部落內部日益尖銳的矛盾。

祭祖之禮強調血緣之親，用共同的祖先把人們凝聚起來，這就維繫了氏族部落內部的和諧；祭祖之禮又強調血緣遠近，用嚴格的等級把人們分別開來，這就規範了氏族部落內部的秩序。祭祖之禮將神權與政權相統一，成為調節內部關係的法寶，自然受到統治階級的重視。《左傳》稱：「國之大事，在祀與戎。」〔註63〕《禮記》云：「凡治人之道，莫急於禮；禮有五經，莫重於祭」，「君子營造宮室，宗廟為先；……凡家造，祭器為先。」〔註64〕統治階級把祭祖之禮推崇到無以復加的高度，是因為他們都認識到祭祖之禮在政治方面的和諧功能。《尚書·周書·周官》云：「宗伯掌邦禮，治神人，和上下。」〔註65〕宗伯乃宗廟官長，其主持祭祖之禮的目的就是和調上下，只有這樣才能保持政治的長治久安。相反，削弱祭祖之禮的政治和諧功能就會導致政權的喪失。如《國語·周語下》云：「黎苗之王，下及夏商之季，上不像天，下不儀地，中不和民，而方不順時，不共神祇，而蔑視五則。是以人夷其宗廟，而火焚其彝器，子孫為隸，下夷於民。」〔註66〕由此可見祭祖之禮所具有的重要政治意義。

祭祖之禮強調血緣親和與等級秩序，成為後來禮制的基本內核。在崇禮致「和」的政治實踐中，「貴和」思想得到不斷發展，如「和寧百姓」、「上下和輯」、「和於室人」、「和於射鄉」、「和長幼」等論述，都極大地豐富了「貴和」思想的政治內涵。

（七）外交禮制深化了「貴和」意識

私有制的產生也促使了氏族外部的矛盾發生激化。人們日益膨脹了的對財產的佔有欲望，推動原始掠奪戰爭頻繁地出現。如傳說黃帝與炎帝大戰於阪泉之野，黃帝與蚩尤大戰於涿鹿，共工與顓頊因利益衝突爆發戰爭。《史記·五帝本紀》稱「天下有不順者，黃帝從而征之，平者去之，披山通道，未嘗寧居」〔註67〕，反映了原始掠奪戰爭的情形。

〔註63〕楊伯峻：《春秋左傳注》，中華書局1981年版，第861頁。

〔註64〕王夢鷗：《禮記今注今譯》，天津古籍出版社1987年版，第629頁。

〔註65〕（清）阮元：《十三經注疏》，中華書局1980年版，第235頁。

〔註66〕上海師範大學古籍整理組校點：《國語》。上海古籍出版社1978年版，第111頁。

〔註67〕（漢）司馬遷：《史記》，中華書局1982年版，第3頁。

為了自衛或掠奪的需要，利益一致的氏族部落結為部落聯盟；而部落聯盟的維繫進一步深化和發展了「貴和」思想。不同氏族部落是一個個不同的政治、經濟單位，有著自己獨特的文化。不同氏族部落聯合在一起，不是強勢文化對弱勢文化的吞併，而是不同文化平等的交流和融合。因為只有採取共同參與的民主形式——即軍事民主主義，才能保證部落聯盟的團結一致。概括而言，這是一種原始的民主制度：全氏族部落的男子組成人民大會，各氏族部落首領組成議事會，部落聯盟的首領由選舉產生。如堯在帝位時諮詢四嶽（各氏族首領），四嶽推舉舜作繼承人，堯死舜即位；舜在帝位時諮詢眾人，眾人推舉禹作繼承人，舜死禹即位。堯、舜、禹的禪讓就是原始民主制度的結果。

可以設想，在部落聯盟的議事中，有不同的意見是非常正常和非常普遍的現象。對不同意見的承認與容忍是維繫部落聯盟的先決條件，正是這樣的政治實踐進一步豐富了「貴和」意識的政治內涵。然而，隨著軍事首領的威望在戰爭活動中得到極度地提高，軍事民主主義也就步入衰微。在部落聯盟中，不平等開始從平等中凸現，專制開始從民主中產生。傳說「禹合諸侯於塗山，執玉帛者萬國」〔註68〕，「致群神於會稽之山，防風氏後至，禹殺而戮之」〔註69〕。禹運用專制暴力來維持龐大的部落聯盟的秩序，說明在盟會之禮中，平等與不平等、民主與專制的矛盾因素交織在一起，這也成為後來「和同之辨」向「以和為同」變異的始因。隨著這些矛盾因素的發展，部落聯盟蛻變為國家機器，人類步入了奴隸社會。當然，軍事民主主義的民主、平等思想作為一種政治經驗已經深入人心，如後來「擇臣取諫工」，「子產不毀鄉校」，以及稷下學宮之百家爭鳴，都是這種思想影響的結果。

原始掠奪戰爭的目的只是為了獲取財富，戰勝者往往把俘虜全部殺掉，把對方的財產全部歸自己所有。這類戰爭是極其野蠻的，它從根本上消滅了一個部族，也從根本上毀滅了一種文化。儘管戰勝者獲取了一定財富，但也徹底地斷絕了這些財富的再生性。這種野蠻的戰爭，戰勝者自己要付出相當沉重的代價，而勝利的結果也只能滿足眼前的利益，卻不能滿足長遠的利益。實際生活的教訓終於使人們認識到，野蠻的殺戮並不能帶來長遠的利益，長

〔註68〕楊伯峻：《春秋左傳注》，中華書局 1981 年版，第 1642 頁。

〔註69〕上海師範大學古籍整理組校點：《國語》，上海古籍出版社 1978 年版，第 213頁。

遠的利益需要不同部族的和諧共處。

為了獲取財富，人們依然還在進行戰爭，但戰爭越來越傾向於不是從根本上消滅對方，而是配合政治手段迫使對方臣服。王獻唐先生在《炎黃氏族文化考》一書中，論述了黃帝族戰勝炎帝族後，對其採取了四項制服措施：一是，對「其族類之中有桀傲者，以兵力服之，服之仍或復燃，則離析而遠適之。」二是，「擇其優秀和平者，予以官爵以羈之，封之國土以安之崇其明祀以縻之，化暴戾之氣，使不思叛變。」三是，「以婚姻之好，平二族之怨」。四是，「以炎裔妾妃所出還治其地」，「血族相屬，誼氣相關」，「久則融洽就範矣」〔註70〕。這些措施實在是中國古代部族間戰爭的普遍經驗。如殷、周兩族關係亦復如是。殷墟武丁時代的卜辭記載中，既有商對周的征伐的內容，也有商對周關心的內容。而《周易》爻辭明確載有「帝乙歸妹」的史實，說明殷、周之間的姻親關係。由你死我活的野蠻戰爭到締結甥舅之好，這種化干戈為玉帛的行為方式，是對「貴和」思想的豐富和發展。即便在戰爭中征服了某個民族，也由原來的「亡其氏姓」，轉變為保留其宗廟祭祀，如周武王伐紂成功，就封紂王子武庚於邶，使奉祀祖先，不絕殷後。這種處置方式保持了社會文化的多樣性，有利於不同文化的交流融合，顯示了周民族博大的文化胸懷。

華夏民族生活在大陸性地理環境之中，以農業為基本的經濟方式，他們不注重對外侵略，而立足於自身的生產。在對外關係上，華夏民族的最高理想就是「四夷賓服」式的「協和萬邦」；他們處理與周邊民族之間事務的政治方針就是「庶政唯和，萬國咸寧」〔註71〕，即後來《中庸》所概括的「柔遠人」的外交原則〔註72〕。在民族間發生利益衝突的時候，戰爭也不是主要的選擇方式，所謂「先王耀德不觀兵」。如「當舜之時，有苗不服，禹將伐之，舜曰：『不可，上德不厚而行武，非道也。』乃修教三年，執干戚舞，有苗乃服」〔註73〕。不得已使用戰爭手段，最終也要用文德禮儀撫平仇恨的傷痕。如夏杼征伐東夷，迫使其承認夏王朝的統治。其後到夏桀前，夏對九夷加封爵命，諸夷作賓王門，夷、夏間一直和平交往不斷〔註74〕。在用政治手段解

〔註70〕 王獻唐：《炎黃氏族文化考》，齊魯書社 1985 年版，第 50～53 頁。
〔註71〕 （清）阮元：《十三經注疏》，中華書局 198 年版，第 235 頁。
〔註72〕 趙順孫：《中庸纂疏》，華東師範大學出版社 1992 年版，第頁 219。
〔註73〕 陳奇猷：《韓非子集釋》，上海人民出版社 1974 年版，第 1042 頁。
〔註74〕 高銳：《中國軍事史略》，軍事科學出版社 1992 年版，第 25 頁。

決不同民族間矛盾的實踐中，人們積累了豐富的外交經驗。凝結著這些經驗的文德禮儀進而發展形成一整套盟主巡行之禮與方國貢獻之禮。這些外交禮制以「貴和」思想為本質，對維護不同民族的和諧共處、不同文化的交流融合發揮了積極的政治作用。

在戰爭的現實危害與和解的現實利益中培育了我們民族的「和平」觀念。《老子》云：「師之所處，荊棘生焉；大軍之後，必有凶年。」〔註75〕他認識到戰爭給農業帶來的嚴重破壞，所以反對戰爭，提出「兵者不祥之器」的觀點。《左傳》載魏莊子對晉侯進言云：「和戎有五利焉！」則是立足於現實利益的理智決策，超越了狹隘偏頗的民族情感。在這種現實利害的權衡中誕生的「和平」觀念，具有濃厚的實用理性色彩，逐步構建起我們民族重文德，輕武功的價值觀，為「貴和」思想增加了新鮮血液。在這樣的思想影響下，中國歷史上儘管有戰爭的插曲，但不同民族間「和親」、「互市」，禮尚往來成為民族關係的主流，而不同民族文化交流融合，最終搏成偉大而絢麗的中華文化。

（八）「貴和」思想的成熟

王國維指出：「中國政治與文化之變革，莫劇於殷周之際」，而變革的實質，乃是「舊制度廢而新制度興，舊文化廢而新文化興。」〔註76〕這種新舊交替的特點，在《禮記‧表記》中有很好的描述：「殷人尊神，率民以事神，先鬼而後禮」；「周人尊禮尚施，事鬼敬神而遠之，近人而忠焉」〔註77〕。周人重視人事的思想，在殷人宗教蒙昧主義的世界中打開一個缺口，從而把理性的陽光照射進來。正是在這樣的思想背景下，「貴和」意識終於揭開了它神秘的面紗，完全呈現出理性精神的燦爛光輝。

在西周到春秋時代，「貴和」意識完成了從經驗形態向理論形態的轉化。在當時的典籍中留下了對「貴和」意識的深刻論述。這些論述表現在三個方面：

一是由具體描述上升到一般論斷，概括了普遍的「貴和」價值判斷。如《周易‧兌》初九爻辭云：「和兌，吉。」〔註78〕程石泉先生釋之曰：「和兌者，和悅也。無論其為出諸口舌之『和而不犯』，或者出諸心情之『和而有愛』，

〔註75〕（春秋）老子：《道德經》，安徽人民出版社1990年版，第84頁。
〔註76〕傅傑：《王國維論學集》，國社會科學出版社1997年版，第1〜2頁。
〔註77〕王夢鷗：《禮記今注今譯》，天津古籍出版社1987年版，第700頁。
〔註78〕劉大鈞：《周易古經白話解》，山東友誼出版社1991年版，第113頁。

皆為吉。」〔註79〕《論語》云：「和為貴。」《周禮・冬官》云：「和則安。」〔註80〕這些論斷都超越了對具體事情的認識，從而概括了「和」的一般功能，明確表現了人們普遍的「貴和」價值取向。

二是由一般論述發展到深入剖析，深刻地揭示了「和」的思想內涵，達到「貴和」思想認識的哲學高峰。這突出表現在史伯、晏嬰在「和同之辨」中對「和」的思想蘊涵所作的深入挖掘。首先，他們認識到「和」的本質是異質事物的多樣統一。史伯說：「以他平他謂之和。」〔註81〕晏嬰則形象比喻說：「和，如羹焉。水、火、醯、醢、鹽、梅以烹魚肉，燀之以薪，宰夫和之，齊之以味，濟其不及，以泄其過，君子食之，以平其心。」〔註82〕而「同」則是絕對的同一，「和」與「同」是根本對立的。其次，他們認識到多樣事物之間的辯證關係。「以他平他」是一種事物與另一種事物的配合。晏嬰把這種配合描述為：「聲亦如味，一氣、二體、三類、四物、五聲、六律、七音、八風、九歌，以相成也；清濁、大小、短長、疾徐、哀樂、剛柔、遲速、高下、出入、周疏，以相濟也。」〔註83〕揭示了異質事物之間相成相濟而達到和諧的辯證關係。再次，他們認識到異質因素相成相濟是事物發生發展的內在動力，揭示了「和」的生命力特徵。史伯說：「和實生物」，「先王以土與金、木、水、火雜，以成百物」；相反，「同則不繼」，「聲一無聽，物一無文，味一無果，物一不講」〔註84〕。晏嬰也說：「若以水濟水，誰能食之？」〔註85〕這些論述在「和」與「同」的對比中說明了「和」的生成性與「同」的僵化性。後來，《禮記・樂記》稱「和故百物不失」，「和故百物皆化」〔註86〕，《管子・內業》稱「和乃生，不和不生」〔註87〕，都是對史伯、晏嬰思想的繼承。

三是由理論的闡述進而擴展到在理論指導下的實際運用，在不同層面上

〔註79〕程百泉：《易辭新詮》，上海古籍出版社 2000 年版，第 153 頁。

〔註80〕林尹：《周禮今注今譯》，書目文獻出版社 1985 年版，第 435 頁。

〔註81〕上海師範大學古籍整理組校點：《國語》，上海古籍出版社 1978 年版，第 515 頁。

〔註82〕楊伯峻：《春秋左傳注》，中華書局 1981 年版，第 1419 頁。

〔註83〕楊伯峻：《春秋左傳注》，中華書局 1981 年版，1420 頁。

〔註84〕上海師範大學古籍整理組校點：《國語》，上海古籍出版社 1978 年版，第 515 頁。

〔註85〕楊伯峻：《春秋左傳注》，中華書局 1981 年版，第 1420 頁。

〔註86〕王夢鷗：《禮記今注今譯》，天津古籍出版社 1987 年版，第 496～497 頁。

〔註87〕姜濤：《管子新注》，齊魯書社 2006 年版，第 360 頁。

弘揚和發展了「貴和」思想。在對「和」的思想深刻理解的基礎上，人們以更清醒的態度將「貴和」思想貫徹於實踐活動中，顯示出「貴和」思想的巨大社會價值。首先，「貴和」思想在政治層面發揮影響。史伯論「和同」，其出發點就是政治。他認為，西周王朝「殆於必弊者也」，其根本原因就在於統治者「去和而取同」，即「棄高明昭顯，而好讒慝暗昧，惡角犀豐盈，而近頑童窮固」〔註88〕。晏嬰論「和同」，著眼於君臣關係。他認為，君臣應該可否相濟，反對那種君可亦可，君否亦否的佞臣作風，而他自己正是一位敢於「犯君之顏」，直諫盡忠的人物。其次，「貴和」思想也運用到道德修養層面。孔子繼承和發展了史伯、晏嬰的「和同之辨」的思想，他說：「君子和而不同，小人同而不和」〔註89〕，將「貴和」思想引入人格修養方面，將之根植於人們的文化心理之中。至於儒家所稱「君子和而不流」〔註90〕，「和無寡」〔註91〕，「天時不如地利」，「地利不如人和」〔註92〕，則將「貴和」思想由人格修養擴展運用到了普遍的人際關係之中了。再次，「貴和」思想也滲透到藝術審美領域，成為人們審美理想和藝術規範。《禮記》之「正六律，和五聲」的審美要求〔註93〕，子貢對古樂「進旅退旅，和正以廣」的審美評價〔註94〕，說明在藝術領域確立了「貴和」的審美標準。至於在《詩經》中多有「和鸞雝雝」、「和鳴鏘鏘」、「和樂且耽」「既和且平，依我磬聲」的語句，時人多以「和」命名，如「醫和」、「卜和」、「弓和」等等，更說明了「貴和」意識已經普遍深入人心。

「貴和」思想根植於古老而深厚的文化傳統之中，它是遠古先民走出氏族部落以來的漫長社會實踐中總結出來的智慧結晶，它在血與火的淬煉之中，構建起我們民族獨特的思維方式與行為方式，為民族的發展源源不斷地提供了生命的動力。「貴和」思想作為我們民族思維和行為的基本圖式，它在漫長的封建社會，面對各種具體的歷史背景與社會矛盾，發揮了積極的作用，做出了重要的貢獻。然而，也應該看到，「貴和」思想在其發展過程中，由於自身的內在矛盾因素與封建專制主義的淫威壓迫，的確也曾發生過不同程度的

〔註88〕上海師範大學古籍整理組校點：《國語》，上海古籍出版社 1978 年版，第 515 頁。

〔註89〕楊伯峻：《論語譯注》，中華書局 1980 年版，第 141 頁。

〔註90〕王獻唐：《炎黃氏族文化考》，齊魯書社 1985 年版，第 164 頁。

〔註91〕楊伯峻：《論語譯注》，中華書局 1980 年版，第 223 頁。

〔註92〕楊伯峻：《孟子譯注》，中華書局 1960 年版，第 73 頁。

〔註93〕王夢鷗：《禮記今注今譯》，天津古籍出版社 1987 年版，第 513 頁。

〔註94〕王夢鷗：《禮記今注今譯》，天津古籍出版社 1987 年版，第 512 頁。

變異，如出現了「和同不辨，以和為同」的現象。由此而造成的危害是非常嚴重的，整個封建社會的歷史早已作出了無情的證明。

傳統的「和」文化是一個複雜的現象，那種不加分析就全盤肯定，無視「貴和」思想的庸俗變異所帶來的消極影響的做法是非常有害的。我們應該擦去蒙在「貴和」思想上面的層層鏽斑，避免它的消極影響；努力發掘它積極的思想意義，使之重新放射出智慧的光芒。可以相信，在當今世界經濟一體、多元文化融合的歷史背景下，中華民族的「貴和」思想必將為全人類的和諧發展提供富有生命活力的精神滋養。昔日帶領我們民族走出部落的思想光輝，今天同樣可以照亮我們民族走向世界的美好前途！

七、《尚書·無逸》錯簡獻疑

　　《尚書》難解，自古而然，連韓愈都慨歎：「周誥殷盤，詰屈聱牙。」儘管如此，古文教學還是有《尚書》篇目，而《無逸》常為各種教材首選。《無逸》傳為周公所作，寫周公對成王的諄諄告誡。文章據題抒論，言辭懇切，引證歷史，正反論證，歷來受人們重視。經過歷代學者訓釋，文意還算清晰。然而，細心閱讀比勘，也會發現問題。如文章的最後兩段，文意頗為難解：

　　　　周公曰：「嗚呼！我聞曰：『古之人猶胥訓告，胥保惠，胥教誨，民無或譸張為幻。』此厥弗聽，人乃訓之，乃變亂先王之正刑。至於小大，民否則厥心違怨，否則厥口詛祝。」

　　　　周公曰：「嗚呼！自殷王中宗，及高宗，及我周文王，茲四人迪哲。厥或告之曰：『小人怨汝詈汝。』則皇自敬德。厥愆，曰：『朕之愆。』允若時，弗啻弗敢含怒。此厥弗聽，人乃或譸張為幻。曰：『小人怨汝詈汝。』則信之。則若時，不永念厥辟，不寬綽厥心，亂罰無罪，殺無辜。怨有同，是叢於厥身！」〔註1〕

　　這兩段都用到「此厥弗聽」，此語雖它處未見，而本文連用兩次，很有可能是當時的成語。此語綜前啟後，文意轉折，前後文意，形成對比。對「此厥弗聽」的考釋，劉起釪先生述曰：「段玉裁《饌異》以《漢石經》『聽』作『聖』，皮錫瑞《考證》以『不聖』為『不容』之義，並稱：『以經文前後合而觀之，能容之效與不能容之弊乃正相反。』」〔註2〕筆者以為，「聽」與「聖」字體部

〔註1〕顧頡剛、劉起釪：《尚書校釋譯論》（三），中華書局 2005 年版，第 1541～1542 頁。

〔註2〕顧頡剛、劉起釪：《尚書校釋譯論》（三），中華書局 2005 年版，第 1543 頁。

分相同而通用，在古書抄寫中並不鮮見。「弗聽」為義，比之「不聖」轉訓「不容」為長，故當以「弗聽」為是。「此厥弗聽」，「此」與「厥」均為代詞，代詞連用，乃為複合代詞，用來指代前面之內容。「此厥弗聽」，是說不聽從這些，就會如何如何。誠如皮錫瑞所揭示：「前後合而觀之乃正相反也。」其實，這個意思相當於今語「與此相反」。按照這個思路，考察這兩段中「此厥弗聽」前後的文意，便會發現軒輊不通之處，而造成的原因筆者疑為原文存在錯簡誤植。

先看前一段之前後文意。「我聞曰：『古之人猶胥訓告，胥保惠，胥教誨，民無或譸張為幻。』」譯為今語是：「我聽說：『古時人還互相勸導，互相愛護，互相教誨，民眾沒有欺詐作假的。』」以「此厥弗聽」為界，後面文意應該與前面相反，而後面緊接的「人乃訓之」，與前文竟完全不搭邊。「人乃訓之」，一般訓釋為「人乃順從其意」，可這與「民眾沒有欺詐作假」有麼聯繫呢？而「人乃順從其意」，又怎麼能夠導致「乃變亂先王之正刑。至於小大，民否則厥心違怨，否則厥口詛祝」的結果呢？

再看後一段之前後文意。「自殷王中宗，及高宗，及祖甲，及我周文王，茲四人迪哲。厥或告之曰：『小人怨汝詈汝。』則皇自敬德。厥愆，曰：『朕之愆。』允若時，弗啻弗敢含怒。」以「此厥弗聽」為界，後面文意應該與前面文意相反，而後面緊接的「人乃或譸張為幻」，也與前文完全不搭邊。然而，它卻與前段的「民無或譸張為幻」文意恰好相反，完全符合「此厥弗聽」前後文意相反相成的特點。

筆者認為，《無逸》這兩段文字，因「此厥弗聽」一語而導致它們後面的一句被互相錯簡誤植了，從而造成兩段文字軒輊難通的現象。如果將錯簡誤植的句子改正過來，那兩段文意都便怡然理順了。

試看前一段。

周公曰：「嗚呼！我聞曰：『古之人猶胥訓告，胥保惠，胥教誨，民無或譸張為幻。』此厥弗聽，（人乃或譸張為幻），乃變亂先王之正刑。至於小大，民否則厥心違怨，否則厥口詛祝。」

前言「古時人還互相勸導，互相愛護，互相教誨，民眾沒有欺詐作假的」，此厥弗聽（與此相反），後言「有人就會欺詐作假，就會變亂先王的政治法度，從小到大所有人，民眾於是內心怨恨，於是口頭詛咒」。

試看後一段。

周公曰：「嗚呼！自殷王中宗，及高宗，及祖甲，及我周文王，茲四人迪哲。厥或告之曰：『小人怨汝詈汝。』則皇自敬德。厥愆，曰：『朕之愆。』允若時，弗啻弗敢含怒。此厥弗聽，（人乃訓之）曰：『小人怨汝詈汝』，則信之。則若時，不永念厥辟，不寬綽厥心，亂罰無罪，殺無辜。怨有同，是叢於厥身！」

前言「從殷王中宗、高宗，到祖甲、到我們的周文王，這四個人很明智。有人告訴他們說：『小民怨恨你咒罵你。』他們就更加敬重道德。對那些過錯，就說：『是我的過錯。』確實像這樣，豈但不敢生氣而已。」此厥弗聽（與此相反），後言「有人訓誡他們說：『小民怨恨你咒罵你。』你就相信了。就像這樣，不想著做君主的職責，不開闊自己的心胸，亂罰沒有過錯的人，亂殺害沒有罪過的人，人們的怨恨會合起來，就會集中到你身上。」訓，義為「訓誡」。過去因錯簡於前段，而被誤釋為「順從」。兩段改正錯簡誤植，則怡然理通。前後對比，相反相成，文意順暢，題旨鮮明。

幾千年來，《無逸》毫釐之差，造成千年之謬。而學者多曲為解說，終究不得要領。現在，改正了錯簡誤植，文意便順暢條理了。

八、釋「載」

　　《詩經》「俶載南畝」語，凡三見。《小雅·大田》曰：「以我覃耜，俶載南畝。播厥百穀，既庭且碩。」〔註1〕《周頌·載芟》曰：「有略其耜，俶載南畝。播厥百穀，實函斯活。」〔註2〕《周頌·良耜》曰：「畟畟良耜，俶載南畝。播厥百穀，實函斯活。」〔註3〕這三句意思基本相同，大意是說：用鋒利的耜，在農田耕作，然後播撒穀種，莊稼茁壯成長。對其中「俶載」一詞，鄭玄解釋云：「俶，讀為熾；載，讀為菑栗之菑。時至，民以其利耜，熾菑發所受之地，趨農急也。」〔註4〕可見，「俶載」意指農耕。「俶載」為何要讀為「熾菑」？這很有探討的必要。

　　《尚書·胤征》曰：「俶擾天紀」〔註5〕，《傳》釋「俶」為「始」。「俶載南畝」之「俶」，與之用法相同，解釋應該一致。《毛傳》便是釋「俶」為「始」。這樣，「俶載」就是開始載，農耕之義就完全落到「載」字上面。《爾雅》云：「田一歲曰菑，二歲曰新田，三歲曰畬。」徐灝說：「菑者，初墾闢之謂也。田久污萊，必就除其草木，然後可耕。因之，災殺草木謂之菑。」〔註6〕

　　按：「菑」、「災」同源而「災」字早出。甲骨文「災」作「𢦏」〔註7〕，古

〔註1〕程俊英：《詩經譯注》，上海古籍出版社1985年版，第437頁。
〔註2〕程俊英：《詩經譯注》，上海古籍出版社1985年版，第646頁。
〔註3〕程俊英：《詩經譯注》，上海古籍出版社1985年版，第648頁。
〔註4〕李學勤：《毛詩正義》（十三經注疏），北京大學出版社199年版，第847頁。
〔註5〕江灝等：《今古文尚書全譯》，貴州人民出版社1990年版，第102頁。
〔註6〕王力：《同源字典》，商務印書館1982年版，第96頁。
〔註7〕中國社會科學院考古研究所：《甲骨文編》，中華書局1965年版，第413頁，「載」字條。

文作「扻」，是個會意字。「屮」是草木形象，《說文解字》云：「屮，艸木之初也，」而「火」顯然是燒草木的。原始農業刀耕火種是盡人皆知的常識。顯然，「災」有燒草木行農耕之義。這可說明「菑」的農耕之義所由。但是，「載」與災殺草木有無關係呢？在沒有探明「載」字本義之前，斷然說「載」是「菑」的借字，那是完全不足信的。

許慎《說文解字》是通過字形探求本義的文字學經典著作。其文云：「載，乘也，從車𢧒聲。」並未涉及農耕之義。宋人王聖美主張「右文說」，他認為：形聲字右邊的聲符，不僅表示讀音，而且也表示意義，而左邊形符只是表示字義所屬類別而已〔註8〕。這種觀點儘管有以偏概全之嫌。但其局部的真理性還是不容抹殺的。段玉裁指出：「聲與義同源，故諧聲之偏旁多與字義相近。」〔註9〕進一步強調了聲音與意義的密切關係。我們認為，「載」正是這樣的形聲字。

「載」之聲符是「𢧒」，《說文解字》云：「𢧒，傷也，從戈才聲，祖才切。」〔註10〕段玉裁注云：「傷者，刃也。此篆與栽、菑音同而意相近也。」〔註11〕張舜徽說：「𢧒之訓傷，猶 ⺮⺮⺮ 之訓害。特川部之 ⺮⺮⺮，從一雝川，謂水之為害；此篆從戈，謂人相刃傷，斯稍異耳。故災、⺮⺮⺮、𢧒三字音同而各有取義。今則通用災而 ⺮⺮⺮、𢧒並廢。凡言宰割，當以𢧒為本字。」〔註12〕張氏闡述了𢧒、⺮⺮⺮、災三者的聯繫和區別。它們都訓傷害，而傷害的原因有別，傷於川是 ⺮⺮⺮，傷於火是災，傷於刃是𢧒。我們由「災」字的甲骨文字形，可以想到原始農業的放火燒荒。那麼，我們從「𢧒」字，是否可以想到原始農業的披荊斬棘呢？傷於刃可以是人和動物，為什麼就不可以是草木田土呢？

還是來看看「𢧒」之字形。甲骨文中多出現「𢧒」字，據不完全統計，不下一百多次，可以算是個常用字了。「𢧒」字在甲骨文中作「𠂤、𠂤」形〔註13〕，在小篆中作「𢧒」，《說文解字》云：「屮，艸木之初也。」〔註14〕可

〔註8〕陳紱：《訓詁學基礎》，北京師範大學出版社199年版，第112頁。

〔註9〕（清）段玉裁：《說文解字注》，浙江古籍出版社1998年版，「禛」字注。

〔註10〕（漢）許慎：《說文解字》，中華書局1963年版，第266頁。

〔註11〕（清）段玉裁：《說文解字注》，上海古籍出版社1981年版，第631頁。

〔註12〕張舜徽：《說文解字約注》（下），（卷二十四），中州書畫社1983年版，第51頁。

〔註13〕徐中舒：《甲骨文字典》，四川辭書出版社2003，「𢧒」字條

〔註14〕（漢）許慎：《說文解字》，中華書局1963年版，第126頁。

見，左上方的「才、丯」像草木之形，右下方是「戈」。以戈擊草，頗使人不解。於是，康殷在《文字源流淺說》中說：「才」即人髮形，「才」像人髮為戈斬斷，並稱這糾正了《說文解字》的一個錯誤〔註 15〕。我們認為，康氏之說不妥，「才」無論如何不可視為頭髮之形，遠古人也總不至於把頭髮之形看成是分枝分杈的吧？《說文解字》釋之為草木之形無疑是正確的。

戈擊草木，並不難解。「戈」在商周時期是常用的兵器，而兵器很可能是由農具演化而來的。將甲骨文中「𢦏」之右下方「ł」和西安半坡出土的新石器時代的石斧相比較〔註 16〕，就會發現它們的形狀驚人地相似。我們認為，「ł」就是對遠古農具的象形，「𢦏」的本義就是劈斬草木，無疑與農耕有關。

「𢦏」是源字，而「載」是由「𢦏」孳乳而來的。「載」字承擔了「𢦏」字劈草墾荒的本義，具有農耕的含義。因此，「俶載南畝」也就不需要曲折求解了。

「載」字承擔了「𢦏」的本義以及引申義，如：

載有年歲義。原始農業刀耕火種，莊稼一年一熟，農耕當一年一𢦏，「𢦏」字於是取得了年歲義。

載有生物義。《經籍纂詁》云：「載，生也」；「載，生物也。」〔註 17〕《文選．晉紀總論》曰：「然懷帝初載。」〔註 18〕劈斬草木是農耕的一種方式，對草木而言是死，對莊稼而言是生。故生物義是對刈殺義的反面引申，就像買和賣一樣，它們的詞義聯繫是明顯的。

載有開始義。《經籍纂詁》云：「載，始也。」〔註 19〕《詩經》曰：「載錫之光」、「載芟載柞」。〔註 20〕劈草墾荒是農事活動之始，也是一年之始，「𢦏」取得開始義順理成章。

載有為義。《經籍纂詁》云：「載，為也。」〔註 21〕《周禮．大宗伯》曰：

〔註 15〕康殷：《文字源流淺說》，榮寶齋 1979 年版，第 442 頁。
〔註 16〕中國科學院考古研究所、西安半坡博物館：《新石器時代「石斧復原圖」》，《西安半坡》，文物出版社 1963 年版，圖 63。
〔註 17〕（清）阮元：《經籍籑詁》，中華書局 1982 年版，第 505 頁。
〔註 18〕（梁）蕭統：《文選》，（唐）李善注，嶽麓書社 2002 年版。
〔註 19〕（清）阮元：《經籍籑詁》，中華書局 1982 年版，第 505 頁。
〔註 20〕程俊英：《詩經譯注》，上海古籍出版社 1985 年版，第 405 頁。
〔註 21〕（清）阮元：《經籍籑詁》，中華書局 1982 年版，第 505 頁。

「大賓客則攝而載果。」〔註22〕劈草墾荒是古代農業社會最重要的生產活動，用它來泛指一般的活動，「㞢」便取得為、作一類詞義。這項詞義的產生很早，甲骨文中多有「㞢王事」的記載，便是使用這個詞義。

〔註22〕錢玄等：《周禮》，嶽麓書社 2001 年版，第 55 頁。

九、「于耜」「舉趾」辨義

　　《詩經・豳風・七月》云：「三之日于耜，四之日舉趾。」〔註1〕流行注本多釋為：正月修理農具，二月動腳下田。筆者認為，這個解釋不妥，應該得到糾正。

　　先說「于耜」。

　　「于耜」釋修理農具，肇始《毛傳》。《毛傳》曰：「于耜，始修耒耜也。」〔註2〕並未說明為何有修耒耜之義。清馬端辰說：「于，猶為也。為與修同義，于耜即為耜也，為耜即修也。」〔註3〕始釋「于耜」之「于」為動詞。後人再把修理義加給「于」字。這樣，「于耜」釋修理農具便幾成定論了。

　　其實，從語法規律和農事實際考察，「于耜」都不應該釋為修理農具。

　　從語法角度看，釋「于」為動詞並不妥當。《七月》篇中，與「三之日于耜」句法相同的句例，還有「一之日于貉」、「晝爾于茅」兩句。對於這兩句，人們把「貉」、「茅」都釋為名詞活用為動詞，用作謂語，而均不釋「于」為動詞。因此，把「于耜」之「于」釋動詞，顯然是把相同用法強作不同的解釋。這樣做既不符合語法規律，也不符合語言實際。上面句例的句型都是：「時間狀語＋于＋謂語」。謂語都是名詞活用為動詞，即「貉」為獵貉，「茅」為刈茅，「耜」自然亦為耜耕。「于」用在謂語動詞前，《詩經》中有大量句例。如：「之子于垣」、「之子于歸」、「黃鳥于飛」等等。「于」在這裡表示動作的趨向和目的，作助動詞。因此，釋「于耜」之「于」為動詞是不正確的。「于」既

〔註1〕程俊英：《詩經譯注》，上海古籍出版社1985年版，第266頁。
〔註2〕李學勤：《毛詩正義》（十三經注疏），北京大學出版社1999年版，第847頁。
〔註3〕（清）馬瑞辰：《毛詩傳箋通釋》，山東友誼出版社1992年版，第721頁。

然不作動詞，那麼修理農具之說便不能成立。

從農事實際看，我們更加確信「于耜」不能解釋為修理農具。修理耒耜是耕田的連貫行為，並不是一項專門的農活。這項工作片刻即成，無須用「三之日」這個較長時間概念來特別敘述。《毛傳》釋「于耜」為修耒耜，也可能是涉下文而誤。「四之日舉趾」，《毛傳》釋為「舉足而耕」。既然耕田是在二月，那正月豈能也在耕田呢？而耕田之前修耒耜也似乎順理成章。其實，這種推理並不符合農事的實際情況。

《七月》反映的是豳地的農事活動。豳地在今陝西旬邑縣一帶，距今西安不遠。周族的祖先公劉開發豳地，使之成為中國農業的發祥地。古代大量農學資料記載了先周以來的農事經驗，反映了黃土高原農事活動的實際情況。這些記載雄辯地證明，在黃土高原的豳地，正月正是春耕的大忙季節。

試舉證如下：

（1）《七月》談到豳地氣候情況，說：「一之日觱發，二之日栗烈」〔註4〕；「二之日鑿冰沖沖，三之日納于凌陰」〔註5〕。由此可見，農曆十一月、十二月，寒風凜冽，鑿冰沖沖，而正月則氣候漸暖，鑿冰須放入冰窖，否則便有融化之虞。這從側面說明，正月東風解凍，可以開始耕種了。

（2）《禮記·月令》直接記載了正月耕田之事。其云：「孟春之月」，「天氣下降，地氣上騰」，「天子親載耒耜……率三公、九卿、諸侯、大夫，躬耕帝藉。」〔註6〕帝耕籍田的禮儀，無疑是大規模春耕的開始。

（3）《呂氏春秋·音律》云：「太簇之月（農曆正月），陽氣始生，草木繁動，令民發土，無或失時。」〔註7〕明言正月發土耕田之事。

（4）西漢《氾勝之書》云：正月「春，地氣通，可耕堅硬強地黑壚土。」〔註8〕

（5）東漢《四民月令》云：正月「地氣上騰，土長冒橛，陳根可拔，急菑強土黑壚之田。」〔註9〕

這些材料異口同聲說明正月耕田的事實。

〔註4〕程俊英：《詩經譯注》，上海古籍出版社1985年版，第265頁。
〔註5〕程俊英：《詩經譯注》，上海古籍出版社1985年版，第269頁。
〔註6〕王夢鷗：《禮記今注今譯》（上），天津古籍出版社1987年版，第204頁。
〔註7〕陳奇猷：《呂氏春秋校釋》，學林出版社1984年版，第325頁。
〔註8〕石聲漢：《耕田篇》，《氾勝之書今釋》，科學出版社1956年版，第2頁。
〔註9〕（漢）崔寔：《四民月令輯釋》，農業出版社1981年版，第2頁。

所以，「于耜」釋「耜耕」無庸置疑。

再說「舉趾」。

《毛傳》釋「舉趾」為「舉足而耕」，理解本來不錯。但遺憾的是目前流行注本，大多一反《毛傳》，而釋之為「動腳下田」。

《七月》記載了先周時代的農事活動。東周之前犁耕尚未普及，耕田的主要農具是耜。《詩經》多有「畟畟其耜，俶載南畝」之語，也說明了這一點。耜，是像鏟一樣的伐地之器。用耜耕田，其勞作方式便是「舉趾」。舉是抬高，趾是腳板。抬高腳板，踏耜入土，從而來翻土耕田。江永《周禮疑義舉要》中曾詳細描述過耜耕動作。他說：「詢之行中州者，謂親見耕地之法，以足助手，踏耜入土，乃按其柄，向外挑撥，每一發則卻行而後也。」〔註10〕可見，「舉趾」是耜耕的特定動作。古籍多稱耜耕為「跖耒而耕」、「跖耒躬耕」也說明了這個特點。所以，詩人用耜耕動作代表耜耕，既簡潔又形象。《毛傳》釋之為「舉足而耕」也既準確又明晰。

把「舉趾」釋為動腳下田是不確切的。固然，走路行為也可說「舉趾」，但這與《七月》的農事內容相去甚遠。對「舉趾」產生誤解可能還有這樣一些原因。一是今人對耜耕不甚了然，沒有認識到耜耕的「舉趾」特點。二是誤會《毛傳》「舉足而耕」，以為「舉足」釋「舉趾」，而「耕」則是另外動作。其實，「舉足而耕」是一偏正結構，「舉足」是修飾語，「耕」是中心詞。「舉足而耕」是對「舉趾」的完整解釋。

此外，對「舉趾」還有別的誤解。于省吾先生在《澤螺居詩經新證》中釋「于耜」為耕，但釋「舉趾」為舉鋤。以為耕者先側土而後鋤草。他說：「三月（農曆正月）已往耜之，未嘗不舉趾，豈應四月（農曆二月）始言舉趾耶？」〔註11〕以為既然正月耕田，二月就不當還在耕田，而應該鋤草才是。於是，為「舉趾」另覓新解。他認為：「趾」即「茲」，「茲」謂「茲基」之屬。「茲其，鋤也。」這樣，「舉趾」又被解釋為「用茲」鋤草。

于省吾先生的這個解釋是完全不可靠的。首先，「趾」釋「茲基」，輾轉為訓，證據不足。其次，這個解釋和農事實際完全不符。鋤草勞作必在播種苗長之後，豳地二月還在耕種時期，說「舉趾」是鋤草顯然不合農時。

農學資料充分證明：仲春二月正是耕種忙時。《四民月令》載：二月「陰

〔註10〕（清）江永：《周禮疑義舉要》，中華書局 1985 年版，第 56 頁。
〔註11〕于省吾：《澤螺居詩經新證》，中華書局 2003 年版，第 16 頁。

凍畢澤，可菑美田緩土河渚小處。可種植禾、大豆、苴麻、胡麻。」這也是氾勝之法，包含著很古老的農事經驗。由此可見，二月也在耕田，只是所耕之田和正月所耕之田的位置、土質不同而已。其實，春耕在正月、二月之際進行，橫跨兩個月份並不奇怪。這主要是農時使然。再則古時農具簡陋，耕田效率非常低下，因此耕期較長也在情理之中。總之，「舉趾」一語亦指耝耕。

《七月》兩句言耕，也許給人以累贅之感。可這並不是詩人主觀要如此，而是客觀的農事活動就是如此。兩言耝耕乃是對春耕的重視。唯嫌重複，故詩人前言「于耝」，後言「舉趾」。相同之事，表達則異，這正是詩人藝術匠心之所在。

綜前所述，這兩句詩可譯為：正月執耝翻土，二月舉足耕田。

十、《邶風・靜女》視角辨疑

　　《邶風・靜女》一詩，人們多認為以男子口吻寫幽期密會。然而，從這個視角看去，有一事讓人殊難理解。即「靜女其孌，貽我彤管」，是說女子贈送男子彤管；「自牧歸荑，洵美且異」，是說女子又贈送男子荑草。男女幽會，只是女子一味贈送對方禮物，而男子竟無所表示。這樣理解詩意，既有悖於「禮尚往來」的禮數，也有違於「投桃報李」的民俗。所以，筆者以為這種理解存在著錯誤。

　　歐陽修稱，「《靜女》一詩，本是情詩」〔註1〕。考察民間情歌，往往是男女互動，視角彼此變換。誠如朱熹所言：「男女相與詠歌，各言其情也。」〔註2〕從《詩經》同類作品也可以找到相關的證據。如《鄭風・女曰雞鳴》：「女曰雞鳴（女），士曰昧旦（男）。子興視夜，明星有爛（女）。將翱將翔，弋鳧與雁（男）。」〔註3〕又如《鄭風・溱洧》：「女曰觀乎（女）？士曰既且（男）。且往觀乎？洧之外，洵訏且樂（女）。」〔註4〕男女各言其情，視角正有變換。

　　筆者以為，《靜女》一詩，並不完全以男子口吻寫出，而是男女相互詠歌，視角彼此變換。具體解讀如下：

　　「靜女其姝，俟我於城隅。」此句言靜女等待我，明顯以男子的視角寫

〔註1〕（宋）歐陽修：《詩本義》，（四部叢刊三編經部），影印吳縣潘氏滂熹樓藏宋刊本。
〔註2〕（宋）朱熹：《詩集傳》，嶽麓書社1989年版，第2頁。
〔註3〕程俊英：《詩經譯注》，上海古籍出版社1985年版，第56頁。
〔註4〕程俊英：《詩經譯注》，上海古籍出版社1985年版，第58頁。

出。而「愛而不見，搔首踟躕。」言隱藏不現身，當非男子所知曉；言搔首而踟躕，也非男子眼中見出。其視角當為女子無疑。

「靜女其變，貽我彤管。彤管有煒，說懌女美。」先言靜女「貽我彤管」，從而引出喜愛彤管，更愛女子的感情，顯然是從男子視角發出。

「自牧歸荑，洵美且異。匪女之為美，美人之貽。」則又變換為女子的視角。「自牧歸荑」，言在郊外男子贈送荑草給女子。郊外近於「城隅」，幽會時男子以荑草回贈女子。在女子看來，這禮物雖輕，情意則很重。所謂「匪女之為美，美人之貽」也。因為這是情郎所贈之物，所以便覺得「洵美且異」了。

也許有人說：「美人」怎麼能用來指稱男子啊！其實，在先秦時期，「美人」並非女子的專屬稱謂。《詩經》便有男子被稱「美人」的例證。如《邶風·簡兮》，便以女子口吻讚美一位表演萬舞的男子：「山有榛，隰有苓。云誰之思？西方美人。彼美人兮，西方之人兮。」〔註5〕可見，《靜女》之「美人」，當也是女子對情郎的讚美。直至戰國時期，男性稱「美」依然很流行。如《鄒忌諷齊王納諫》，鄒忌便一再詢問妻妾和友人：「我孰與城北徐公美？」〔註6〕而鄒忌、徐公皆為男性而有稱美之名者。

總之，突破男子視角解讀《靜女》，問題便渙然冰釋了。原來，男女在城隅郊野幽會，女子以彤管贈與男子，男子以荑草回贈女子，二人投桃報李，充滿了甜情蜜意。至於所贈之物有所不同，表明了人物的不同身份。彤管乃貴重之物，透露出女子出身於富貴之家；荑草為郊野生長，說明男子出身於貧賤之家。然而，他們依照內心感覺，突破了社會等級，從而收穫幸福愛情！

〔註5〕程俊英：《詩經譯注》，上海古籍出版社1985年版，第35頁。
〔註6〕何建章：《戰國策注釋》，上海古籍出版社1990年版，第316頁。

十一、《離騷》詩句之解惑

　　《離騷》云：「長太息以掩涕兮，哀民生之多艱。余雖好修姱以鞿羈兮，謇朝誶而夕替。既替余以蕙纕兮，又申之以攬茝。亦余心之所善兮，雖九死其猶未悔。」〔註1〕對這段詩的解讀，人們大多關注局部的訓釋，而忽略句式語法和整體詩意，遂造成一些纏結不清的誤解。

　　「長太息以掩涕兮，哀民生之多艱。」這句乃是本段詩的總綱，對它的理解必須符合整段詩的內容。如「民生」一詞有兩種解釋：一曰，人民的生計〔註2〕；一曰，人生〔註3〕。究竟哪種正確？應該考察整體內容。「余雖好修姱以鞿羈兮，謇朝誶而夕替。既替余以蕙纕兮，又申之以攬茝。」所說的都是有關個人的人生遭遇，與人民、民眾實在扯不上直接關係。所以，「民生」當解為「人生」。這句詩的意思便是：長長歎息掩面而泣啊，哀傷人生多遭艱難。

　　既以「民生之多艱」提起下文，而「余雖好修姱以鞿羈兮，謇朝誶而夕替。既替余以蕙纕兮，又申之以攬茝」便是人生多艱的具體展開，對它的理解也不應該背離這個主旨。

　　先說「余雖好修姱以鞿羈兮，謇朝誶而夕替。」這是一個轉折複句，前後分句意思發生了轉折。這種句式《離騷》所在多有，如：「雖不周於今之人兮，願依彭咸之遺則」、「雖體解吾猶未變兮，豈余心之可懲」、「雖信美而無禮兮，來違棄而改求。」可是，有些解釋卻忽略了複句的轉折關係，而錯誤地

〔註1〕（宋）朱熹：《楚辭集注》，上海古籍出版社 2010 年版，第 6 頁。
〔註2〕朱東潤：《歷代文學作品選》（上編第一冊），上海古籍出版社 2002 年版，第 238 頁。
〔註3〕游國恩：《離騷纂義》，中華書局 1980 年版，第 130 頁。

理解分句的意思。如「好修姱以覊羈」，本是說自身的修養，意為：喜愛美好而嚴於律己。「覊羈」，乃自我約束，與「好修姱」的意思一致。而王逸稱：「覊羈，以馬自喻，韁在口曰覊，革絡頭曰羈，言為人所繫累也。」〔註4〕今人承襲王逸的說法，將「覊羈」解釋為：「屈原以馬自喻，謂為人所牽累不能貫徹主張。」〔註5〕從而與「好修姱」意思發生了轉折。關於「余雖好修姱以覊羈兮」意思是否轉折，羅英風先生從語法角度曾加以澄清：「然屈賦中，轉折之語不可用『以』字連接，而緊縮式讓步複句須用『其』或『其猶』或『猶』轉承，如『雖萎絕其亦何傷兮』、『雖九死其猶未悔』、『不吾知其亦已兮』、『雖體解吾猶未變兮』、『雖過失猶弗治』、『雖僻遠其何傷』，由此知王逸注解之不可從。」〔註6〕

又如「朝誶而夕替」，歷代學者多指出「替」與「艱」不協韻。「艱」古為文部，「替」為質部，韻部相距為遠。周密稱：「《離騷》一經，唯多艱、夕替之句最為不協。」〔註7〕而吳璧疆提出：「『替』當作『譖』，與『艱』韻。」〔註8〕對於「朝誶而夕替」，流行解讀忽略不協韻問題，逕釋為：「早上進諫，晚上即遭廢棄。」〔註9〕這也忽略了複句的轉折關係。按此解釋，「廢棄」原因乃是「進諫」，與自己喜愛美好而嚴於律己倒疏遠了關係。其實，從語法角度看，「而」可以表示轉折，也可表示承接，但從整個轉折複句來考量，在這裡「而」只表示承接。因此，「誶」與「替」的意思應該是相承的，而不是轉折的。流行解讀將「誶」釋為進諫，「替」釋為廢棄，並不符合分句內的承接關係，也不符合複句的轉折關係。徐廣才先生在分析歷代注家訓釋之後總結道：我們認為吳璧疆的說法較有價值。「替」，當是「譖」的誤字，讀為「譖」，「朝誶而夕替」，謂讒毀之不停。〔註10〕這個解釋既滿足了協韻條件，也滿足了語法條件，可以視之為確詁。所以，「朝誶而夕替」，誶，義為責罵；譖，義為讒毀。句意為：從早到晚讒毀不休。整個複句為轉折關係，即：自己雖喜愛

〔註4〕（漢）王逸：《楚辭章句》，嶽麓書社1989年版，第13頁。

〔註5〕朱東潤：《歷代文學作品選》（上編第一冊），上海古籍出版社2002年版，第238頁。

〔註6〕羅英風：《〈詩經〉〈楚辭〉補釋及其他》，花城出版社2011年版，第113頁。

〔註7〕徐廣才：《考古發現與〈楚辭〉校讀》，線裝書局2009年版，第72頁。

〔註8〕徐廣才：《考古發現與〈楚辭〉校讀》，線裝書局2009年版，第72頁。

〔註9〕朱東潤：《歷代文學作品選》（上編第一冊），上海古籍出版社2002年版，第238頁。

〔註10〕徐廣才：《考古發現與〈楚辭〉校讀》，線裝書局2009年版，第72頁。

美好而嚴於律己，小人卻從早到晚讒毀不休。

再說「既替余以蕙纕兮，又申之以攬茝。」這是一個進層複句，前後分句意思應該是一致的。這種句式在《離騷》多有，如：「紛吾既有此內美兮，又重之以修能」、「余既滋蘭之九畹兮，又樹蕙之百畝」、「既干進而務入兮，又何芳之能祗？」可是，流行教材卻解釋為：「以上兩句意思說，君王的廢棄我，是因為我帶佩芳蕙，志行忠貞的緣故；然而我又重持芳茝以自我修飾，表示志行堅定不移。」〔註11〕這樣解讀前後分句意思轉折，並不符合進層複句的特點，可以肯定是不正確的。因此，有學者便從進層關係入手來尋求新解。如羅英風先生稱：「『既替余以蕙纕兮，又申之以攬茝』為進層複句，『申』與『替』之義應是相加而非相反，猶『紛吾既有此內美兮，又重之以修能』，王逸正訓申為重。重者，再加於其上之謂也。以『替』為『廢』，則申重之義無所施。」於是，羅先生訓「替」為「締」，認為前後分句「皆指佩束香草而言」〔註12〕。羅先生注意到複句進層關係是很重要的，可他將之解讀為佩束香草的自我修養，這又背離了「哀民生之多艱」的整體詩意，所以筆者對此不敢苟同。

「既替余以蕙纕兮，又申之以攬茝」，其中「替」與「申」之義既要相互一致，又要滿足「哀民生之多艱」的整體詩意。筆者以為，前句「朝誶而夕替」之「替」，與此句「既替余以蕙纕兮」之「替」，兩句前後相承，自然不得有二解。前句「替」為「誓」的誤字，義為「讒毀」，此處當亦為同義。如此一來，「替余以蕙纕」，便是讒毀我佩帶芳蕙的意思。「替」與「申」之義一致，則「申」為「申斥」之義。「申之以攬茝」，便是申斥我之持取芳茝。佩帶芳蕙、持取芳茝，本是我喜愛美好的表現。而在群小看來，這卻成為他們攻擊的罪名。所以，從早到晚，一再而三，我被群小攻擊不停。可見，「誶」、「替」、「申」，乃是同義反覆，身遭小人的密集讒毀，真可謂「人生多艱」矣！

「亦余心之所善兮，雖九死其猶未悔」，承之以收束上文。喜愛美好本發自我之內心，豈可因群小讒毀而放棄？故而有即便九死也不悔的堅定誓言！

〔註11〕朱東潤：《歷代文學作品選》（上編第一冊），上海古籍出版社2002年版，第238頁。

〔註12〕羅英風：《《詩經》〈楚辭〉補釋及其他》，花城出版社2011年版，第113頁。

十二、曾皙「志向」辨

　　《論語》「侍坐」章記敘孔子啟發弟子各言其志。子路、冉有、公西華都表達了從政的志向，只有曾皙「異乎三子者之撰」。他說：「暮春者，春服既成。冠者五、六人，童子六、七人，浴乎沂，風乎舞雩，詠而歸。」孔子聽罷，感慨地說：「吾與點也！」〔註1〕

　　孔子為什麼讚賞曾皙？圍繞這個問題，千百年來眾說紛紜。

　　一曰知時說。

　　《論語》古注周氏云：「善點獨知時。」〔註2〕宋人邢昺說得更具體：「善其獨知時而不求為政也。」仔細推敲，這種說法並不正確。首先，它不符合上下文意，言志初始，孔子便說：「居則曰，不吾知也，如或知爾，則何以哉！」這顯然是在引導弟子入仕，如果反對從政，斷不會如此啟發。而且，孔子對三子之從政志向也都持肯定的態度。其次，它不符合孔子的一貫思想。孔子主張積極用世改造社會，必然要體現為政治上的行動，而從政是他的重要選擇。他一生熱心從政，也特別注重培養弟子從政才幹。儘管時悖世亂，他對弟子從政的態度是審慎的，但他不反對從政則可以斷言。所以「知時不為政」不能成為讚賞曾皙的原因。

　　二曰雩祭說。

　　王充《論衡‧明雩》對曾皙所言作了獨特的解釋。他說：「魯設雩祭於沂水之上」；「冠者，童子，雩祭樂人也。浴乎沂，涉沂水也，象龍之從水中

〔註1〕楊伯峻：《論語譯注》，中華書局1980年版，第119頁。
〔註2〕李學勤：《論語注疏》（十三經注疏），北京大學出版社1999年版，第156頁。

出也。風乎舞雩，風，歌。詠而饋，詠歌饋祭也，歌詠而祭也」〔註3〕。在此基礎上，他提出：「善點之言，欲以雩祭調和陰陽，故與之也。」宋翔鳳在《論語發微》中作了進一步發揮：「蓋三子者之撰，禮節民心也；點之志由鼓瑟以至風舞詠饋，樂和民聲也。樂由中出，禮自外作，故孔子獨與點相契。」〔註4〕由雩祭而樂治，愈說愈玄，難道這真是曾晳的志向嗎？

且不說這些觀點是否正確，僅就王充對文本的詮釋就很可疑。其一，「浴乎沂」不是雩祭。王充云：「周之四月，正歲二月，尚寒，安得浴而風乾身？由此言之，涉水不浴，雩祭審矣。」〔註5〕暮春是夏曆三月，「春服既成」說明氣候已暖，「正歲二月」顯然和原文不合。夏曆三月也不宜浴於沂水，但並不能因此構成雩祭的充分條件。古有暮春祓禊於水濱的習俗，「浴乎沂」正是古老習俗的遺存，可見這只是在沂水邊嬉水遊春而已。其二，冠者、童子不是雩祭樂人。雩祭是古老的祭典，其組成人員在身份、性別、年齡、人數上都有規定。古籍記載：「若國大旱則帥巫而舞雩」〔註6〕，《公羊傳》桓五年秋大雩注：「雩祭旱甚而作，故其數多又兼男女」，「使童男女各八人，舞而呼雩，故謂之雩」〔註7〕。文中所言與冠者、童子顯然不類。其三，語涉舞雩，並非就是雩祭。舞雩雖是魯國雩祭的地方，但在平時它只是一個公共場所，孔子就經常帶領弟子游於舞雩，不能說就是舉行雩祭。總之，王充的解釋並不正確，建立其上的觀點也就不攻自敗。

三曰逸志說。

康有為《論語注》云：「其所居之位，樂其日用之常，而其胸次悠然，有與天地萬物上下同流，各得其所之妙。」〔註8〕康氏的理解不合曾晳所言，曾晳不言從政，也便無所謂居位樂常。至於曾晳所言是否合乎聖人的逸志閒情，錢穆《論語新解》論道：「曾晳乃孔門之狂士，無意用世，孔子驟聞其言，有契於其平日飲水曲肱之樂，重有感於浮海居夷之思，故不覺慨然興歎也。」〔註9〕

〔註3〕（漢）王充：《論衡》，上海人民出版社 1974 年版，第 237 頁。
〔註4〕（清）劉寶楠：《論語正義》，上海書店 1986 年版，第 261 頁
〔註5〕（漢）王充：《論衡》，上海人民出版社 1974 年版，第 237 頁。
〔註6〕錢玄等：《周禮》，嶽麓書社 2001 年版，第 236 頁。
〔註7〕李學勤：《春秋公羊傳注疏》（十三經注疏），北京大學出版社 1999 年版，第 84 頁。
〔註8〕（清）康有為：《論語注》，中華書局 1984 年版，第 174 頁。
〔註9〕錢穆：《論語新解》，生活·讀書·新知三聯書店 2005 年版，第 299 頁。

這是說曾晳志向和孔子忘世自樂的念頭相契合，因而得到稱讚。然而，這種解釋豈不是等於說：曾晳的志向只是契合了孔子悲觀消極的片刻之思，而並不符合孔子積極用世的一貫態度。孔子的讚賞也只是一時激動，一念之差，並不是一種嚴肅的評價。我們並不否認孔子思想感情的豐富性，他一貫行積極入世之事，偶而也作消極避世之思。然而，在啟發弟子言志的場合，即便他悲觀政事，情緒消沉，也決不會一改多年教誨去稱讚忘世自樂的情趣，帶給弟子消極的影響。因此，逸志說是不能成立的。

四曰理想說。

楊樹達《論語疏證》說：「孔子所以與曾點者，以點所言為太平社會之縮影也。」〔註10〕曾晳所言勾勒了一幅童子、冠者風詠而樂的圖畫。然而據此斷言它是太平社會的縮影，恐怕是聯想太過。孔子的太平社會就是行仁復禮，以恢復西周以來君臣有序的等級制度，造成「老者安之，朋友信之，少者懷之」的和諧社會。為了實現這個理想，他主張先富後教，他曾回答弟子問政說：「足食，足兵，民信之矣。」其態度都是很實際的。三子者言志，或言使有勇，或言使足民，或言為小相，都非常契合孔子實現理想的現實步驟。那麼，在孔子行道不成的晚年，他是更稱讚務實的政治措施呢？還是更稱讚縹渺的政治理想呢？答案顯然是前者。其實，太平社會的理想本不是曾晳的意旨，也不是孔子讚賞的原因。

那麼，孔子究竟為什麼讚賞曾晳呢？

魯迅先生在《聽說夢》中指出：「孔子曰：『盍各言爾志！』而終於贊成曾點者，就是因為其志，合於孔子之道的緣故。」〔註11〕這段論述可以作為解決這個問題的原則。

孔子說：「克己復禮為仁」，行仁復禮就是他的政治目的，為了實現這個目的，他一生抱著積極入世的人生態度，通過聚徒講學、入仕從政等途徑為之不懈奮鬥。曾晳所言得到讚賞，說明他的志向和孔子的政治目的、人生態度以及現實途徑必定是一致的。

從政和從教是孔子實現政治目的的兩種主要的現實途徑。對於從政，孔子非常重視。他本人做過中都宰、司空、大司寇，曾是魯國政壇的風雲人物。

〔註10〕楊樹達：《論語疏證》（積微居叢書之五），大通書局1974年版，第196頁。
〔註11〕魯迅：《聽說夢》，《魯迅選集》（第三卷），人民文學出版社1983年版，第152頁。

他在教學中強調政事一科，培養出不少政治幹才。對於弟子從政才能，他常常是津津樂道。他說：「君子謀道不謀食」，從政是他推行政治理念的重要選擇，所以，他對三子從政志向表達了肯定態度。

對於從教，孔子更加重視。他的一生「學而不厭，誨人不倦」，主要從事教學工作。特別是在他的晚年，從政受挫、政治失意，更使他寄厚望於教育。他整理《詩》《書》，傾心教育，把推行儒道的希望寄託到了後來者身上。曾晳不言從政而得到孔子讚賞，就是因為他表達了從教志向。他要繼承夫子衣鉢，通過教育來繼承夫子的事業，所以能深合夫子所願，深得夫子贊許！

說曾晳志向是從教，並非信口雌黃。首先，冠者、童子是指儒門弟子。《曲禮》云：「二十曰弱冠」，「童子者，人年十五以上為成童」〔註12〕。《尚書大傳·周傳》云：「十有三年始入小學」，「二十入大學」〔註13〕。這些年齡參差的冠者、童子就是儒門不同級別的學生而已。其次，「浴乎沂，風乎舞雩，詠而歸」，形象地說明了儒家寓教於樂的教學方式。在暮春時節，帶領弟子們在沂水邊嬉水，在舞雩上誦《詩》，在歸途中唱歌。這種情形和孔子的教學方式何其相似。《論語》記載：孔子經常帶領弟子登泰山，臨河水，遊於舞雩之下。再次，童子、冠者所風、所詠，當然是儒家推崇的《詩》《樂》而已。

曾晳志向「異乎三子者之撰」，其異在於：一是從政，一是從教。孔子晚年政治失意，厚望教育。在這種情況下，他既肯定三子從政志向，更激賞曾晳從教志向，這種態度是可以理解的。

至於曾晳是否實現了這一志向，因典籍無載，不能妄言。孔子生前，弟子不大可能立門授徒；而孔子身後，「三年不改父道」的孝子曾參確實繼承了乃師衣鉢，聚徒講學，宏揚儒學，幾乎成了孔學嫡傳。或許可以說，曾晳的志向終於在兒子曾參身上得到實現。

〔註12〕王夢鷗：《禮記今注今譯》，天津古籍出版社1987年版，第6頁。
〔註13〕（宋）王應麟：《玉海》，江蘇古籍出版社、上海書店1987年版，第2036頁。

十三、古籍閱讀之「易字」

漢字是表意體系的文字。通過字與意之間的確定聯繫，人們才能領會文意，讀懂書籍。然而，古籍存在假借紛紜，同源通用，古今異體，傳抄偽訛等現象。這就破壞了字與意的確定聯繫，給閱讀理解帶來困難。為了克服這些困難，我們從閱讀角度提出「易字」方法。下面以《詩經》為例，談談古籍閱讀之「易字」。

（一）以本易借

閱讀古籍，因字知意的困難之一是假借紛紜。顧實說「昔人謂古今載籍，書本字者什二三，而用借字者什八九，非過言也。」〔註1〕可見假借的頻繁。何謂假借？許慎解釋為「本無其字，依聲託事」。是說口語裏有這個詞，而筆下沒有這個字，於是依照它的聲音找出一個同音字來託事。這個同音字便是借字。由於被借，它具有多義性。一方面它有原來的意義，另一方面它又承擔了新的意義。多義性削弱了文字的符號確定性，給閱讀理解帶來不便。為了克服此弊，不同意義終需在字形上作出區別。或造新字，或加偏旁，這便是本字。本字意義確定，而借字的使用往往掩蓋了本字，把讀者引入歧途，造成錯誤理解，這便是以借蔽本。在這種情況下，用本字改易借字，意思便豁然而通。

以本易借是克服以借蔽本的方法。馬瑞辰說：「說《詩》者必先通其假借而經義始明。」〔註2〕王念孫說：「訓詁之旨在乎聲音。字之聲同聲近者，經

〔註1〕顧實：《中國文字學》，東南大學叢書，第97頁。
〔註2〕（清）馬瑞辰：《毛詩古文多假借考》，《毛詩傳箋通釋》，山東友誼出版社1992年版，第57頁。

傳往往假借。學者以聲求義。破其假借之字而讀以本字，則煥然冰釋。如其假借之字而強為之解，則詰籍為病矣。」〔註3〕這既說明以本易借的重要，也指出以聲音求本字的途經。借字是因聲而借，和本字有聲音聯繫。黃侃指出：「昔人求本字者，有音同、音近、音轉三例。」〔註4〕弄清借字和本字之間的聲音聯繫，才能找到本字，作出正確理解。如《匏有苦葉》：「深則厲，淺則揭」〔註5〕。「厲」是「裸」的音轉，用「裸」易「厲」，詩意顯然。是說到了水邊，水深則裸身而泳，水淺則舉衣而涉。又如《小星》：「抱衾與裯」〔註6〕，「抱」是「拋」的借字，古無輕唇音，二者音同而借。用「拋」易「抱」，是說小吏早晚從公，拋棄衾裯，不遑寢息。

本字的尋求並非易事。有時本字已佚，而致詩無達詁。如：「上帝板板」，「板」是借字，而本字已經找不到了，理解便很困難。有時以意破字，陷入新的蒙蔽。如：「月出皎兮，佼人僚兮」〔註7〕，有人認為「僚」是「繚」的借字，從而把一首月下懷人的情歌，理解成月夜殺人的怨詩。總之，只有弄懂假借規律，以本易借才能發揮它在古籍閱讀中的作用。

（二）以本易通

閱讀古籍，因字知意的困難之二是同源通用。同源通用曾被視為假借之一種，即本有其字而不用，借用音同或音近並義近之字代替的通假字。鄭樵指出：「就假借而言之，有有義之假借，有無義之假借，不可不別也」〔註8〕。高亨也指出假借有兩類，一是無本字之假借，一是有本字之假借〔註9〕。這裡所謂有義之假借，有本字之假借，主要是指同源通用字。

同源通用，是指新詞因詞義引申而派生後，便孳乳出相應的新字，即孳乳字。孳乳字承擔了源字分化出來的新義，與源字有了明確分工。但由於長期的使用習慣，源字仍有與孳乳字通用的現象。如《正月》：「今茲之正」〔註10〕，「正」是「政」的源字，這裡是「政」的意思。是說如今朝中的政事。此外，

〔註3〕（清）王引之：《自序》，《經義述聞》，江蘇古籍出版社1985年版，第2頁。
〔註4〕黃侃：《求本字捷術》，《黃侃論學雜著》，中華書局1964年版，第359頁。
〔註5〕程俊英：《詩經譯注》，上海古籍出版社1985年版，第58頁。
〔註6〕程俊英：《詩經譯注》，上海古籍出版社1985年版，第31頁。
〔註7〕程俊英：《詩經譯注》，上海古籍出版社1985年版，第245頁。
〔註8〕（清）倪濤等：《六藝之一錄》，上海古籍出版社1991年版，第47頁。
〔註9〕高亨：《文字形義學概論》，齊魯書社1981年版，第257～261頁。
〔註10〕程俊英：《詩經譯注》，上海古籍出版社1985年版，第364頁。

同一源字孳乳出來的幾個新字，它們各有自己的意義範圍。可是由於它們在形音義方面的緊密聯繫，也往往互相通用。同源通用，削弱了文字的符號確定性，給理解帶來困難，造成以通蔽本。為了準確理解古籍，便需用本字改易通用字。

以本易通是克服以通蔽本的方法。本字和通用字在形音義方面的聯繫。一方面為尋求本字帶來方便，一方面也容易掩蓋它們的區別。許慎說：「轉注者，建類一首，同意相受，考老是也」〔註11〕。所指就是同源通用字。他從造字角度出發強調同源通用字的聯繫；我們從閱讀角度出發，應該循著聯繫的線索，明確同源通用字的區別，以本易通，掃清閱讀障礙。如《假樂》：「不解于位」〔註12〕，「解」是「懈」的源字，即由解牛而骨骼弛懈引申而來。這裡「解」是「懈怠」的意思，應該以「懈」易「解」。又如《靈臺》：「於論鼓鍾」〔註13〕，「論」通於「倫」，二字孳乳於同一源字而通用，皆有條理次序之意。「論」指言語之條理，「倫」指人事禮儀之條理。這裡應以「倫」易「論」，表示禮儀次序井然之意。

（三）以規易異

閱讀古籍，因字知意的困難之三是古今異體。孫詒讓說：「古文自倉史迄秦，歷年數千，遞更傳寫，錯異間出，此奇字所由孳也。」〔註14〕上古迄秦已是如此，何況時至今日。所以，訓詁學家們大都注重古今異體現象。

古今異體有兩種情況，一是字形的古今差異，二是廣義分形字。前者是字形演變造成的，後者是字分而詞未分的異體字。它們的共同特點是同聲、同義，但不同形。有人稱之為「重文」、「或體」。一般來講，兩字音義全同，不會長久並存；但是凝固到古籍中的異體字卻不會因此而消失。異體字同樣削弱了文字的符號確定性，給閱讀理解帶來麻煩。所以，用規範的漢字去改易不規範的古體異形字便勢在必行。

如《羊裘》：「羔裘豹褎」〔註15〕，「褎」是古「袖」字，以「袖」易「褎」，更便於理解。又如《沔水》「念彼不蹟」〔註16〕，「蹟」同於「迹」。二者是廣

〔註11〕（漢）許慎：《說文解字敘》，《說文解字》，中華書局1963年版，第1頁。
〔註12〕程俊英：《詩經譯注》，上海古籍出版社1985年版，第538頁。
〔註13〕程俊英：《詩經譯注》，上海古籍出版社1985年版，第516頁。
〔註14〕（清）孫詒讓：《奇字發微第六》，《名原》，齊魯書社1986年版，第96頁。
〔註15〕程俊英：《詩經譯注》，上海古籍出版社1985年版，第251頁。
〔註16〕程俊英：《詩經譯注》，上海古籍出版社1985年版，第312頁。

義分形，一指足跡，一指車迹。然而，這種具體含義並無區別之必要，它們在承擔廣義上是一致的。在簡化字系統中，應該用規範的「迹」易「蹟」，以方便閱讀。這裡的「蹟」引申為法則，是說考慮到那些人作事不遵循法則。

（四）以正易訛

閱讀古籍，因字知意的困難之四是傳抄譌訛。王引之說：「經典之字，往往形近而譌，仍之則義不可通，改之則怡然理順。」〔註17〕古籍難讀，有時並非詞義難解，而是有了訛字。訛字阻斷了因字知意的途徑，造成以訛蔽正的現象。

訛字與正字之間沒有形音義的必然聯繫，但它們之間有著容易致誤的因素。或形似而誤，或音近而誤，或因上下文致致誤。循著這些線索，就有可能找到正字。以正易訛，首先要發現訛字。有訛字存在大多文理不通，難以釋解。有時勉強作解，總覺於意未安。其次，循著致誤線索找到正字，這個正字必須恰好反映文意，經得起檢驗。正字是人們分析，推理，比勘的結果，有時難以確證，故以正易訛應慎之又慎。

下面舉例說明以正易訛。如《氓》：「士貳其行」〔註18〕，「貳」是「貣」的訛字。「貣」又是「忒」的借字，義為變也。以「忒」易「貳」，讀為「士忒其行」即「士變其行」的意思。又如《無羊》：「矜矜兢兢」〔註19〕，「兢」是「競」的訛字，「競競」為競相奔逐之意，是說爾羊之來為數眾多，競相奔逐。

前面談到以借蔽本，以通蔽本，以古蔽今，以訛蔽正四種現象。它們性質不同，但造成閱讀中因字知意的困難是一樣的。解決這些困難都需要用「易字」的方法。就古籍閱讀角度而言，擴大傳統訓話學「易字」術語的使用範圍，用來概括古籍閱讀中解決因字知意困難的方法是必要的。

〔註17〕（清）王引之：《經義述聞》（三十二），江蘇古籍出版社1985年版，第778頁。

〔註18〕程俊英：《詩經譯注》，上海古籍出版社1985年版，第106頁。

〔註19〕程俊英：《詩經譯注》，上海古籍出版社1985年版，第356頁。